PIERRE BELLEMARE

présente

C'est arrivé un jour

Tome I

TEXTES DE
MARIE-THÉRÈSE CUNY
JEAN-PIERRE CUNY
JEAN-PAUL ROULAND

ÉDITION N° 1

1

LA VOISINE

La petite Mme Dandreau[1] vient de dire à sa voisine de palier, plus âgée qu'elle :

« L'essentiel, c'est que mes enfants aient un père et une mère ! Et, croyez-moi, ça vaut tout l'or du monde. J'en sais quelque chose ! »

La voisine de palier s'appelle Mme Bernard : c'est ce qui est écrit sur sa porte. Elle a quarante-huit ans. Et elle répond à Mme Dandreau :

« A qui le dites-vous ! »

Mme Dandreau ne fait guère attention à cette réponse. « A qui le dites-vous » est une phrase que l'on entend si souvent dans la conversation qu'elle finit par ne plus rien vouloir dire !

Mais si Josette Dandreau savait ce que sa voisine de palier voudrait lui dire, ce qu'elle ESSAIE de lui dire, depuis des années, elle s'arrêterait tout net et s'évanouirait peut-être, car Mme Bernard voudrait lui dire qu'elle est sa mère, tout

1. Afin de préserver l'anonymat de certains héros de ces histoires, les auteurs ont parfois changé les dates, les noms de lieux ou de personnes. (Note des Auteurs.)

simplement. Mais elle n'ose jamais, et voici pourquoi :

En 1936, Mme Bernard est une jeune fille de seize ans. Elle s'appelle Josette Coudron et est la fille unique d'un brave et honnête paysan d'un village de Bretagne.

« Brave et honnête » selon les clichés du langage de l'époque, ceux qui traduisent l'état d'esprit des années 30. En province, à la campagne, il n'est pas question d'« années folles », ce sont les années de la famille, de la morale et du travail.

Il ne faut pas confondre la France des actualités cinématographiques et celle des bulletins paroissiaux.

A seize ans, Josette Coudron s'éprend d'un jeune Parisien de dix-sept ans qui vient en vacances dans son village. Le fils des « gens du château », comme on dit. La grosse maison, au-dessus du village, qui n'ouvre ses volets qu'en juillet-août. Et au mois d'octobre Josette se rend compte qu'elle est enceinte. Elle a « commis la faute » et, bien entendu, elle n'ose pas l'avouer.

Le responsable est reparti poursuivre ses études à Paris; il n'en saura rien, mais la colère du père de Josette est terrible car la honte est sur la famille.

A l'époque, et à la campagne où tout le monde vous connaît, un accident de ce genre c'est LA catastrophe !

Le père de Josette se met donc dans une telle colère qu'elle s'enfuit et se retrouve à Paris, à la gare du Maine.

Josette accouche dans une institution réservée

6

aux jeunes filles qui ont « commis la faute ». L'ambiance y est on ne peut plus revêche, mais Josette ne peut rien choisir d'autre, elle n'a que dix-sept ans, et à cet âge-là, en 1936, on est vraiment une jeune fille mineure.

Désemparée, perdue dans Paris, ne trouvant nulle part aide ou compréhension, elle confie son bébé à l'Assistance publique.

Elle le « confie », c'est-à-dire qu'elle lui donne son nom de jeune fille : Coudron, et aussi son prénom : l'enfant s'appellera Josette Coudron, comme elle. Née de père inconnu, bien sûr.

A Paris, Josette a bien tenté de voir ce père soi-disant inconnu, et qui habite un bel immeuble bourgeois du XVIe arrondissement, mais la bonne l'a toisée et lui a dit :

« De toute façon, M. Paul est pensionnaire au collège des jésuites, si vous voulez laisser une commission pour ses parents... »

Josette a balbutié :

« Non, ce n'est pas la peine, merci... »

Et elle n'est jamais revenue. Même la bonne était plus culottée qu'elle. Alors elle a dit à l'Assistance publique :

« Je veux que ma petite fille garde son nom : Josette Coudron, je reviendrai la chercher un jour. »

Mais les années ont passé, et pour ne pas sombrer, à Paris, dans la prostitution, Josette est retournée en Bretagne. Son père l'a reprise à la maison, après les réflexions et les menaces que l'on imagine. Il a dit :

« Toi, tu peux revenir, mais ne nous ramène pas cet enfant, je n'en veux pas à la maison ! »

Il y a cinquante ans, la « morale » pouvait rendre n'importe quel brave homme totalement stupide.

Josette, à sa majorité, n'a toujours pas récupéré son enfant et laisse encore passer quelques années en se disant :

« Dès que je gagnerai suffisamment ma vie, quelque part, ailleurs qu'au village, j'irai chercher ma fille. »

Et quand elle se décide, il est trop tard. Elle a laissé passer le délai. Elle ne savait pas qu'il y avait un délai, elle ne savait rien. A ce moment-là, et pour tout arranger, c'est la guerre. Josette a autre chose à faire qu'à rechercher son enfant, dont elle ne sait même pas s'il a été adopté, s'il est en zone libre, en zone occupée, ou s'il existe encore. Alors, cet enfant devient une obsession.

A mesure que Josette Coudron prend de l'âge et mûrit, elle se libère de l'incompréhension, de la culpabilité, de l'hypocrisie qui l'entouraient jusque-là et n'a plus qu'une idée : retrouver son enfant, quitte à le montrer sur la place du village, à la sortie de la grand-messe. Les années passent... et elle cherche inlassablement. Elle gagne sa vie comme serveuse, puis comme caissière. C'est une vie triste, et elle finit par épouser sur le tard, et sans amour, le gérant du café où elle travaille. Un brave homme à qui elle raconte son histoire et son obsession : retrouver sa fille. Son enfant est quelque part en France, peut-être pas encore mariée, elle porte peut-être encore son

nom, ce même nom qu'elle : Josette Coudron.
C'est la seule piste.

Les années passent au rythme des pages d'annuaires téléphoniques et des listes électorales que Josette consulte à en avoir mal aux yeux.

De temps en temps son mari, qui a le sens des idées toutes faites, lui dit charitablement :

« Ma pauvre Josette, autant chercher une aiguille dans une botte de foin! »

Mais il l'aide, car il comprend, il sait que lui n'aura jamais d'enfant d'elle, il est trop âgé.

Et puis, en 1960, c'est le choc!

Josette Coudron est là, c'est elle, dans une ville de l'Isère. Elle a vingt-quatre ans, elle n'est pas mariée, ce ne peut être qu'elle!

Alors Josette arrive à persuader son mari de vendre son affaire et d'aller s'installer avec elle dans cette ville de l'Isère, dans le quartier où habite sa fille.

Il faut à la mère des semaines et des mois avant de parvenir à faire de loin la connaissance de sa propre fille. En se trouvant sur son passage, ou en fréquentant les mêmes commerçants... Elle devient d'abord cette dame que l'on connaît vaguement, puis davantage, et un peu plus... Alors elle invite sa fille à venir au café, dont elle est la nouvelle gérante. Peu à peu, Josette Coudron devient ainsi, sans le savoir, l'amie de sa mère qui n'ose pas lui avouer la vérité, qui se ferait écharper plutôt que de dire qu'elle est sa mère, car, chaque fois que la conversation vient sur la famille ou sur les enfants, Josette a toujours la même réflexion :

« Vous savez, je ne souhaite à personne de connaître mon enfance... J'ai été abandonnée par ma mère, je ne sais pas où elle est, je ne veux pas le savoir ! »

Pour Josette, la situation est encore pire qu'avant, car elle connaît enfin sa fille, elle est même son amie, mais n'osera jamais lui dire la vérité, et jamais sa fille ne pourra deviner cela toute seule. Elle connaît Josette sous le nom de Mme Bernard, une brave dame qui tient avec son mari le café-restaurant *Terminus*. Elle sait seulement qu'elle a le même prénom, mais cela n'engage à rien. Et puis, vient peut-être le pire pour la mère : sa fille est fiancée, sa fille va se marier. Et, tout naturellement, elle dit à cette brave Mme Bernard :

« Nous pourrions faire le repas de noces chez vous, nous ne serons pas nombreux, vous savez, il n'y aura que la famille de mon fiancé ! Et elle ajoute avec cette amertume au coin des lèvres qui lui vient chaque fois qu'elle aborde le sujet : Vous savez, je n'ai pas eu de parents... »

La cérémonie, le repas de noces de sa fille sont pour Mme Bernard une situation atrocement pénible.

On la remercie :

« Mme Bernard nous a fait un bon repas... un ban pour Mme Bernard ! »

Elle se sent plus écartée que jamais en servant la pièce montée. Comment dire à cette jeune femme en train de se marier :

« Je suis ta mère... c'est moi qui t'ai abandonnée... embrassons-nous ! » Pourtant Mme Bernard ne renonce pas. Au contraire, elle s'acharne. IL FAUT qu'elle avoue un jour la vérité à sa fille, elle finira bien par trouver le moment, le climat propice, mais elle ne mourra pas sans le dire. Et un jour c'est l'illumination : un appartement est libre en face du sien, sur le même palier. Il serait très bien pour un jeune couple, même avec un ou deux enfants!

Elle arrive à persuader sa fille, devenue Mme Josette Dandreau, de prendre cet appartement.

La voilà devenue voisine de palier de sa fille, c'est un progrès. Elle trouvera un jour l'occasion de tout lui dire, en étant si proche. Mais, au contraire, cela devient de moins en moins possible, et les années passent. Josette Dandreau a d'abord une petite fille, puis un petit garçon. La brave Mme Bernard, la voisine de palier, est toujours là pour l'aider, elle est même devenue indispensable, elle rend tous les services qu'elle peut, elle va la voir à la clinique, puis elle garde les enfants chaque fois que sa fille en a besoin. Cette fille à qui elle n'ose toujours pas dire :

« Mais je fais tout cela parce que je suis ta mère, et ce sont mes petits-enfants que tu me donnes à garder! »

Comment le pourrait-elle, alors que, sans arrêt, Josette la bloque avec des réflexions du genre :

« Quand je vois mes enfants, et quand je pense que ma mère m'a abandonnée, je ne sais pas si elle est encore vivante, mais il vaut mieux que je ne le sache pas, je lui dirais ce que je pense d'elle! »

La brave Mme Bernard tente parfois d'adoucir un peu cette haine à l'état brut :

« Vous savez, il ne faut pas juger, c'était sûrement une fille mère, et, à l'époque, c'était la honte. »

Mais Josette, chaque fois, coupe cette indulgence d'un coup de poignard :

« Même les animaux n'abandonnent pas leurs petits. »

Et son visage reflète alors un mépris tellement ancien, tellement incrusté dans son visage depuis l'enfance, que Mme Bernard reste Mme Bernard. A Noël, comme la brave Mme Bernard apporte les cadeaux des enfants, Josette dit :

« Quand je pense que si ma mère avait été un être humain normal elle pourrait être là, avec nous, à gâter les enfants. Pour qu'une mère abandonne son enfant, il faut que ce soit moins qu'une bête ! »

Ce soir-là, Mme Bernard perd espoir; chaque fois que sa fille parle ainsi, c'est comme si elle la tuait.

Elle est maintenant prisonnière de son personnage de voisine. Et plus le temps passe, et plus elle se dit qu'il faudrait tout dire, et moins elle ose ! Ainsi jusqu'en 1968, jusqu'au 17 février 1968 !

Ce jour-là, la brave Mme Bernard, la voisine de Mme Dandreau, est renversée par une moto sur un passage clouté. Elle est tuée sur le coup, à l'âge de quarante-huit ans.

Le soir même, attristée, émue, Josette Dandreau vient veiller son amie, sa voisine de palier, sur son lit de mort. C'est la moindre des choses.

Le mari est là, ce brave homme qui n'est rien dans l'histoire, mais qui sait tout.

Il pleure sur sa propre peine et sur celle de sa femme aussi. Mais il ne dit pas à cette jeune femme « qui » elle est en train de veiller.

Sa mère, qui a mille fois voulu lui parler, se faire un peu comprendre, sinon pardonner, et qui ne pourra jamais plus.

C'est le lendemain que Josette Dandreau ressent un curieux choc en lisant l'avis de décès dans le journal :

« Mme Josette Bernard, née COUDRON. »

Sa voisine avait donc le même prénom et le même nom de jeune fille qu'elle ? Pendant qu'on descend le cercueil dans l'escalier, Josette regarde sans un mot, hésite, puis retient un instant le brave M. Bernard, en lui posant simplement la main sur le bras. Elle se sent ridicule et bouleversée, stupide et apeurée... Dans l'autre main, elle a froissé l'avis de décès qu'elle a découpé dans le journal, lu et relu cent fois avant d'être sûre... Elle le montre à M. Bernard en l'interrogeant d'un regard. Il la fixe une demi-seconde, il a un simple hochement de la tête en baissant les yeux, qui veut dire OUI, et il lui fait signe : « Passez devant. »

2

LE CHEVAL D'ÉCUME

M. CALLOM est sur son cheval, et ils sont anglais tous les deux, le cheval autant que M. Callom.

Vu du cheval de Callom, le paysage est fantastique : une côte du nord de l'Ecosse, face à l'Atlantique, en pleine tourmente d'hiver : des rochers, du sable et de l'écume mêlés dans un grondement d'enfer, secoués par le vent.

Callom lui-même a bien du mal à observer la mer. Car le vent et les larmes lui brûlent les yeux. Mais le décor est splendide, et il n'y a personne dans ce coin du pays d'Ecosse. Seulement Callom, son cheval et la tempête. Une tempête dont les pêcheurs se souviendront longtemps. Une tempête qui s'est déclenchée en l'espace d'une heure, et qui prend des allures de fin du monde.

Callom a déjà vu beaucoup de tempêtes du haut de son rocher, là où il a construit sa maison. D'ailleurs, il vit presque en permanence dans la tempête. Ce petit bout de terre connaît rarement la tranquillité, c'est pourquoi le reste des habi-

tants s'est établi beaucoup plus loin, dans l'arriè-
re-pays. Callom aime bien inspecter ces tempêtes
du haut de son cheval. Ils en ont l'habitude tous
les deux et ils ne craignent pas la mer, ils y
entrent même parfois pour lutter avec elle, pour
le plaisir de s'inonder d'écume. Mais, aujourd'hui,
il faudrait être fou. Pour s'en convaincre s'il est
besoin, Callom regarde l'horizon en face et voit
tout à coup, à cent ou deux cents mètres de lui,
dans un creux de vague énorme, un bateau d'une
vingtaine de mètres. Il a l'air bizarre, tout nu, il
n'a plus de voiles, et plus de mât. D'énormes
paquets de mer le submergent presque entièrement. On le dirait brisé, cassé en deux... Par
moments, il disparaît, puis resurgit dressé sur la
crête d'une vague et secoué terriblement.

Callom pousse son cheval à travers le sable et
les rochers d'une crique minuscule, où la pluie
creuse d'énormes rigoles. Les rochers luisants,
acérés, y sont autant de pièges pour les sabots de
l'animal, qui les évite avec l'astuce de l'habitude.

Les voilà tous deux au bout de la terre, face à
l'Océan qui gronde. Callom voit mieux le bateau à
présent. Il a dû heurter les écueils qui bordent la
côte, et il est bien cassé. A l'aide de ses jumelles,
Callom inspecte le pont, où il aperçoit quelques
silhouettes agrippées. Il les compte : une, deux,
trois, cinq, sept hommes visibles. Que font-ils ? Ils
se débattent avec des cordages, semble-t-il, et tentent de larguer leur canot. Mais ils n'y arriveront
jamais. Ou le canot va se briser contre la coque
du bateau, ou il va leur retomber dessus, et pourtant les malheureux s'acharnent, car à chaque

nouvelle vague le bateau penche un peu plus et il va couler, c'est une question de minutes, selon Callom. C'est terrible de suivre à la jumelle, impuissant, la lutte de ces hommes...

La tempête redouble, des creux de quatorze mètres empêchent Callom de suivre les efforts des marins pendant une bonne minute. Ses jumelles sont trempées, il doit les essuyer sans arrêt.

Tout à coup, dans une brève accalmie, il voit le canot voler littéralement par-dessus bord et s'écraser sur l'Océan comme un jouet. La frêle embarcation éclate, dérape de vague en vague jusqu'au récif le plus proche, pour finir de s'y fracasser. Cela n'a duré que quelques secondes. Un homme qui a voulu plonger derrière le canot, dieu sait pourquoi, se débat maintenant dans la tourmente. Et les autres s'agitent de plus belle sur le pont, lançant des cordes, que l'homme ne voit pas, étouffé, aveuglé qu'il est par la violence des vagues. Callom le perd de vue.

La lande est déserte, le ciel noir et bas, il n'y a aucun espoir de secours à l'horizon. Personne, sauf Callom et son cheval.

Et le bateau, cette fois, ne reparaît pas. On ne voit plus qu'un minuscule morceau de coque en l'air, les débris d'une ou deux caisses, et les hommes qui se débattent au milieu.

Jamais ils n'arriveront à regagner la côte à la nage. La mer les jettera sur les rochers, sans leur laisser le temps de s'agripper, et même, s'ils parvenaient à s'agripper, ils ne pourraient pas aller plus loin, et grimper les falaises abruptes.

Le seul passage praticable serait la petite crique où se trouve Callom. Mais elle est protégée du large par des récifs où la mer gronde et se jette comme une furie, puis recule en refoulant vers le large. Il faudrait connaître le passage, et être fort comme un Turc pour tenter de nager dans ces tourbillons sans être assommé ou noyé.

Il n'y a qu'une seule solution. Une seule. Et Callom pousse son cheval dans le petit goulet de rochers et entre dans l'eau. Il flatte doucement l'animal pour le faire avancer. Ils n'ont jamais fait cela dans la tempête, mais ils vont essayer, c'est la seule chance.

Le cheval de Callom s'appelle « Speedy », c'est un bon cheval, fort, solide. Sous l'impulsion de son maître, Speedy avance vers le large, oreilles dressées, naseaux fumants. Il ne bronche même pas dans les tourbillons de vagues, il lutte avec application, il n'est plus qu'un seul effort concentré. Callom a décidé de tenter l'impossible. Aller chercher un homme au moins avec son cheval. Pour l'instant, le courant les entraîne vers le large, c'est le plus facile. A condition d'y voir quelque chose et d'arriver au bon endroit.

Courbé sur le dos de Speedy, le visage dans son cou, les deux mains agrippées aux rênes qu'il a enroulées autour de ses poignets, Callom se met à crier dans les vagues pour se faire repérer, car les autres n'ont pas dû le voir. Ils ne s'attendent sûrement pas à être secourus par un homme à cheval, en pleine mer.

Enfin Callom entend un autre cri, il aperçoit une tête, des bras accrochés à un bout de bois. Il rejoint l'homme, mais ne parvient pas à le hisser sur le dos du cheval qui ne peut pas rester immobile, obligé de nager en rond pour se maintenir en surface. Callom s'épuise en efforts, manque de déraper lui-même sur le dos de sa bête, mais finalement l'homme s'accroche tout simplement au cou du cheval de ses deux bras noués, et l'étrange équipage fait demi-tour vers la côte.

Speedy doit lutter dix fois plus qu'à l'aller, il rue et se cabre contre les vagues, disparaît sous l'eau avec ses deux hommes, resurgit tout blanc d'écume, en hennissant sous l'effort démesuré. Callom sent les muscles de la bête, sous lui, tendus, durcis. Speedy a réussi à toucher le fond des rochers, il doit avoir les sabots en sang, il marche et nage en même temps, mais il avance, il avance... Lorsqu'il atteint enfin le fond de sable, Speedy se dresse comme un diable hors de l'eau, et d'un bond prodigieux atteint la crique.

Il tremble de tous ses membres et secoue la tête avec rage d'avant en arrière. Le marin est sauf, il crache de l'eau et du sable, il saigne de mille petites écorchures, mais il est sauf; à plat ventre sur le sable de la crique, il récupère sa vie à petits coups.

Et les autres, là-bas ? Callom fouille la mer de ses jumelles, il voit des têtes. Il faudrait y retourner, et vite. Callom regarde son cheval. Si seulement il comprenait. Si seulement Callom pouvait lui dire :

« Vas-y tout seul, Speedy, tu en ramèneras au moins deux sans moi... »

Callom tire son cheval par le col et le ramène

vers l'eau. Il y entre avec lui, fait deux, trois mètres, le temps d'affronter la première vague, puis tente le coup, sans y croire, désespéré à l'avance.

« Va, Speedy. Tout seul... Allez, va, Speedy... »

Et il le lâche avec une grande tape sur la croupe. De toute façon, Callom se sent incapable d'y retourner lui-même, il grelotte de froid et d'épuisement, ses jambes tremblent de l'effort qu'il a fourni pour conserver son équilibre.

Et l'incroyable se produit. Speedy avance, il continue d'avancer, il nage, seul, tout seul, vers le large. Il y retourne vraiment. Le cœur de Callom s'emballe d'enthousiasme. Il se met à hurler des encouragements dans le vent : « Va, Speedy, mon beau... Va... C'est formidable, Speedy... Va... mon beau, va... » Il en pleure d'émotion, sort de l'eau comme un fou, attrape ses jumelles; l'eau de mer et les larmes l'empêchent de distinguer clairement, mais il voit son cheval, SON Speedy, arriver à la hauteur des épaves, il voit des bras s'accrocher à lui, et il se remet à hurler, à l'appeler dans la tempête : « Viens, Speedy, viens... » Peu importe si le vent couvre sa voix, si Speedy ne peut pas l'entendre, Callom est transporté, hors de lui, et le marin n'en croit pas ses yeux. Cette bête est formidable, formidable !

Une deuxième fois, Speedy ramène son chargement de rescapés. Et il en ramène deux. Cette fois, Callom le savait, il savait qu'il pourrait en ramener deux. Il suffisait que les naufragés comprennent et qu'ils s'accrochent à lui. Speedy lutte, lutte contre le courant, racle des sabots, rue, bondit et s'arrache une nouvelle fois à la mer en crachant de tous ses naseaux dans l'écume.

Voici John Coolty, marin, et Somerset Finley, pêcheur, sains et saufs... L'un d'eux a la force de bafouiller : « Cet animal est fort comme un éléphant... il... il... m'a fait peur... »

Alors, ivre d'enthousiasme, Callom guide à nouveau Speedy vers le large, entre dans l'eau avec lui, le flatte de la croupe... « Speedy, il en reste encore, va les chercher, va... Va, Speedy, mon beau... Va. »

Les autres n'y croient pas, mais ils crient comme Callom, ils encouragent l'animal. Et une troisième fois Speedy repart en sauvetage dans l'Océan furieux. Avec un peu plus de mal, mais il en revient, saignant de partout, mais traînant, accroché à son cou, George Hal, pêcheur, accroché à ses rênes, Timmy Dauwson, le mousse de quinze ans. Deux, plus deux, plus le premier, égal cinq rescapés.

Mais Speedy n'en peut plus. L'un de ses antérieurs fléchit. Callom le supplie, il en reste deux là-bas. Il traîne son cheval, de force, et cette fois il repart avec lui dans la tempête, dans l'eau glacée et écumante; cette fois il ne le lâche pas, il se laisse traîner dans son sillage, et il lui parle sans arrêt, sans arrêt, comme à un homme. Speedy secoue les oreilles, des sillons de bave blanche se mêlent à l'écume autour de ses naseaux.

Mais cette fois il n'y a plus d'épaves, plus de têtes à fleur d'eau, plus rien. Rien. Rien que les vagues qui s'entrechoquent. Le dernier homme a disparu.

Et la tête de Speedy a du mal à se redresser, ses pattes luttent désespérément dans l'eau verte et sombre. Callom et Speedy abandonnent. Ils affrontent une dernière fois ensemble les écueils et les rouleaux déferlants, le retour est un cauchemar.

Un dernier effort, et Speedy s'immobilise sur le sable de la crique. Grand, fort, droit comme une statue devant son maître.

Puis il s'écroule d'un bloc.

C'était un matin de février 1927, sur la côte d'Ecosse, près de Loch Broon. Après avoir sauvé cinq hommes sur sept de l'équipage du *Beauty Fish*, Speedy, le cheval d'écume, est mort d'épuisement au pied de son maître.

C'était un cheval Hunter de six ans à robe noire. Un simple cheval. Un cheval dans le mauvais temps, qui avait bien du courage.

3

LE RADEAU DU DIABLE

UNE sorte de gémissement aigu, pareil au grincement d'un portail, couvre un instant le grondement sourd et régulier des chutes du Niagara. Les
quelques personnes qui se trouvent, à ce moment
précis, sur la glace, en aval du fleuve, se sont
figées, anxieuses. Sous leurs pieds, quelque chose
a remué.

Il est pourtant solide ce pont de deux mètres de
glace qui barre, comme chaque année, le Niagara
et relie ainsi la rive des Etats-Unis à celle du
Canada. Si solide que, chaque hiver, un riverain
vient y construire une baraque en bois pour y
vendre des boissons chaudes aux milliers de touristes venus photographier les chutes les plus
célèbres du monde.

Presque immédiatement, un deuxième grincement, semblable au premier, retentit. Cette fois,
le doute n'est plus possible, la glace a tremblé, et
le cabaretier quitte précipitamment sa baraque,

se sauve à toutes jambes vers la rive canadienne en hurlant :

« Sauvez-vous, la glace se brise ! »

A voir la vitesse avec laquelle il détale, les quelques touristes présents sur la banquise l'imitent sans l'ombre d'une hésitation. Seul un couple rebrousse chemin vers la rive américaine, sans doute soucieux de regagner leur voiture stationnée là, à une centaine de mètres à peine.

Un troisième grincement retentit, ponctué cette fois d'explosions sourdes venues des entrailles de la banquise. Le couple est presque arrivé au rivage, lorsque, dans un craquement terrible, un énorme morceau de glace se détache, bascule dans un jaillissement d'écume et commence à dériver lentement, emporté par les eaux du fleuve. La route est coupée. L'homme presse sa compagne de faire demi-tour et ils refont le chemin déjà parcouru, tandis que là-bas ceux qui, dès le début, ont choisi cette voie s'apprêtent à prendre pied sur la rive canadienne. Il faudrait courir, mais, malgré les exhortations de son mari, la femme semble dans l'impossibilité d'avancer. La peur, le froid peut-être, les deux sûrement, lui paralysent les jambes, une sorte d'hébétude se lit sur son visage, et elle se laisse pousser par l'homme qui la soutient par la taille et la supplie :

« Vite, plus vite... »

Mais rien n'y fait. Le fameux « instinct de conservation » qui décuple les forces semble lui faire totalement défaut. Alors qu'il lui faudrait des ailes, une chape de plomb lui est tombée sur les épaules. Alors, l'homme hurle sa peur :

« Au secours ! »

A quelques dizaines de mètres devant lui, deux jeunes garçons se sont retournés, puis, après une seconde d'hésitation, poursuivent leur fuite vers la rive canadienne toute proche. Soudain, la femme trébuche, glisse et entraîne son mari dans sa chute. Le cri qu'elle pousse en tombant glace d'horreur les témoins qui accourent de toutes parts sur les rives.

L'appel au secours de l'homme, qui tente de faire reprendre pied à sa femme, fait à nouveau se retourner le dernier des garçons qui s'apprête à sauter sur la rive. Devant son hésitation, l'autre lui tend la main :

« Tu es fou, allez, viens ! »

Mais, refusant la main tendue et la sécurité qu'elle représente, le jeune garçon rebrousse chemin et court vers le couple pour l'aider.

Au moment précis où il l'atteint, un iceberg plus gros que les autres heurte le pont de glace à hauteur de la rive canadienne ; du bord, on voit les trois silhouettes chanceler sous la violence du choc, et dans la foule quelqu'un dit à voix basse :

« Ils sont perdus. »

Alors, avec un léger mouvement d'oscillation, le pont de glace se détache de la rive canadienne du Niagara et part dans le courant, emportant avec lui un homme qui n'a pas voulu quitter sa femme et un jeune garçon qui a eu le courage de ne pas les abandonner.

Sur les deux rives, on réagit. Il faut faire quelque chose pour ces malheureux. Trois kilomètres plus loin le Niagara effectue une nouvelle chute spectaculaire : « les rapides du tourbillon ». Il ne faut pas que leur radeau de glace l'atteigne.

Avant d'en arriver là, il y a trois ponts métalliques, d'où il est peut-être possible de récupérer les naufragés. Et le courant est souvent capricieux, l'iceberg peut s'approcher à tout moment de la rive, il faut les suivre et leur lancer des cordages du haut des ponts. Du côté des Etats-Unis comme du côté canadien, on s'organise aussitôt, et les pompiers sont alertés. Là-bas, au milieu du fleuve, la femme est blottie dans les bras de son mari, leurs deux silhouettes n'en font qu'une, et l'on voit le jeune garçon aller prudemment d'un bord à l'autre, essayant de guider le parcours de ce bloc de glace, devenu le radeau de la mort, vers l'une ou l'autre des berges. Mais l'iceberg a pris de la vitesse, et quelques instants plus tard il passe sous le premier pont sans que personne n'ait eu le temps de lancer de cordes. Par contre, sur le deuxième et le troisième pont, on s'active déjà.

Tout à coup, sans choc ni raison logique, le radeau de glace se brise en plusieurs morceaux, séparant le couple et le jeune garçon. L'iceberg sur lequel ce dernier est resté étant plus petit que les autres prend de l'avance, et on voit l'adolescent crânement faire un signe d'au revoir à ceux qu'il a voulu sauver et dont le destin vient de séparer la route. Une fantaisie du courant pousse maintenant les époux vers la rive canadienne. L'iceberg s'y dirige rapidement et, un instant, les sauveteurs ont l'impression qu'il va toucher la berge. Il n'en est plus qu'à deux mètres environ, et des mains se tendent déjà. L'homme mesure la distance du regard. Sa femme lui parle, elle semble vouloir le convaincre de sauter. Il s'approche du bord, et la foule lui hurle de sauter.

Comme il va prendre son élan, l'homme se retourne et voit sa femme s'asseoir, tranquillement, sur la glace pour conserver son équilibre. Alors l'homme revient vers elle, et, tandis qu'un nouveau courant entraîne le bloc de glace vers le milieu du fleuve, on peut, à nouveau, les voir blottis l'un contre l'autre.

De son côté, l'iceberg du jeune homme s'approche à vive allure du deuxième pont métallique sur lequel les pompiers s'apprêtent à jeter des cordes. On voit le jeune garçon ôter sa veste et la déposer sur la glace. Il se tient prêt. Au moment où l'iceberg passe sous le pont, il saisit une corde et l'enroule autour de son poignet. Arraché brutalement du radeau de glace par la vitesse, il tombe à mi-corps dans l'eau glacée, mais il tient bon. Là-haut les sauveteurs tirent en douceur. Lentement, sans à-coups, la frêle silhouette s'élève au-dessus des eaux, en tournoyant comme une toupie. Il reste trois mètres, puis deux. La foule hurle ses encouragements puis s'arrête tout à coup, car les mains du naufragé ont glissé le long de la corde. Et elles glissent encore et encore... D'abord lentement, puis plus vite. On le voit même essayer de se raccrocher à la corde avec les dents, et puis c'est la chute. Le malheureux fait surface à deux reprises avant de disparaître dans un tourbillon d'écume.

Sur l'autre radeau de glace, qui dérivait plus

lentement, l'homme, à son tour, a saisi une corde. Il l'enroule autour de la taille de sa femme et fait un nœud. La corde se tend, le couple s'accroche, et l'iceberg ralentit sa route, mais la corde casse, trop fragile pour supporter un tel poids. Le couple retombe sur le radeau, heureusement plus large que le premier, et les voilà partis vers l'ultime chance de salut avant le saut du grand tourbillon : le troisième pont métallique que l'on voit se profiler à deux cents mètres de là. Etant donné la proximité de la chute, les eaux du Niagara prennent de la vitesse et le radeau de glace tangue à présent dangereusement.

C'est là que va se jouer le destin de ces deux êtres qui, il y a quelques minutes encore, riaient et prenaient des photos souvenirs devant ce paysage unique au monde.

Des centaines de curieux retiennent leur souffle, les yeux fixés sur ces deux silhouettes qui de loin paraissent glisser sur les flots. Des femmes sont à genoux, les mains jointes, et prient Dieu de sauver ces malheureux. Mais tout se passe si vite que les témoins ont du mal à réaliser les détails. L'homme a saisi une corde qu'on lui jette du haut du pont et qu'il passe autour de la taille de sa femme. Il fait un nœud, comme la première fois, mais, estimant sans doute qu'il n'est pas assez solide, le défait et recommence alors que la corde commence à se tendre. Ses doigts sont-ils engourdis par le froid ? Estime-t-il que cette corde, comme la précédente, est trop frêle pour les hisser tous les deux ? On a l'impression un instant qu'il enroule la corde autour de son poignet, puis, au moment où elle se tend, il allonge son bras, la main ouverte comme dans un geste d'adieu, et la corde s'échappe. L'iceberg poursuit sa route vers l'abîme.

Alors, tous les curieux qui assistent à la scène sont les témoins d'une scène tragique et belle : une scène de mort. L'homme embrasse longuement sa femme, puis l'allonge doucement sur la glace. Il s'assoit près d'elle et la serre dans ses bras. Arrivés à quelques mètres du gouffre, l'iceberg se met à tournoyer et, lorsqu'il disparaît, happé par la chute vertigineuse, l'homme et la femme sont toujours enlacés.

Elle s'appelait Clara, lui, Eldridge. Ils avaient uni leurs destins six ans plus tôt, sous le nom de M. et Mme Stanton.

Le jeune garçon s'appelait Burrell Heacock, il avait dix-sept ans. Tous trois avaient offert à l'éternel public des chutes du Niagara le spectacle du courage, de l'amour et de la mort.

Toutes ces choses que l'on ne trouve pas sur les cartes postales.

4

UNE BALLE PERDUE

Lucy Wittman était déjà une jeune femme pleine de santé, mais, depuis qu'elle est enceinte, elle a redoublé de santé. Lucy mange pour deux, dort pour deux, respire pour deux. Le bébé naîtra dans quelques jours. Deux ou trois jours au maximum, a dit hier le médecin, et tout va bien, a-t-il ajouté.

Lucy n'a d'ailleurs pas besoin que le médecin le lui dise. Elle le sent, que tout va bien. Elle a vingt ans, elle est heureuse, elle se sent belle malgré son tour de taille imposant, belle d'un bonheur simple, belle d'un mari qu'elle aime et d'un enfant qu'elle attend.

Lucy n'en demande pas davantage. Lucy ne demanderait qu'une seule chose au monde : que Georges ne travaille pas la nuit.

Pour faire son métier de livreur de supermarché, son mari se lève à deux heures du matin. Et depuis quelque temps Lucy a du mal à se rendormir. Elle a peur que les douleurs la prennent dans la nuit, quand il n'est pas là. Et la chaleur l'oppresse : l'été, à New York, est torride.

Ce soir, Lucy n'arrive pas à se rendormir. Georges est parti depuis dix minutes, et elle tourne et se retourne dans son lit. Il fait lourd, l'air qui pénètre par la fenêtre du balcon ne la rafraîchit pas. Sa chemise de nuit colle à la peau. Elle a besoin de respirer, et de toute façon le sommeil ne reviendra pas, alors autant se lever.

La silhouette de Lucy se découpe en blanc sur la terrasse. Elle n'a pas allumé, la lumière augmenterait l'impression de chaleur, et il fait à peine plus frais dehors. Lucy regarde Brooklyn à ses pieds. On devine les masses sombres des gratte-ciel, avec de-ci, de-là une petite lumière. Le voisin de palier est sorti lui aussi. Lucy l'aperçoit par-dessus le petit mur de séparation. Il boit une bière au goulot et sourit en la voyant. Lucy lui fait un léger signe de la tête, puis regarde à nouveau devant elle la ville monstrueuse, assoupie. La ville murmurante de sirènes de police lointaines et de grondements sourds de voitures.

Lucy se penche un peu, regarde la rue, le terrain vague en face et les immeubles au loin... Elle s'étire, bras levés, un petit courant d'air frais fait voler sa longue chemise de nuit blanche. Il y a une longue seconde d'immobilité, de silence. Le voisin est rentré chez lui, sa fenêtre est ouverte, la lumière fait une tache ronde sur le béton. Lucy est debout, face à la nuit, ses bras s'abaissent doucement, son corps a eu un léger recul, et elle écarquille les yeux d'étonnement : que se passe-t-il ? Elle a encore le temps de pousser un petit cri, et s'effondre. Le voisin, qui revenait sur sa terrasse, a entendu le petit cri. Il s'approche, regarde par-dessus le mur, et aperçoit Lucy, immobile, par terre sur le dos, les deux mains crispées sur son ventre.

« Madame ? eh ! Madame... ça ne va pas ?... »

Mais il n'obtient pas de réponse.

Le voisin s'appelle Tucker. Comme il a soixante ans passés, il hésite à sauter le petit mur de béton. Mais il aperçoit sur la chemise de nuit blanche une tache de sang rouge ! Alors il s'affole complètement et saute le mur. Avec précaution, il soulève la tête de la jeune femme et l'appelle. Rien. Elle ne répond pas. La tache de sang s'élargit, et le malheureux voisin, peu habitué aux femmes enceintes, se dit : « Ça y est, cette femme est en train d'accoucher, qu'est-ce qu'il faut faire ? » M. Tucker va ainsi perdre un temps précieux. Il allume l'appartement, constate qu'il n'y a personne, sort sur le palier, frappe à toutes les portes et explique l'affaire à des visages ensommeillés, furieux et peu coopératifs. Une femme se décide enfin à prendre la situation en main et appelle une ambulance, en houspillant le malheureux Tucker :

« Trouvez une couverture, ou un drap, enveloppez-la, on va venir la chercher. »

Un quart d'heure passe encore, avant que la sirène de l'ambulance arrive au pied de l'immeuble. A présent, tout va très vite, deux hommes grimpent avec une civière, mais l'ascenseur est trop petit, et ils sont obligés de redescendre, l'un portant la civière vide, l'autre portant Lucy, inanimée, comme un paquet et enveloppée dans un drap déjà rouge de sang perdu.

Le drame de Lucy n'est qu'une sirène de plus dans Brooklyn à trois heures du matin.

Lucy est maintenant sur un chariot, qu'un infirmier propulse à travers les couloirs de l'hôpital. Un chirurgien de nuit court en même temps que le chariot. Personne ne sait ce qui est arrivé. Personne n'a compris. Le vieux M. Tucker a simplement dit : « elle accouche ». Mais une femme qui accouche ne commence pas par perdre autant de sang. Sur la table d'opération, on déshabille Lucy. Le médecin s'affaire, demande une transfusion et s'aperçoit immédiatement que la jeune femme n'est pas du tout prête à accoucher. C'est beaucoup plus grave. Sur le ventre rond, il y a un petit trou rond, par où le sang s'échappe avec une régularité inquiétante. On dirait une blessure par balle. Une balle, en effet, a pénétré l'abdomen et elle n'est pas ressortie. Lucy est dans le coma et le médecin cherche à localiser la balle, en radioscopie. Il la distingue enfin nettement : une petite tache sombre, légèrement à droite. Il est impossible pour l'instant de savoir quels dégâts elle a faits sur la mère, mais par chance l'enfant, lui, ne semble pas avoir souffert. L'auscultation laisse entendre les battements de son petit cœur, réguliers, et la première chose à faire est de le sauver, lui. Le chirurgien décide de pratiquer une césarienne. L'opération se passe bien. Lucy est passée de l'évanouissement à l'anesthésie sans s'en rendre compte, et elle accouche maintenant sans s'en rendre compte, elle qui s'en faisait une telle joie et une telle angoisse.

Les deux mains gantées du chirurgien tirent le bébé, coupent le cordon; c'est une petite fille, en avance de deux ou trois jours sur la date prévue, mais vivante, et normalement constituée, à part une blessure à la joue droite, que la balle a dû effleurer. L'enfant a eu une chance fantastique.

Le chirurgien l'abandonne aux mains des infirmières et cherche maintenant la balle dans le ventre de la mère. Il l'a vue nettement à la radio, sur la droite, tout près du rein. Et pourtant il ne trouve rien. C'est insensé! Il ne va pas refermer sans retirer cette balle! Elle est entrée là, et il l'a vue! C'est une re-galopade dans la salle d'opération, et une re-radio. Mais rien! Non seulement rien... plus rien! Le chirurgien n'en croit pas ses yeux. Où est passée cette fichue balle? C'était bien une balle pourtant! Il a bien vu un petit trou, en plein milieu de l'abdomen, et il n'a trouvé de lésion nulle part. Or, il y avait un petit trou, il a vu la balle, et elle n'est pas ressortie. Alors, si elle n'est pas ressortie, c'est qu'elle est... bon sang! gueule le chirurgien, le bébé! Où est le bébé? On a emporté le bébé à la nursery, pour le mettre en couveuse. Le chirurgien court comme un fou dans les couloirs, pendant que ses assistants terminent l'opération de la mère; ils recousent d'ailleurs, car il n'est plus question d'elle. Il est là, le bébé, dans sa petite cage de verre, poings serrés, grimaçant, avec sa blessure à la joue droite. On l'arrache de son nid.

On le scrute aux rayons X en commençant par

la tête. La balle n'y est pas, elle n'est pas dans le cou, pas dans la poitrine, elle est dans l'estomac ! L'opérateur radio est suffoqué : comment est-ce possible ? Mais, soulagé, le chirurgien explique :

« La balle est entrée dans le ventre de la mère; déjà amortie, elle a fini sa course dans la joue du bébé, l'a traversée, s'est retrouvée dans sa bouche, et l'enfant, par réflexe de déglutition, l'a avalée. C'est la seule explication ! Les bébés sucent bien leur pouce dans le ventre de leur mère, pourquoi n'avaleraient-ils pas une balle ? »

Quand Lucy s'est réveillée, on ne lui a pas tout expliqué immédiatement pour ne pas l'affoler. C'était facile, car elle non plus n'avait rien compris. Elle avait juste ressenti un petit choc au ventre, de quoi couper le souffle, et puis plus rien, le néant.

Elle a réclamé son mari, et Georges est arrivé en courant comme un fou. L'aube se levait sur Brooklyn, et la police patrouillait le quartier à la recherche d'un tueur invisible. Mais il n'y avait pas de tueur. Rien qu'un imbécile, dans un immeuble à plus de deux cents mètres de la terrasse où Lucy, cette nuit-là, prenait le frais. Un imbécile qui nettoyait sa carabine avec une balle dans le canon, un 22 long rifle, pour le tir à la cible de compétition. Il a bien voulu reconnaître qu'un coup était parti, et qu'il avait eu peur. Mais quelle idée de nettoyer une carabine en pleine nuit à sa fenêtre, juste dans l'axe de l'appartement d'une femme enceinte, à deux cents mètres, et sans obstacle ! Pour un tireur de compétition, ça n'était pas malin. La balle perdue avait franchi le terrain vague pour atteindre Lucy en plein ventre. Cette balle de 22 est restée deux jours dans l'estomac de Nelly Wittman, le bébé tant espéré de Lucy et Georges Wittman. Elle en est ressortie sans dommage, et par les voies naturelles, en même temps que son premier biberon.

5

LE MAJOR ÉTAIT COLÉREUX

Le 19 mai 1912 le major Andrew Higgins commence par ne pas croire à ce qui lui arrive.

Le major Andrew Higgins est en garnison dans l'armée des Indes et bivouaque avec son régiment dans la plaine du Gange.

L'endroit est sec et aride; ils sont à une vingtaine de kilomètres du fleuve, installés sous des tentes. Il fait une chaleur épouvantable, insupportable.

Mais on est anglais ou on ne l'est pas. Le major Higgins est donc en short et chemise impeccable et porte héroïquement de hautes chaussettes de coton qui lui remontent jusqu'aux genoux et de grosses chaussures de marche, car tel est le règlement.

L'efficacité de l'armée britannique, à l'époque, en tout cas, tient à ce genre de détail autant qu'à la valeur du fusil Emfied.

C'est sans doute à cause de ses grosses chaussu-

res que le major ne se rènd pas compte immédiatement de ce qui lui arrive.

Et aussi parce qu'il est en train de jouer au
whist avec trois de ses camarades. Un jeu très en
vogue parmi les officiers de l'armée des Indes, et
qui réclame une grande concentration d'esprit.

Les quatre hommes sont sous une tente aux
bords relevés pour avoir un peu d'air, et deux ou
trois autres officiers les regardent jouer.

Soudain, l'un des spectateurs, baissant les yeux
par hasard, s'immobilise, relève doucement la
tête et réfléchit quelques instants à la meilleure
manière de tourner la phrase.

Il faut que le major Higgins apprenne ce qui est
en train de lui arriver, c'est nécessaire, mais il ne
faut surtout pas que cela le fasse bouger. Or il en
est bien capable, car c'est un homme émotif, san-
guin, toujours prêt à se mettre en colère, un
brave homme d'ailleurs, que ses collègues sont
toujours en train de plaisanter simplement pour
avoir le plaisir de le voir foncer comme un brave
taureau qu'il est. Or, lui annoncer brutalement
est dangereux, car il va croire que c'est une blague, donc il va bouger! Et, s'il bouge, il est mort.

L'officier se décide enfin et prononce d'une
drôle de voix blanche cette phrase alambiquée :

« Je prie le major Higgins de me croire, ce que
je vais dire n'est pas une plaisanterie. Il ne doit
surtout pas bouger la jambe gauche. Major Higgins, je crains que vous n'ayez une vipère cornue
engagée sur votre chaussure gauche. Si vous ne
me croyez pas, demandez à vos collègues! Mais, à
votre place, je ne bougerais plus! »

Andrew Higgins est toujours prêt à « marcher» au moindre canular, et quitte à se fâcher après, mais il est tellement habitué aux blagues de ses collègues que, sans cesser un instant de fixer son jeu, il répond simplement :

« William, je crains qu'il ne vous faille trouver autre chose. »

Mais le dénommé William, qui n'est que lieutenant, insiste avec raideur :

« Je prie respectueusement le major de croire ce que je dis : une vipère cornue se trouve indubitablement sur sa chaussure gauche! Elle semble vouloir grimper vers la chaussette, et je prie respectueusement le colonel, qui est à la gauche du major, de confirmer ce que je dis en penchant la tête, mais sans faire de mouvement brusque. »

Le colonel penche un peu la tête, pâlit à son tour et dit doucement :

« Andrew, William ne ment pas! vous ne devez plus bouger. C'est une vipère cornue. Elle monte imperceptiblement vers votre chaussette, surtout pas un geste. Il faut faire quelque chose avant qu'elle n'arrive à votre genou! »

Cette fois, c'est le colonel qui le dit, c'est donc vrai!

Le brave major Higgins, de rougeaud qu'il était, devient tout pâle, et aucun de ses camarades n'ose plus bouger.

Les vipères cornues, dans cette région, sont particulièrement mortelles. Quelques secondes plus tard, d'ailleurs, les yeux du major s'agrandissent d'horreur. A travers la chaussette, cette fois, il sent nettement la vipère avancer sur sa cheville !

Le colonel, qui est le seul bien placé, dit alors tranquillement :

« Je vais très doucement descendre ma main vers mon revolver et le dégager. Si la tête se présente de profil, je tâcherai de l'arracher d'une balle ! J'espère ne pas abîmer votre chaussette. »

Mais deux minutes plus tard, quand le colonel a enfin son revolver en position, la vipère cornue s'est enroulée autour du mollet de Higgins. Elle mesure au moins 60 centimètres de long. Son horrible tête plate et triangulaire, si caractéristique, avec les deux petites excroissances, est posée bien à plat juste sous le genou du major, avec une insistance douteuse.

Sous la tente, aucun des officiers ne dit plus mot; d'une voix toujours très calme, de ce ton britannique, à la fois courtois et glacé, qui n'exprime aucun sentiment personnel, le colonel demande :

« Higgins, que préférez-vous ? que je vous casse le genou, ou que je la laisse monter dans votre short ? »

Les shorts de l'armée britannique sont très longs et très larges. Celui de Higgins, comme tous les autres, bâille largement à dix centimètres de son genou, c'est-à-dire à quinze centimètres à peine de la tête venimeuse. Des gouttes de sueur perlent sur le front du major. Il a posé ses cartes sur la table, ses coudes sont posés bien à plat. Cela fait maintenant trois minutes qu'il est parfaitement immobile.

42

Ses camarades, eux, peuvent du moins doucement changer d'appui. Lui ne peut faire aucun mouvement. Il n'y a pas de sérum pour cette vipère-là. Si elle pique, c'est la mort en moins de trois minutes.

Le pauvre Higgins dit lentement :

« Mon colonel, cassez-moi le genou ! »

Mais le colonel hésite. Casser le genou d'un homme, c'est le rendre infirme à vie. D'autre part, dans ce campement de tentes, il n'y a pas de quoi le soigner comme dans un hôpital.

Le colonel commence pourtant à relever doucement le canon de son arme. C'est un gros revolver d'ordonnance. A moins de un mètre, la balle doit mettre la tête de la vipère en bouillie, mais va aussi enfoncer les débris dans le genou de Higgins, risquant même d'y introduire le venin ! De toute façon, l'articulation du genou, la rotule, tout va être emporté, et sûrement l'artère avec ! Il faudrait que la vipère se déplace un peu. Or, la voilà qui remonte, elle va s'engager dans le short.

« Higgins, je vais probablement vous casser la cuisse, mais c'est moins grave que l'articulation, et si je la laisse continuer, dans un instant, je ne verrai plus sa tête ! »

Le pauvre Higgins n'en peut plus. D'une voix qu'il essaie malgré tout de rendre ferme, il dit :

« Mon colonel, devant tous nos camarades qui sont témoins, c'est moi qui vous demande de tirer ! »

Le colonel tire et lui casse le fémur, juste au-dessus du genou. Et la vipère est décapitée.

Six mois plus tard, le major Higgins revient au

campement avec des béquilles. Il a été soigné à l'hôpital de New Delhi. Il boitera, il est réformé, il vient faire ses adieux à ses camarades qui le plaisantent pour ne pas perdre les bonnes habitudes.

« Ce veinard de Higgins! Allez, viens faire une dernière partie de whist avant de rentrer au pays! »

Ils s'installent sous la tente, comme la première fois, et les camarades de Higgins échangent des clins d'œil.

Ce brave Andrew! Ils ne vont pas le laisser partir sans lui faire une bonne blague. Il faut le voir une dernière fois en colère! Et, au beau milieu de la partie, l'un des officiers lance brutalement, cette fois en désignant les pieds du major :

« Higgins! Un serpent! Là! Encore un! »

Et ça marche, le pauvre Higgins, au lieu cette fois de s'immobiliser, fait un bond sur sa chaise, au point que ses cartes lui échappent des mains! Il devient blanc, puis très rouge. On voit un bref instant son visage indigné se convulser de colère... comme s'il allait dire :

« Ah! c'est malin!... ah! c'est intelligent!... »

Mais il ne dit rien, et il tombe raide mort.

Parce que, cette fois, c'était trop.

Il était cardiaque, ses joyeux camarades l'avaient quelque peu oublié!

6

LA CHAISE RENVERSÉE

« On a besoin d'un « macchabée » de plus là-bas...
Alors, pourquoi pas toi ? » La personne à qui
s'adresse cette réflexion relève la tête avec défi et
plante ses yeux dans ceux de son interlocuteur.

« Tu as raison. Pourquoi pas moi ! »

A partir de cet instant, rien ne pourra plus arrêter cette jeune femme de trente ans, elle va traverser la cordillère des Andes en avion, et en
1921. Ce qui n'est pas une mince entreprise, à une
époque où la libération de la femme est à l'état de
fœtus.

Elle s'appelle Adrienne Bolland, et la terrible
chaîne de montagnes n'a jamais été vaincue.
Pourtant, en ces années où l'aviation cherche
encore ses lettres de noblesse, cinq aviateurs ont
tenté la traversée, mais aucun n'est revenu. Ils
sont morts là-haut, dans la montagne, tous les
cinq écartelés sur quelque piton rocheux, leurs
corps livrés aux condors, les seuls oiseaux capa-

bles de voler sur ces sommets inaccessibles qui séparent l'Argentine du Chili.

Adrienne est une « mordue » de l'aviation et elle a été engagée chez Caudron pour faire des démonstrations dans les meetings aériens. Lors de leur première entrevue, le vieux père Caudron a tracé un cercle sur le terrain et lui a dit que, si elle se posait dans le cercle, il l'engagerait. Elle l'a fait, et c'est la raison pour laquelle depuis quelque temps on parle d'elle dans les milieux de l'aéronautique.

Au fur et à mesure que les préparatifs se précisent, Adrienne devient de plus en plus nerveuse, elle ne dort plus. Enfermée dans sa chambre d'hôtel, elle refuse de recevoir ses amis ou relations. Tous n'ont qu'une phrase à la bouche.

« Renoncez, ne partez pas ! »

Adrienne ne veut pas les entendre, elle se cache.

Or voici que l'on frappe à sa porte, et croyant qu'il s'agit d'une femme de chambre Adrienne tire le verrou. Devant elle se tient une femme qui semble sous le coup d'une vive émotion. Elle ne lui laisse pas le temps de réagir, pousse Adrienne dans la chambre, ferme la porte et lui dit :

« Vous passerez la montagne à une seule condition : suivre ce que je vais vous dire. »

Adrienne tend la main vers la sonnette pour demander de l'aide, car manifestement cette femme est folle. Devançant son geste, la femme lui prend la main et enchaîne :

« Lorsque vous serez engagée dans la grande vallée, vous apercevrez à un certain moment un lac ayant la forme et la couleur d'une huître. Si à ce moment vous continuez dans la vallée sur la droite, vous êtes perdue. Mais si vous virez à gauche, face à la montagne, en direction des cimes ayant la forme d'une chaise renversée, vous trouverez le passage et vous atterrirez de l'autre côté. »

Le visage de la femme semble plus détendu à présent qu'elle a débité son message en entier. Elle lâche le bras de l'aviatrice qui la remercie d'un sourire, trop contente de s'en tirer à si bon compte, et la visiteuse s'en va comme elle est venue. Adrienne reprend sa méditation. Elle a rencontré une folle, ce n'est pas grave. Le départ est décidé pour le lendemain et il lui faut prendre du repos pour être en pleine forme...

En pleine forme pour, peut-être, mourir, car, à présent que tout est prêt et que tout est décidé, le doute s'insinue dans l'esprit d'Adrienne.

Le lendemain matin, dès l'aurore, Adrienne Bolland se présente sur le terrain de Tamarindos. Son G 3 est équipé d'un réservoir supplémentaire fixé à la place du passager et qui lui assure neuf heures de vol. Le double de ce qu'il lui faut pour passer, si elle passe. L'aviatrice est équipée d'une combinaison de toile sous laquelle elle a revêtu un pyjama de satin, suprême raffinement. Autour de son corps, Adrienne a enroulé des journaux qui la protégeront du froid, tout en lui conservant le plus de légèreté possible. Aux pieds, des chaussettes de laine sans chaussures afin d'éviter les gelures occasionnées par la pression du cuir. Pour les mains, l'aviatrice a emporté des papiers à beurre qu'elle enroulera autour de ses doigts toujours pour lutter contre le froid. Dans ses poches, en guise de nourriture, trois oignons coupés en petits morceaux. Il s'agit d'un « truc » des aviateurs, car l'oignon dilate, paraît-il, les voies respiratoires. Et de plus, en cas de sommeil, il n'est rien de tel qu'une petite giclée dans l'œil pour rester éveillé.

Duperrier, son mécanicien, venu de France avec elle, s'active autour de l'appareil. Tout a été minutieusement préparé. Le point de non-retour atteint. L'aventure est au bout de la plaine là-bas, dans cette gigantesque muraille qui a déjà coûté la vie de cinq hommes partis comme cette femme de trente ans, au petit matin, à la conquête de l'impossible.

En s'installant sur le siège de pilotage, Adrienne ne voit autour d'elle que des visages crispés. Duperrier, lui-même, le fidèle mécano, affiche un sourire jaune. Mis au courant de sa décision, le « patron » a mis à la disposition d'Adrienne deux Caudron G 3. Ils ont été démontés et embarqués sur un bateau en partance pour l'Amérique du Sud. Les amis tentent de la raisonner : l'entreprise est trop risquée, les chances de réussite sont nulles, la plupart des pics de la cordillère sont à 4 000 mètres et le G 3 ne plafonne qu'à 3 600 mètres. Mais Adrienne a pris une décision, elle ne veut plus raisonner, elle passera la première la cordillère des Andes, ou elle en sera la sixième victime.

Au mois de mars 1921, Adrienne Bolland a débarqué en Amérique du Sud, après avoir fait la fête pendant toute la traversée. Cette petite bonne femme qui vient chercher la gloire ou la mort aime la vie et ne manque jamais une occasion de la célébrer. Elle a ce qu'on appelle « un caractère de cochon », mais un sourire d'ange et une volonté à toute épreuve. Elle s'installe dans un hôtel à Mendoza, en attendant que les circonstances soient favorables au départ.

Et la bataille a recommencé. De tous côtés on a tenté de dissuader Adrienne. La presse, les officiels, les amis, chacun pense que la petite Française n'a aucune chance de réussir. Son avion est un modèle vieux de dix-sept ans, qui a fait les beaux jours des pilotes de la Grande Guerre, certes, mais qui est incapable de monter à 4 000 mètres avec ses ailes de toile, son ossature de bois et son unique petit moteur. D'ailleurs la colonie française de Mendoza boude Adrienne. On ne vient pas voir une telle prétentieuse; comment pourrait-elle passer, elle qui ne pilote que depuis un an et ne totalise que quarante heures de vol, et surtout elle qui n'est qu'une femme ? Pourtant est arrivé le jour où, après un dernier geste de la main, Adrienne lance le G 3 sur la piste où le soleil paraît. L'appareil lève le nez et, docile, monte dans le ciel bleu profond où une étoile brille encore. En bas le petit groupe d'aviateurs et de curieux suit l'avion un moment et le regarde disparaître. Adrienne a dit :

« Prévenez de l'autre côté que j'arrive... »

« Maintenant, il n'y a plus qu'à attendre », a dit quelqu'un en se signant. Depuis près d'une heure, Adrienne Bolland vole à 2 200 mètres d'altitude, et le froid est si vif qu'elle ne sent plus le bout de ses doigts. Elle est obligée de battre des bras régulièrement. La direction de la vallée est nord-ouest et jusqu'à présent tout semble se dérouler le mieux du monde. C'est au moment où la vallée oblique vers la droite qu'Adrienne voit devant elle un lac qu'elle reconnaît aussitôt, car quelqu'un le lui a décrit. Il a la forme et la couleur d'une huître. Cette femme qu'elle a prise pour une folle le lui a dit. Et cette femme a dit aussi :

« Si vous continuez à droite, vous êtes perdue. »

Adrienne Bolland fait un effort pour se raisonner. La droite c'est la sécurité, c'est la vallée continue, large, dégagée. A gauche, c'est la muraille des pics, le mur.

« Vous ne passerez qu'à une condition : suivre ce que je vais vous dire ! » a dit aussi la folle.

Comment cette illuminée pourrait-elle connaître le secret d'un passage ? Pourtant le lac de la forme, de la couleur d'une huître est bien là. Hasard ? Soit, mais troublant.

Pendant que défilent dans sa tête toutes les hypothèses et les suppositions possibles, Adrienne survole le lac en question. Presque automatiquement, elle a pris la direction de la vallée à droite. Réflexe naturel d'un pilote face à un obstacle. Et la voix de la femme retentit à nouveau dans son souvenir :

« Si vous continuez à droite, vous êtes perdue... »

Et les autres ? se demande Adrienne, les cinq autres qui ont dû eux aussi emprunter la vallée ?

Ils ne sont pas revenus... peut-être à cause de cette vallée. Puis elle se dit que la situation est absurde. Etre là, suspendue entre ciel et terre, la route dégagée d'un côté, l'obstacle de l'autre et la mort quelque part à droite ou à gauche... C'est absurde. Elle a une chance sur deux, et c'est sans doute parce qu'elle a toujours préféré la difficulté qu'Adrienne Bolland prend tout à coup la décision de suivre le conseil de l'inconnue. Elle fonce vers l'obstacle.

Un coup de manche à balai vers la gauche et le G 3 est face aux montagnes. Il faut monter, monter encore. Adrienne mesure du regard les cimes des Andes perdues dans les nuages et se dit que jamais l'appareil ne passera à 3 500 mètres; le mur est maintenant tout proche; 3 800 mètres, elle croit que l'avion va se fracasser d'une seconde à l'autre, et c'est alors dans une trouée de nuages qu'Adrienne voit la « chaise renversée » : la montagne à cet endroit a la forme du dossier d'une chaise renversée et sur la droite apparaît la trouée. Adrienne peut passer sans augmenter d'altitude; elle aperçoit bientôt la pente du versant chilien, et le monde entier apprend la nouvelle :

La cordillère des Andes est vaincue par une Française de trente ans! De retour en Argentine, Adrienne Bolland n'a qu'une idée en tête, retrouver la mystérieuse visiteuse qui lui a révélé le passage. Et elle va la retrouver. Mais la femme se contentera de dire qu'elle fréquente une amie qui est médium et qu'un jour où elles parlaient du projet de la petite Française avec un correspondant celui-ci leur avait transmis le message que textuellement elle lui avait rapporté.

Adrienne Bolland est morte en mars 1976, à l'âge de quatre-vingt-un ans, après une vie bien remplie, au service des ailes françaises. Tous ceux qui l'ont connue s'accordent à dire que, si son personnage un peu fantasque et son caractère difficile l'amenèrent souvent à faire des éclats, jamais sa bonne foi ne fut prise en défaut.

Il faudrait croire qu'Adrienne Bolland a découvert le passage des Andes grâce à un mystérieux correspondant de l'au-delà. Alors il faut logiquement admettre la proposition suivante : « Etant donné un passage dit de la chaise renversée et un lac couleur d'huître que personne au monde n'a pu voir avant l'aviatrice, puisque, les condors mis à part, elle était le premier être vivant à survoler cet endroit.

» Etant donné également (et ce n'est pas une plaisanterie) qu'Adrienne Bolland a franchi la cordillère des Andes le 1er avril 1921... Trouvez l'équation inconnue ! »

7

UNE JOURNÉE D'HÉLÈNE BARET

HÉLÈNE BARET rentre chez elle, abrutie de fatigue, grise de fatigue, vieille de fatigue, à vingt-sept ans !

Pendant huit heures d'affilée, elle a cousu le même pantalon, dans le même sens, de la même couleur, à la même vitesse, des dizaines et des dizaines de pantalons de toile bleue. Hélène Baret est culottière. Il faut bien faire des pantalons, il faut bien gagner sa vie, et il faut bien prendre le train et l'autobus pour rentrer chez soi, dans une banlieue grise, hérissée d'immeubles gris, peuplée de gens gris, gris.

Dieu, que tout est gris ! Ce lundi d'octobre est gris. En cette année 1965, on parle déjà de libération de la femme. Libérer Hélène Baret ? La libérer de quoi ? De rien :

Un mari qui a fait sa valise et cinq enfants à vingt-sept ans, de quoi voulez-vous libérer Hélène Baret ?

Le matin, à six heures trente, moral ou pas,

teint brouillé ou pas, réveillée ou pas, c'est le branle-bas de combat.

Ludovic, neuf ans, Jean, huit ans, Valérie, sept ans, Simon, cinq ans, s'en vont à l'école.

Petit déjeuner et bousculade dans le trois-pièces-cuisine. Qui est débarbouillé ? Qui ne l'est pas ? Peu importe. En file indienne, une heure plus tard, la petite troupe est devant la porte de l'école qui va leur dispenser la culture obligatoire, celle qui fera d'eux des individus libres, et ils mangeront à la cantine.

Voilà une libération pour la femme ! C'est important, la cantine !

Cela permet aussi à la mère de manger dans une autre cantine.

A sept heures trente, Hélène Baret abandonne donc son troupeau devant la grande porte fermée. Les élèves ne rentrent qu'à huit heures. Ils attendront. Hélène a juste le temps d'attraper son bus jusqu'à la gare, de sauter dans le train et de pointer à la manufacture Z... Là où les pantalons défilent sous la machine à coudre, huit heures durant.

A cinq heures, Ludovic, Jean, Valérie, Simon rentreront tout seuls de l'école, à petits pas et en file indienne.

Hélène ne sortira qu'à six heures, train et bus ne la ramèneront dans son trois-pièces-cuisine qu'à sept heures du soir. Sept heures trente, les jours de course.

Des courses au galop, dans des magasins sur le point de fermer, avec un filet qui pèse et tire l'épaule.

Mais ce soir, 25 octobre 1965, il n'est pas question de course.

La fin du mois approche, et les derniers jours s'étirent, aussi longs que le porte-monnaie d'Hélène est plat. Son salaire, les allocations familiales sont plus que juste en ce mois d'octobre, mois de rentrée des classes, et, l'école a beau être gratuite, toutes les mères savent ce que cela coûte.

Hélène Baret n'a plus que cinquante francs. Elle a mal aux jambes, mal au dos, mal à la tête, elle est seule, épouvantablement seule.

Hélène cherche ses clefs dans son sac. Il lui semble que l'appartement est bien calme, trop calme...

Que se passe-t-il ? Où sont les enfants ? Ils sont là, tous les quatre, dans le noir.

Pourquoi le noir ? La main d'Hélène cherche l'interrupteur : clic, clac, rien, et, avant même que Ludovic raconte, elle a compris. Le papier est là, sous la porte.

Un papier tout bête, irrémédiable et catastrophique :

Coupure... L'agent « machin », de la compagnie de distribution, s'étant présenté le... à telle heure... a coupé le compteur extérieur; motif : non-paiement de la facture d'électricité.

Alors les enfants se sont installés dans la cuisine, Ludovic a allumé une bougie et ils ont attendu, ils n'ont prévenu personne, ils sont là, dans l'ombre, depuis combien de temps ? Et soudain Hélène n'est plus qu'une angoisse épouvantable, elle court, court vers la chambre du fond, ouvre la porte en plus grand et s'écroule en larmes, de peur et de soulagement mêlés.

Valérie est là; Valérie actionne la machine infernale de toute la force de ses petits bras, dans le noir, et Valérie parle à la machine, Valérie raconte des choses qui se sont passées à l'école, elle récite une litanie habituelle, faite de petits détails et d'insignifiances : ce qu'a dit la maîtresse, pourquoi elle n'aime plus sa voisine de classe, comment s'est passée la récréation. Valérie parle à la machine, car c'est une drôle de machine, elle ressemble à une grosse libellule métallique, avec des hublots. Et dans cette machine, merveille de la technique, un petit corps est allongé, celui de Patrick, onze ans, le fils aîné d'Hélène. Il vit dans ce poumon d'acier depuis six ans, et c'est lui, la peur d'Hélène.

La polio a attaqué un jour, et Patrick ne peut plus respirer sans aide mécanique. Pour lui faire quitter l'hôpital, Hélène s'est battue jusqu'à obtenir à domicile la location de l'appareil. Ainsi Patrick a pu retrouver la maison, ses frères et sœur, et les frères et sœur se sont habitués à discuter avec l'aîné, dans sa machine. Patrick y est enfoui complètement. On ne voit que sa tête, à l'intérieur d'un hublot transparent. Jour et nuit, la machine l'aide à respirer.

Seul, il ne pourrait pas, pas plus que quelques minutes en tout cas.

Mais un poumon marche à l'électricité et, s'il n'y a pas d'électricité ou en cas de panne, il faut actionner une pompe manuellement, sans s'arrêter.

C'est ce que fait Valérie, depuis qu'elle est rentrée.

Tous les enfants, sauf le petit dernier, savent ce qu'il faut faire en cas de panne. Hélène leur a montré, expliqué. Elle a si peur, son édifice est si fragile. Pour avoir Patrick à la maison, elle doit réaliser un équilibre si complet, fait de tant d'impondérables...

Une voisine qui surveille dans la journée, les enfants qui prennent la relève en rentrant de l'école, une infirmière qui passe tous les deux jours... C'est de la folie! On le lui a tellement dit.

La preuve, d'après le papier, l'électricité a été coupée à dix-sept heures trente de l'après-midi et les enfants, par chance, ont dû rentrer juste après. Il s'en est fallu de peu, de si peu!

Dans sa machine à hublot, Patrick fait une petite grimace, et Valérie explique à sa mère qu'elle l'a trouvé en mauvaise forme en rentrant. La machine ne marchait pas, et Patrick respirait tout seul depuis un moment, avec difficulté, mais maintenant tout va bien.

Hélène a froid partout. La fatigue et la peur soudaine lui ont coupé les jambes.

Il est trop tard pour courir expliquer la situation à la compagnie d'électricité, et de toute façon, même en payant, même en imaginant trouver l'argent d'ici demain, ils ne rétabliront pas le courant avant deux jours au moins.

Tout se bouscule dans la tête d'Hélène, et les problèmes s'entrechoquent. Ne pas travailler demain, trouver quelqu'un pour rester auprès de Patrick, chercher de l'argent, aller voir la compagnie d'électricité, se battre, se battre, toujours se battre !

Elle aurait dû s'en douter, elle aurait dû payer, ne pas attendre la fin du mois en faisant des prières. Il fallait demander de l'aide.

Seulement voilà : Hélène sait bien qu'en demandant du secours aux services sociaux elle risque de perdre Patrick; ils le remettront à l'hôpital, ils jugeront sa situation « trop précaire », comme ils disent.

C'est comme cela qu'Hélène se bat depuis des mois et calcule, calcule à n'en plus finir.

Calcule l'argent, le temps, les risques, les inconvénients, elle n'en peut plus de calculer.

Si elle pouvait, elle pleurerait un bon coup, elle abandonnerait, elle appellerait les pompiers, la police, un médecin pour qu'on la délivre. Elle pourrait, elle devrait le faire, car cette pompe manuelle n'est que provisoire, mais une sorte d'hébétude la saisit. Comme une automate, Hélène prend la place de sa fille pour actionner la pompe. Elle s'entend parler, organiser, elle s'entend lutter comme d'habitude :

— Valérie, fais manger tes frères... Apporte-moi du potage pour Patrick... couche le petit... Ferme le gaz... N'oublie pas le réveil pour demain... Vous irez à l'école tout seuls, tu demanderas à la maîtresse de revenir à la maison, tu diras que j'ai besoin de toi, je te ferai un mot, tu préviendras la voisine, attention à la bougie... Couchez-vous sagement, je vais rester là... Apporte-moi du café, il ne faut pas que je dorme... »
Non, il ne faut pas qu'elle dorme. Il faut action-

ner la pompe sans arrêt, sans arrêt. La vie, le souffle de Patrick en dépendent. Il est là, confiant, dans sa machine, soulagé d'avoir retrouvé sa mère; il mange doucement, il s'endort doucement. Hélène est raide sur sa chaise. Le mouvement est d'une régularité douloureuse. Hélène change de bras toutes les cinquante fois. Elle compte pour se tenir éveillée. Inspiration, respiration... Une... deux... trois...

C'est comme si elle respirait à la place de son fils, au même rythme.

Hélène est un robot, elle ne pense plus, elle compte, elle respire, elle change de bras, elle recommence.

Hélène n'existe plus.

Il fait noir dans le silence, le petit bruit du poumon rythme sa propre fatigue. Jambes lourdes, paupières lourdes, Hélène s'endort parfois une demi-seconde, le temps d'un cauchemar...

« De la folie, c'était de la folie. »

Et c'était dans la nuit du 25 octobre 1965, quelque part aux Etats-Unis. Le mardi 26 octobre 1965, à sept heures du matin, Patrick ne s'est pas réveillé dans son poumon d'acier. Hélène n'a pas pu se rappeler quand et combien de temps elle avait cessé d'actionner la pompe...

Quand et combien de temps elle s'était endormie sur sa chaise.

Elle ne s'est aperçue de rien. A-t-elle dormi une heure ou cinq minutes... Quelle importance...

On ne mesure pas le désespoir à la seconde près.

8

LE BOUCHON

Verticalement, inexorablement, le sifflement de la bombe aérienne descend sur Vittorio Barzatti jusqu'à devenir assourdissant. Puis il s'arrête, comme si le cataclysme hésitait un instant.

Vittorio Barzatti a juste le temps, pendant cette seconde de silence, d'invoquer la Vierge et de rentrer la tête dans les épaules. Puis l'univers bascule.

Quand le bombardement a commencé sur les chantiers navals de la Spezia, Vittorio Barzatti se trouvait dans sa cabine, à bord d'un petit contre-torpilleur venu se mettre à quai pour des réparations. Vittorio est officier marinier. Il n'a même pas eu le temps de sortir de sa cabine. Voici maintenant qu'elle bascule. Le bateau est littéralement soulevé. Vittorio a juste le temps de se dire : « Ça y est, je suis mort ! » et c'est le noir.

Quand il revient à lui, il a une curieuse impression : le hublot de sa cabine, celui par lequel il regardait le quai, est maintenant au plafond. Il est ouvert, la vitre ronde, entourée de métal, pend verticalement par la charnière. Et, à travers le hublot, Vittorio voit le ciel. Il connaît un instant de panique, avant de comprendre ce qui est arrivé. Manifestement, le bateau est couché sur le flanc. La position de sa couchette le confirme. Voilà pourquoi le hublot est au-dessus de lui. Vittorio, apparemment, n'a rien. Il est simplement commotionné, car il a dû rester évanoui un certain temps, et il n'entend plus ni sirènes, ni bombes.

Il se remet péniblement debout et manque de tomber par la porte de sa cabine. Elle s'ouvre à présent, comme une trappe rectangulaire dans un plancher, sous ses pieds. Vittorio n'a aussitôt qu'une idée : sortir de cette cabine renversée, avant que le bateau ne coule dans le port, sur le flanc.

Le hublot au-dessus de lui est trop étroit. Il sait que sa tête pourra y passer, mais pas ses épaules. Et Vittorio est plutôt corpulent. Il se penche donc sur l'ouverture de la porte, béante à ses pieds. C'est par là qu'il doit descendre. Ensuite, il faudra ramper dans la coursive. Ramper, car c'était un couloir large de un mètre, et à présent couché sur le côté, c'est une galerie de un mètre de haut, et deux mètres de large. Vittorio s'y laisse glisser et commence à ramper. Il tente de se représenter, dans le noir, l'intérieur du bateau couché sur le flanc. Dans son esprit, c'est un labyrinthe inextricable, et il se sent totalement désorienté. Tout ce qui était vertical est horizontal, et *vice versa*. Vittorio rampe sur des portes de cabines. Ce puits qui s'ouvre devant lui, c'est le couloir qui tournait à angle droit. Vittorio calcule qu'il était long de dix mètres environ. C'est donc à présent un puits de dix mètres. En admettant qu'il puisse s'y laisser tomber sans dommage, Vittorio sait qu'il trouvera au fond un escalier de fer horizontal, mais il ne sait plus sur quoi débouche cet escalier. C'est terriblement affolant, dans le noir, de se représenter l'intérieur d'un contre-torpilleur couché sur le côté, avec tout ce dédale de coursives et d'échelles. Vittorio se perd dans cette géométrie d'un espace renversé.

Il y a pire, et Vittorio y songe aussitôt avec terreur. S'il se laisse tomber dans le couloir, devenu un puits de dix mètres, et en admettant que par miracle il ne se tue pas ou ne se blesse pas, il ne pourra plus remonter : or, si le bateau est couché sur le flanc, c'est qu'il va couler ainsi dans le port. L'eau doit être en train de monter. D'ailleurs, en tendant l'oreille, Vittorio l'entend gargouiller et clapoter sourdement... Il n'est donc pas question de descendre dans les entrailles de l'épave, il y serait noyé comme un rat. Vittorio se demande alors s'il est seul dans cette situation et il appelle, mais personne ne répond. Le peu d'hommes qui se trouvaient sur le pont du bateau en réparation ont dû être tués, ou se sont éloignés à temps.

Vittorio décide donc de regagner sa cabine pour appeler par le hublot. C'est cela, la solution, quelqu'un de l'extérieur trouvera le moyen de le sortir de là ! Un instant plus tard, sa tête émerge des flancs du contre-torpilleur par le hublot de sa cabine, et il appelle :

« Au secours !... A l'aide !... »

Il peut se maintenir ainsi, la tête dehors, en posant les pieds sur le bord de sa couchette renversée. Mais personne ne l'entend. On s'agite pourtant un peu partout dans ce port dévasté par le bombardement. Enfin, un homme sur le quai aperçoit la tête et lui fait signe que l'on va venir l'aider.

Un quart d'heure plus tard, deux infirmiers, marchant précautionneusement sur le flanc glissant du bateau couché, arrivent jusqu'à Vittorio. Il leur explique sa situation, et s'entend confirmer que le contre-torpilleur est en train de couler lentement sur le flanc. Il va donc se coucher sur la vase du port, par quinze mètres de fond. Et comme dans sa plus grande largeur il ne mesure que douze mètres, il disparaîtra forcément sous l'eau. Il faut donc sortir Vittorio de sa fâcheuse position très vite. Les hommes tentent de le tirer par le hublot sans résultat. Les épaules ne passent pas. Une demi-heure plus tard, le temps d'amener et de hisser le matériel sur le flanc du bateau, une équipe d'ouvriers est là, avec un chalumeau oxydrique, pour tenter d'agrandir le hublot. Vittorio rentre la tête dans la cabine pour ne pas être brûlé par la flamme.

Mais l'eau atteint déjà le niveau de la porte béante de sa cabine. La coursive est noyée en dessous. Le temps presse. Hélas ! il faut se rendre à l'évidence, la flamme du chalumeau oxydrique ne parviendra pas à temps à découper la tôle autour du hublot. Rien d'étonnant à cela, car la cuirasse du contre-torpilleur est faite pour résister aux obus. Un des ouvriers se penche et crie à Vittorio :
« Impossible !... » et le bateau s'enfonce !

Vittorio sort à nouveau la tête par le hublot. C'est horrible et trop bête. Mourir noyé, alors qu'il a la tête dehors, et parce que ses épaules ne passent pas. Seulement les épaules...

C'est alors que Vittorio prend sa décision : mourir pour mourir, autant choisir ce qui lui laisse une chance sur un million d'en sortir vivant : de toute façon, il a déjà le bas du corps dans l'eau, et le bateau couché est à présent presque rempli. Il coule de plus en plus vite. Aux hommes dont les pieds sont à la hauteur de sa tête, Vittorio brusquement lance un ordre :

« Vous allez faire ce que je dis ! Même si vous devez me couper en deux ! Jurez-le-moi ! »

Les deux hommes jurent avec émotion, car Vittorio est perdu, ils le savent. Mais l'idée de Vittorio est extraordinaire. Cinq minutes plus tard, les hommes laissent pendre un filin d'acier par le hublot : assez mince, mais solide. Vittorio fait plusieurs tours et le noue soigneusement autour de son torse. Puis, toujours selon ses instructions, quatre hommes attachent le filin au milieu d'une barre de fer qu'ils tiennent horizontalement au-dessus de sa tête. Deux hommes d'un côté du hublot, deux de l'autre. Ils n'ont pas le temps d'aller chercher un médecin pour administrer un anesthésique, et pourtant Vittorio en aurait besoin... Un marin tend à la tête de Vittorio une bouteille de « grappa », cet alcool italien, très raide. Il en avale coup sur coup deux ou trois gorgées, s'étrangle, tousse et ferme les yeux. Dans la cabine, l'eau et le mazout ont maintenant atteint sa ceinture. Autour de sa tête, sur le flanc du bateau coulé, les quatre marins sont comme sur une île dont la surface maintenant diminue à vue d'œil. Accroupis, ils tiennent la barre de fer comme s'ils allaient à quatre soulever un haltère. Vittorio, pour se donner du courage, lance des imprécations et des jurons affreux. Puis il se tait une seconde, ferme à nouveau les yeux, et soudain se met à hurler :

« Allez, par la Madone ! Arrachez ce qui vient ! »

Les quatre marins se redressent, comptent jusqu'à trois et tirent la barre en force. Vittorio hurle. Et puis, dans l'ordre, on entend d'abord deux craquements horribles. Ce sont ses épaules qui viennent de se briser. Puis une autre série de craquements, ce sont ses côtes. Il est à présent à moitié sorti du hublot. Il reste le bassin. Les marins sont à présent debout, car la barre de fer est trop haute; ils la tournent entre leurs mains pour enrouler et raccourcir le filin d'acier fixé en son milieu, et dans un dernier effort ils extirpent Vittorio qui vient d'un seul coup, mais non sans un dernier craquement. Au passage du hublot, son bassin s'est brisé à son tour.

C'était en 1943, et Vittorio, aujourd'hui, est toujours vivant. Il marche raide et ne peut plus bouger les épaules. En pleine guerre, on a ressoudé ses os comme on pouvait. Mais il y a, par exemple, une chose qu'il ne peut plus faire depuis, une chose bête et qui le fait toujours d'ailleurs un peu frissonner, quand on la fait devant lui : c'est de déboucher une bouteille avec un tire-bouchon. Même une bouteille de champagne.

9

UN NOUVEAU-NÉ
DE VINGT-QUATRE ANS

Dans un bruit effroyable, les pales de l'hélicoptère heurtent les branches de l'arbre. L'appareil se cabre et continue sa chute vertigineuse vers le sol. Puis une des pales du rotor se casse en deux, et le morceau brisé percute la cabine, pulvérise le cockpit, fauchant au passage le pilote. Quelques secondes plus tard, l'hélicoptère touche directement le sol et s'immobilise dans un nuage de poussière.

Lorsqu'il arrive à l'hôpital, le pilote, un certain François Barbenchon, pose un problème au corps médical : il a les deux jambes brisées, la cage thoracique enfoncée, et surtout une partie du crâne et du cerveau sectionnée par le morceau d'hélice. Tout cela ne laisse que peu d'espoir de survie. Dans la salle d'opération, pendant de longues heures, les médecins vont pourtant tenter l'impossible sur cet homme jeune, de vingt-quatre ans.

François est l'un des plus jeunes pilotes d'hélicoptère. Courageux, intelligent, toujours de bonne humeur, il a fait la conquête de tous ses camarades. Affecté au service de la Croix-Rouge, il est capable de se poser dans les pires conditions pour évacuer des blessés, et plus d'un lui doit la vie. Le voilà, à son tour, immobilisé entre la vie et la mort, dans la petite chambre d'un hôpital d'Alger, en ce début de l'année 1958.

Après quinze jours de coma, un léger mieux est constaté : le blessé ouvre les yeux, remue les mains, mais son regard reste vague et sans expression. Et puis, quelques jours plus tard, François s'agite; il veut se jeter au bas du lit et pousse des hurlements de bête prise au piège. Il mord quiconque s'approche de lui.

A ses crises atroces pour lui, et pénibles pour le personnel de l'hôpital, succèdent des heures de prostration durant lesquelles François jette parfois autour de lui des regards sans vie. Son poids est tombé de 65 à 35 kilos. Il semble vivre sans le savoir.

A la demande de sa famille, François est alors transporté en France, où les plus grands spécialistes se succèdent à son chevet. Le professeur Baumann s'intéresse plus particulièrement à son cas et, après l'avoir longuement observé, est obligé d'avertir sa mère qu'il conserve peu d'espoir de le sauver. Son diagnostic est curieux :

« On dirait que la vie lui est devenue insupportable. »

Mais Mme Barbenchon, la mère de François, est infirmière dans une clinique privée. Elle a l'habitude du mal et son avis est qu'il faut encore patienter. Elle croit encore à une chance d'amélioration.

Devant le martyre de cette mère dont le fils n'a plus rien du comportement d'un homme, le docteur Baumann cherche à lui expliquer. Il parle d'état végétatif et compare les crises de François à des colères de nouveau-né. Pour concrétiser sa pensée, le docteur Baumann avance l'extraordinaire conclusion que François, ayant perdu une partie du cerveau, est redevenu, malgré l'âge, un fœtus et qu'il a l'âge mental d'un enfant qui vient au monde.

Effectivement, quelques jours plus tard, alors qu'elle veille au chevet de son fils, Mme Barbenchon est frappée par la position fœtale adoptée par François durant ses périodes de prostration. Son sommeil est aussi profond que celui d'un nouveau-né. Alors, se dit la mère, le professeur Baumann a raison, et, poussant plus loin le raisonnement, elle pense que si son fils est comparable à un bébé qui vient de naître, il est forcément traumatisé par la solitude qui l'entoure. L'angoisse du silence est l'une des frayeurs naturelles d'un bébé. En dehors de sa visite quotidienne et des quatre ou cinq visites des médecins ou infirmiers, tout n'est que silence autour de François, donc solitude, donc angoisse. Par contre, il dort bien quand sa mère est là et lui caresse les cheveux, en retrouvant ses gestes d'autrefois, vieux de vingt-quatre ans.

François a donc besoin, selon sa mère, de beaucoup de tendresse, et il faut aussi le distraire, le mettre dans une salle avec les autres.

Mme Barbenchon fait part de cette impression au docteur qui hésite. Il est hors de question de mettre François chez les opérés ou les grands malades. Ses hurlements et son agitation pendant les crises sont incompatibles avec leur état. Il ne reste que la salle de rééducation, mais là encore c'est délicat, car ceux qui réapprennent à vivre restent des êtres fragiles. Quand, pendant des heures, on réhabitue ses jambes à marcher, ou plus simplement à se servir d'un fauteuil roulant, on n'a guère envie de supporter la présence d'un être fantomatique, piquant deux ou trois crises par vingt-quatre heures.

Mme Barbenchon comprend, mais elle insiste. « Tous ces garçons ont l'âge du mien. Ce sont des victimes de la guerre, comme lui. »

Et puis la mère trouve l'argument décisif qui va emporter l'accord de tous. « C'est en sauvant des garçons comme lui qu'il est devenu ce qu'il est ! » Dès le lendemain, François Barbenchon fait son entrée dans la salle n° 12. Tous les malades ont été prévenus qu'un pilote d'hélicoptère allait séjourner parmi eux et qu'ils auraient à lui faire partager leur vie malgré sa totale indifférence.

Dès son arrivée, deux malades viennent s'asseoir près de son lit et se mettent à bavarder avec lui. Ils parlent de leurs problèmes, racontent leurs aventures. François ne bouge pas. Son regard est toujours aussi éteint. Lorsque l'un des malades se lève, il tourne la tête vers lui; alors, voyant ce geste, l'autre le rassure :

70

« T'inquiète pas, il va revenir. »

Et la vie en commun va commencer à porter ses fruits. Quelques jours plus tard, François n'a plus que deux crises par vingt-quatre heures. Toute la journée, les rééduqués se succèdent à son chevet. Ils l'ont baptisé « l'HELICO », et c'est à qui attirera son attention en lui racontant n'importe quoi. Chacun à leur tour, ils lui donnent à manger à la cuillère, lui font écouter la radio. Une sorte de toile faite de tendresse et d'affection s'est tissée autour de François.

Chaque jour, Mme Barbenchon vient en visite et apprend de la bouche de ses camarades l'évolution du malade. Chaque homme de la salle 12 est devenu auxiliaire dévoué, qui guette, provoque et note les réactions de François. « Sa crise a été moins forte » — « Il a bien mangé aujourd'hui » — « Il a souri. » Et il est vrai que le pilote va mieux. Ce n'est encore qu'un saut de puce dans un tunnel, mais François dort mieux, comme un enfant, d'un sommeil sans nuages, et pendant ce sommeil en position fœtale il suce son pouce. Quand il ne dort pas, comme un nouveau-né, François contemple le monde qu'il découvre avec un handicap supplémentaire, car il y débarque avec un corps d'adulte, une voix d'adulte, un cerveau d'adulte, et qu'il est immédiatement plongé dans un univers qu'il ne connaît pas.

Un jour enfin, c'est le miracle. Mme Barbenchon entre dans la salle nº 12 et lance son bonjour habituel auquel chacun répond. Elle arrive devant le fauteuil où son fils est installé. Il la regarde intensément, entrouvre la bouche et émet un son qui manifestement veut dire « bonjour ». Boule-versée, sa mère tombe à genoux et tente de lui faire redire ce mot, témoin de son retour à la vie.

« Oui, bonjour, François, bonjour, bonjour... »

Un instant, l'homme enfant fait un effort énorme pour le redire. Sa bouche s'entrouvre, tout son visage se tend sous l'effet de la concen-tration, et puis sa tête retombe sur sa poitrine, épuisé par l'effort accompli. Mais le premier pas est franchi. Et, confirmé dans ses théories, le pro-fesseur Baumann commence la rééducation de ce nouveau-né de vingt-quatre ans. Il faut tout lui réapprendre. Comment on tient une cuillère, com-ment on porte ses aliments à la bouche, comment on satisfait ses besoins naturels à heure fixe. Parallèlement à cela, Mme Barbenchon et ses auxiliaires bénévoles de la salle 12 lui apprennent à prononcer les mots les plus élémentaires. On lui fait tenir un crayon et il trace d'abord des bâtons et puis des lettres. Tous ces exercices demandent des efforts terribles de la part de tous, mais Fran-çois est un nouveau-né extraordinaire !

Comme tous les enfants, il se lasse vite. Ses lettres se chevauchent, ses phrases sont inintelli-gibles. Il faut recommencer, recommencer sans cesse. Mais les camarades de la salle 12 sont for-midables. Pendant un an, ils vont s'occuper de « l'HELICO » comme s'il s'agissait de leur propre fils. François a une douzaine de mères.

Au bout d'un an, il sait dire à peu près tous les mots usuels employés par un enfant de cinq ans, mais ses jambes refusent toujours de le suppor-ter. Il lui faudra trois ans pour arriver à marcher sans l'aide de béquilles. Entre-temps il rentre chez ses parents, où il fait la connaissance de son chien qui ne l'avait pas oublié, lui, et lui fait la fête avec conviction.

Il a fallu trois ans de rééducation totale pour que François redevienne un homme presque comme les autres, presque, car il n'a pas de souvenirs d'enfance ni d'adolescence. Il n'a emmagasiné dans sa jeune mémoire que les faits et gestes de ses compagnons lorsqu'il revenait à la vie dans la salle 12, à l'hôpital. C'est ce qui lui sert de souvenirs d'enfance. Et c'est précisément là, dans la salle 12, qu'il vient faire sa première visite. Avec une émotion que l'on imagine, il ouvre la porte. Quelques-uns de ses camarades, parmi les plus handicapés, sont encore là et lui sautent au cou. Dans tout l'hôpital c'est l'événement, la nouvelle se transmet : « l'HELICO est là, le petit soldat qui est venu au monde à vingt-quatre ans! » On se presse autour de lui, on le touche comme pour s'assurer que c'est bien le même, que c'est bien ce mort-vivant qui dormait comme un enfant en suçant son pouce qui est devenu cet homme de vingt-sept ans, discutant et plaisantant avec tout le monde.

François Barbenchon s'est à nouveau jeté dans les études, et son cerveau tout neuf fait si bien son travail qu'en quelques années il obtient un certificat de psychologie.

C'est bien. Peut-être pourra-t-il aider ainsi les autres, comme il le fut lui-même, si l'on admet que psychologie et amitié peuvent accomplir le même travail.

Mais la science, l'officielle, celle que l'on apprend uniquement dans les livres, dira-t-elle un jour où se trouvait le minuscule petit bouton qui ne marchait plus dans le cerveau de François... Et, si elle le trouve, les hommes pourront-ils s'empêcher d'appuyer dessus à tort et à travers? Faire d'un peuple entier une armée de nouveau-nés... quelle horrible science-fiction !

10

SUR UN TILLEUL PERCHÉ

C'EST un grand-père, et à soixante-quinze ans passés il est en haut d'un tilleul. Un grand et beau tilleul en fleur. L'un des plus beaux arbres de son pré. Comment a-t-il fait pour grimper là-haut avec sa patte raide de la guerre de 14 et ses rhumatismes, mystère. Mais le grand-père Mangeot est dans son tilleul. Et il est fou furieux. Il a juré qu'il ne descendrait pas de là.

Qu'on aille chercher les gendarmes, qu'on lâche les chiens, il restera là-haut.

« Grand-père, allons, soyez raisonnable, on va vous prendre pour un fou !

— Allons, grand-père, vous allez vous faire mal...

— Grand-père, ça suffit maintenant !

— Grand-père, si vous ne descendez pas tout seul, on vient vous chercher ! »

Rien n'y fait. Toute la famille a supplié : le fils Louis, sa femme, la tante, les gosses, jusqu'au chien qui aboie frénétiquement au pied de l'arbre.

Mais le grand-père tient bon depuis le matin. Levé à l'aube, il s'est débrouillé pour grimper en haut de l'arbre avec l'échelle de la grange, qu'il a ensuite repoussée du pied.

Et à présent il agonit d'injures tous ceux qui l'approchent. Il les traite de lâches, de voleurs, de bandits, d'hypocrites, de sagouins et du reste... S'il n'y avait que ça, le fils grimperait bien à l'échelle pour le déloger. Mais il n'y a pas que cela.

Premièrement, le fils a tenté de mettre l'échelle, et le vieux l'a repoussée du pied. Deuxièmement, il s'est réfugié sur la branche la plus haute, et l'on ne voit que son visage furieux sous son chapeau noir. Troisièmement il a montré le bout de son fusil, et quatrièmement il a tiré en l'air une salve de sommation !

« Le premier qui monte, je lui donne du plomb dans les fesses ! »

En serait-il capable ? La famille ne jurerait pas le contraire !

Mais que faire d'autre pour l'instant que tenir conciliabule, rameuter les voisins et envisager d'appeler les gendarmes.

C'est que le cas est grave. D'ailleurs, pour que le grand-père se soit réfugié dans son tilleul, il faut que le cas soit grave.

Jusqu'à hier, personne n'avait osé dire au grand-père ce qui allait arriver. Et la famille a eu tort. La ferme est vendue; il faut partir, et il faut partir aujourd'hui; les autres le savent depuis longtemps, voilà six mois que le fils a signé. Hypothèques, échéances impossibles l'y ont contraint. Il en a le droit, Louis, il a quarante ans, la ferme est à son nom, et il ira travailler en ville. La tante ira dans une maison de vieux; elle en a le droit, elle a quatre-vingts ans... Et les gosses iront à l'école technique apprendre un métier. Ils en ont le droit, la terre ne paie plus. C'était ça les arguments de Louis. Et c'est sur ce dernier argument que le grand-père a hurlé le plus fort :

« La terre ne paie plus ! Elle ne paie plus parce que vous êtes une bande de fainéants et une bande de voleurs ! De mon temps, elle payait, la terre ! »

Hier soir, la discussion a été dure. Il ne voulait pas croire que Louis avait fait ça : vendu sans rien lui dire, organisé un déménagement sans rien lui dire ! On le croyait déjà mort, ma parole. Pourquoi ne pas lui dire ?

Pour une simple et unique raison : pour ses colères et son entêtement. Louis s'était dit, on lui dira la veille, comme ça il ne hurlera qu'une fois et il sera bien obligé de partir avec nous puisqu'on s'en va. Erreur. Profonde erreur. La preuve.

Après avoir menacé d'écharper son fils, de rosser sa femme, d'étrangler tout le monde, le grand-père est tout seul, là-haut, dans son tilleul. A son âge, et avec un fusil !

« Si vous sortez une seule valise, je tire sur tout ce qui bouge ! »

Alors la famille discute, et Louis, rouge de colère, à bout d'arguments depuis bientôt trois heures de rang, veut aller chercher les gendarmes. Il connaît trop son père. Tout cela tournera mal.

Une dernière fois, on expédie la tante en émissaire au pied du tilleul. La tante Marthe est la sœur aînée du grand-père, elle a quatre-vingts ans.

« Ecoute-moi, Rémy, te conduis pas comme un bandit, voyons. Descends que je te cause. » Mais le canon pointe à travers les feuillages...

« Rémy, ne fais pas l'idiot ! »

Mais le grand-père a dit qu'il tirerait, et il tire. Juste devant les pieds de Marthe, qui hurle et se sauve comme un lapin, à moitié morte de peur. Faire cela à une pauvre vieille de quatre-vingts ans ! Cette fois, Louis n'en peut plus. C'est un monstre, un fou dangereux, et il faut l'enfermer, ce vieux !

Louis saute par-derrière la maison, enfourche sa bicyclette et pédale vers le village, à six kilomètres de là. En priant le Ciel pour que le camion de déménagement n'arrive pas avant les gendarmes.

Du haut de son tilleul, le vieux Rémy a vu son fils pédaler sur la route et salue son départ d'une nouvelle salve de plomb en l'air, accompagnée d'injures.

Puis le calme revient momentanément dans la ferme. A l'intérieur, on attend le retour de Louis. Sur son tilleul, le vieux surveille la route.

Un quart d'heure plus tard environ, un camion arrive en grondant de toutes ses ridelles, tourne le coin de la grange et stoppe devant la ferme. A cinquante mètres du tilleul.

Avant même que les deux déménageurs aient ouvert une portière, pan, une fois, pan, deux fois,

78

et plus de pneus sur la roue arrière et la roue avant côté gauche du camion.

De l'intérieur de la maison, on hurle des avertissements aux deux hommes ahuris dans leur cabine, et il se passe quelques minutes d'explications difficiles, que le grand-père conclut d'une nouvelle menace :

« Ne bougez plus, espèces d'oiseaux de proie, déménageurs de ferme ! »

Une discussion s'engage alors entre les assiégés du camion et ceux de la ferme. C'est une discussion à grands cris, car il faut se répondre à plusieurs mètres de distance et têtes baissées. Les uns derrière les portières, les autres derrière les fenêtres.

Et de toute façon il est impossible de bouger le camion, avec deux roues crevées. C'est fort Chabrol avec un grand-père de soixante-quinze ans dans un tilleul. Il faut se rendre à l'évidence. Là-dessus les gendarmes arrivent et le grand-père s'exerce à nouveau au tir au pigeon sur leur voiture. Et pan dans la carrosserie ! D'un coup, le réservoir !

Nouvelle discussion entre les gendarmes, la famille, les camionneurs et le grand-père, toujours de loin. Mais cette fois le cas est grave, car le grand-père a tiré sur les forces de l'ordre.

« Au nom de la loi, Rémy Mangeot, descends de cet arbre ! dit le chef des gendarmes.

— Non, et non, et foutez-moi le camp ! »

Et ainsi de suite, avec nuances et variations dans les menaces et les supplications.

Alors les gendarmes repartent chercher le

maire. Le maire n'arrive à rien et suggère d'aller chercher les pompiers. Il est déjà six heures du soir, voilà plus de dix heures que le grand-père est sur son tilleul, et il n'a toujours pas cédé.

On repart donc chercher les pompiers tandis que le vieux Rémy tire un peu de temps en temps pour alimenter le débat. Ce diable d'homme a dû traîner de quoi tenir un siège. Enfin les gendarmes, le maire et les pompiers réunis, casqués, cernent le tilleul et envoient un émissaire de génie. Le meilleur qu'ils aient trouvé : le curé du village. Ils se sont dit qu'il n'oserait pas tirer sur le curé. Jusqu'à présent il n'a blessé personne, mais à force de viser à côté il finira bien par estropier quelqu'un. Mais il n'osera pas tirer sur le curé. Non. Il n'osera pas... Si. Il ose. Devant les pieds, comme d'habitude, et à quelques mètres de la soutane. Mais le curé ne s'arrête pas pour autant. Il en a vu d'autres, et l'importance que revêt soudain son ministère le pousse à marcher courageusement jusqu'au pied du tilleul, au mépris du tireur embusqué. Comme un saint héros, que Dieu regarde.

« Alors, Rémy ? Si tu veux encore me tirer dessus, maintenant tu ne peux plus faire exprès de me rater. »

Et le curé relève l'échelle et grimpe dans le tilleul en retroussant sa soutane. Sa tête, puis ses épaules, puis ses pieds disparaissent dans le feuillage.

On les entend parler, tous les deux, le grand-père et le curé. Cela a l'air d'une conversation presque normale après les hurlements de tout à l'heure, et tout le monde respire; la situation se détend pour la première fois depuis le matin. Le curé va le calmer, c'est sûr. Le vieux a toujours respecté la religion. On aurait dû y penser plus tôt! se dit la famille, soulagée.

Un bon quart d'heure passe encore. Puis le curé redescend et annonce :

« Il s'est confessé. »

Les assiégés restent bouche bée. Le grand-père s'est confessé là-haut dans le tilleul avec son fusil, à cheval sur une branche? En voilà une idée !

« Il s'est confessé, et il a dit que tout le monde s'en aille. Tout le monde, même la famille, et qu'on lui laisse une heure pour réfléchir. Il m'a promis de réfléchir. Je reviendrai le chercher moi-même. Ayez confiance, il sera raisonnable. Mais faites ce qu'il demande. Pour son orgueil, vous comprenez? Respectez-le. »

A présent, le tilleul est silencieux au milieu du pré, et la maison est vide. Toute la famille s'est réfugiée dans la maison voisine, à cinq cents mètres de là, respectant le désir du grand-père. Il fait nuit. Le grand-père a-t-il pris le temps de réfléchir? Et qu'avait-il dit en confession?

La ferme fut presque totalement détruite par l'incendie qu'il alluma soigneusement en cinq points différents. Et ce malgré la présence des pompiers.

Fut-il pris par les flammes qui dévorèrent la grange, ou avait-il choisi de s'y enfermer? Personne ne réussit à en ouvrir la porte avant qu'il ne soit trop tard.

Qu'avait-il dit en confession ? C'est un secret. Il faut respecter les secrets.

Le vieux grand-père dort depuis ce jour dans un petit cimetière du Morvan. Non loin de sa ferme brûlée, que personne ne reconstruisit jamais. On en fit une autre. Sur sa tombe, il y a une croix de pierre et deux dates : 1861-1936. Rémy Mangeot.

Même le tilleul a disparu. On dit qu'il a été touché par la foudre, la même année. Mais les survivants ont toujours besoin d'un peu de légende supplémentaire.

11

LA VILLA DU JOUR DE L'AN

Le directeur du plus grand palace de Monte-Carlo, en ce début de siècle, est habitué aux invraisemblables caprices de l'aristocratie russe en général et de la princesse Tovarov en particulier, mais cette fois la princesse a été trop loin.

Qu'elle ne supporte pas de voir les mêmes massifs de fleurs deux fois de suite et qu'il faille donc, toutes les nuits, durant son séjour à l'hôtel du 15 novembre au 15 mars, faire travailler quarante-huit jardiniers pour changer tous les massifs de fleurs du jardin... passe encore. Du moment qu'elle paie.

Mais ce n'est pas tout. La princesse Tovarov ne se déplace jamais sans son quatuor à cordes personnel, chargé de lui jouer de la musique russe, y compris, bien entendu, dans la salle du restaurant.

L'ennui est que la musique russe, inévitablement, et elle le sait d'ailleurs, donne à la princesse Tovarov des idées de suicide.

Elle le sait tellement bien qu'elle exige derrière elle, pour l'empêcher de se jeter par la fenêtre, la présence de deux garçons de l'hôtel. Encore faut-il qu'ils aient moins de vingt-cinq ans, qu'ils ne soient pas trop laids, qu'ils portent l'habit à la française : bas blancs et perruque poudrée.

Encore faut-il, pour obtenir que la princesse Tovarov abandonne l'idée de se tuer, lui apporter ce qu'elle appelle « sa potion », c'est-à-dire un mélange de champagne brut fortement sucré, de cognac et de liqueur de violette.

Après en avoir vidé huit à dix coupes (ce qui dépend de l'intensité de son désespoir), elle jette la bouteille vide en plein dans le grand miroir derrière le bar. Après quoi elle se sent mieux.

Elle va s'endormir et se réveiller le lendemain matin d'une excellente humeur, à condition toutefois qu'un groom lui apporte son petit déjeuner au lit, c'est-à-dire sur un plateau d'argent : six verres de porto avec un œuf dedans.

A savoir aussi, un groom chaque fois différent.

Mais qu'importe, à Monte-Carlo, et en 1901, qu'une princesse apparentée au tsar soit la plus excentrique, la plus capricieuse des femmes et la plus libertine. L'important c'est qu'elle soit aussi la plus riche et la plus gaspilleuse.

Ce sont des choses qui comptent pour un palace.

Cette fois, la princesse Tovarov exige tout de même l'impossible. Elle voudrait louer les salons de l'hôtel de Paris, durant toute une nuit, pour y donner ce qu'elle décide d'appeler « le bal du demi-monde » !

Louer les salons n'est pas un problème. C'est le demi-monde qui en est un. A l'époque, il y a le monde, c'est-à-dire l'aristocratie, et à la rigueur quelques bourgeois enrichis, s'ils sont bien polis. Et puis il y a le « demi-monde », ce qui désigne pudiquement les gigolos et les gourgandines. « Demi », parce qu'on le tolère un peu partout en compagnie du monde. Il le faut bien. Mais jamais, au grand jamais, on n'invite ces gens-là dans un bal mondain. Le bal est la seule chose avec laquelle on ne plaisante pas. Or la princesse prétend que, s'il existe un demi-monde, c'est que l'autre moitié en a besoin pour s'amuser. Donc qu'il faut l'avouer et réunir les deux moitiés pour le grand bal du Nouvel An.

Mais ça n'est pas possible. On accorde tout à la princesse d'habitude, mais accepter « officiellement » le demi-monde avec le monde... c'est impossible. Le directeur du palace dit à la princesse Tovarov, et son ton est inébranlable :

« Le bal du demi-monde où vous voulez, Altesse, mais pas à l'hôtel ! »

Et tous les palaces de la Côte d'Azur lui font la même réponse :

« Désolés... Jamais ! Impossible ! »

Obstinée comme à son habitude, et voulant à tout prix démontrer son pouvoir, la princesse finit par trouver une énorme villa, demeurée vide pendant la saison, car sa propriétaire veut la vendre beaucoup trop cher : c'est la villa des *Mimosas*.

Elle convoque l'agent immobilier et, d'un ton péremptoire, elle lui dit :

« Je loue cette villa pour une nuit, juste le temps d'un bal! »

L'agent immobilier commence par refuser, car la villa est à vendre et la propriétaire absente. Il ne peut pas prendre l'initiative de la louer, pour une seule nuit qui plus est. Mais, comme la princesse annonce que le prix ne compte pas, le brave homme finit par la lui louer un prix exorbitant : cinq mille francs-or de 1900 pour une seule nuit, c'est autant que pour six mois, mais la princesse répond :

« Marché conclu! Je paie d'avance. »

Et, comme il faut bien fixer une limite, elle signe un contrat pour une location d'exactement douze heures, du 31 décembre 1900 à sept heures du soir, jusqu'au 1er janvier 1901 à sept heures du matin.

Le bal du « demi-monde » a donc lieu.

De nos jours, soixante-dix-huit ans plus tard, à Monaco, les plus vieux en parlent encore. Les princes, les grands-ducs, les gigolos, les archiduchesses, tout ce monde et tout ce demi-monde, enivré de champagne et de polka piquée, passent une nuit totalement délirante, et l'on s'amuse énormément.

On s'amuse tellement qu'à six heures du matin la princesse Tovarov n'a plus envie du tout de renvoyer ces gens!

Or elle n'a loué la villa que jusqu'à sept heures du matin et trouve inacceptable d'arrêter la fête!

Dans l'euphorie que l'on imagine, elle envoie ses domestiques chercher l'agent immobilier.

Qu'ils réveillent et traînent ce commerçant avant sept heures, a ordonné la princesse.

Le malheureux arrive à 7 h moins 10 mn, ébouriffé et en pyjama, car les domestiques ne lui ont même pas laissé le temps de s'habiller. Son apparition, dans cette ambiance, déclenche une énorme hilarité. Mal réveillé, car il a encore moins eu le temps de prendre un petit déjeuner, il refuse une coupe de champagne et roule des yeux ahuris.

La princesse Tovarov réclame le silence, vide la coupe que l'homme vient de refuser et l'envoie exploser sur le piano. Enfin, d'un ton impérial, quoique nettement pâteux, elle lui annonce :

« Monsieur l'agent immobilier, nous voulons continuer le bal, j'achète la maison ! Combien ? »

Explosion de joie et délire général.

Sauf pour l'agent immobilier qui, dans le tumulte, s'efforce d'ergoter un peu :

« Mais enfin, Altesse, à cette heure-ci... Le contrat... Les frais...! »

A 7 h moins 3 mn, l'Altesse lui glisse le chèque demandé dans la poche de son pyjama.

A 7 h et 1 mn, complètement réveillé, il repart avec une somme énorme. Dans la villa *Les Mimosas*, la princesse Tovarov enlève un de ses souliers, le remplit de champagne, s'écrie : « La fête continue ! », vide le soulier d'un trait et le lance contre le piano, où il n'explose pas, mais peu importe. C'est beau, et tout le monde en fait autant.

Vers cinq heures de l'après-midi, les domestiques referment enfin les volets. Debout dans sa calèche, la princesse a encore la force d'articuler : « Alexandre... à l'hôtel !... » et s'écroule sur la banquette.

Pour dire les choses comme elles sont, ce n'est pas l'alcool qui l'a achevée, mais l'air frais.

Seize ans plus tard, une vieille dame réapparaît en principauté de Monaco. Nous sommes en 1917. Elle a échappé de justesse aux révolutionnaires et n'a littéralement plus le moindre sou.

Elle demande au directeur du palace, qui lui aussi a vieilli, s'il n'aurait pas pour elle un petit emploi, en souvenir du passé.

Le directeur a du mal à reconnaître, avec ses rides et ses cheveux gris, la princesse Tovarov et il demande, étonné :

« Mais... et votre maison ?

— Quelle maison ?... »

Car non seulement elle avait oublié, mais elle ne se rappelait même plus avoir acheté une maison.

Il fallut l'y conduire, car elle aurait été incapable de la retrouver.

Seize ans après, elle a réouvert les volets et retrouvé le salon exactement comme elle l'avait laissé, avec les verres brisés et le piano ouvert. Et c'est alors seulement qu'elle a découvert que la maison était immense. Grâce à quoi elle put y louer vingt chambres meublées, tout en gardant le rez-de-chaussée pour elle.

C'est ainsi que Son Altesse la princesse Tovarov a paisiblement fini ses jours au soleil, là où, comme la cigale, elle avait dansé.

12

LA FEMME SAUVAGE

Il était une fois dans le département de l'Ariège, il y a cent soixante-douze ans, une histoire bien étrange. Elle n'est pas oubliée des vieux du pays, qui la racontent de mémoire d'homme à chaque génération. A Suc, un petit village des Pyrénées, dans l'été 1807 (année où Napoléon gagne la bataille de Friedland), des chasseurs aperçoivent sur un piton rocheux une femme entièrement nue. De grands cheveux lui couvrent les épaules et, insensible au vertige, elle contemple le paysage à l'extrême bord du précipice. L'un des chasseurs lance un appel; la femme regarde dans leur direction, les voit et, poussant un cri, se sauve en bondissant de rocher en rocher comme une chèvre sauvage. L'événement est commenté avec la fièvre que l'on imagine. Une femme nue, vivant dans la montagne, comme une bête, moitié femme, moitié guenon, il y a là de quoi enflammer les imaginations. Et l'on décide aussitôt de l'attraper. Dans la nuit, les chasseurs, qui ont amené du renfort, encerclent le piton où est apparue l'étrange créature. Au petit jour, la femme nue réapparaît au même endroit et s'aperçoit du danger trop tard. Elle tente de se sauver, mais les chasseurs lui barrent la route et, malgré ses cris et ses contorsions, parviennent à la ligoter, l'enrouler dans une couverture et la transporter au village.

Pendant le transport, dans le mélange bizarre des cris que pousse la malheureuse, les chasseurs croient reconnaître des mots de français. Arrivés au village, on se rend donc chez le curé, où l'on dépose « la bête » sauvage. Il suffit de la regarder pour s'en convaincre. Ses yeux lancent des éclairs fauves, sa bouche grimaçante mord tout ce qui passe à sa portée, ses ongles sont pointus comme des serres, et tout son corps est cuivré par le soleil, durci par les intempéries. Elle doit avoir entre trente et quarante ans au plus. La présence du curé semble la calmer un peu, car le brave homme lui parle doucement, et tout à coup la « bête » se met à pleurer en longs sanglots entrecoupés de lamentations déchirantes.

« Il faut qu'un être ait bien souffert pour en arriver là », dit le curé aux chasseurs.

Il conseille alors de laisser la femme se calmer seule, et, après avoir desserré ses liens, tout le monde se retire dans la pièce voisine. A présent qu'ils ont capturé leur gibier, les chasseurs se demandent ce qu'il faut en faire. Où la mettre ? A qui la confier ?

Le curé, homme sage et de bon conseil, estime qu'il faut avant tout la laisser reprendre ses esprits; à la suite de quoi elle parlera sûrement et racontera son aventure. Après quoi, seulement, on avisera.

L'après-midi, une délégation vient rendre une nouvelle visite à la « sauvageonne », comme on la nomme déjà dans le pays. Elle semble avoir recouvré son calme, car on lui ôte ses liens et elle ne bronche pas. Le curé lui propose de la nourriture, mais elle détourne la tête. Aux questions qui lui sont posées, elle ne répond que par des regards dédaigneux qui impressionnent l'assistance. Assurément, cette femme n'a pas toujours vécu à l'état sauvage, il y a en elle une certaine grandeur et là, debout près de la fenêtre close, drapée dans sa couverture, elle impose un certain respect. Les paysans font cercle à distance respectueuse.

Jusqu'au soir, elle reste ainsi près de la fenêtre, insensible aux questions posées, ne voyant ni n'entendant personne, les yeux perdus vers la montagne qui peu à peu se couvre d'ombre. Il y a dans cette attente immobile quelque chose de l'animal pris au piège.

Lorsque le soir arrive, on invite la femme à monter dans une chambre à l'étage, où le curé a fait déposer à son intention un repas copieux et des vêtements. Elle suit ses geôliers sans opposer de résistance et on l'enferme à double tour. La conscience tranquille.

« La nuit porte conseil, dit quelqu'un, demain on verra clair. »

Le lendemain, dès l'aurore, le curé s'approche de la porte de la chambre. Tout est silencieux, sans doute la malheureuse dort-elle encore, épuisée par toutes ces émotions. Il ouvre la porte avec précaution, mais la chambre est vide, la « sauvageonne » s'est échappée par la fenêtre. On retrouve dans un sentier le jupon et la robe prêtés par la femme du sacristain entièrement lacérés. C'est une piste; les chasseurs repartent en battue, mais, malgré leurs ruses, malgré les chiens, ni ce jour-là, ni les jours suivants on ne retrouve trace de la fugitive. Mais elle n'a pas disparu définitivement. Quelques semaines plus tard, un berger l'aperçoit sur une crête inaccessible. Des chasseurs isolés la signalent également à plusieurs reprises, ici ou là, mais toujours fugitivement. Dès qu'elle voit âme qui vive, elle disparaît aussitôt en quelques bonds rapides. Panthère ou gazelle, on ne sait...

Et l'hiver arrive. La neige recouvre le village et la montagne. Le froid rassemble les familles autour du feu. On ne parle de la « sauvageonne » que pour la plaindre ou prier pour son âme. Car elle est morte, à coup sûr. Si le froid et le gel ne l'ont pas tuée, elle est morte de faim. Comment trouver de la nourriture sous plus d'un mètre de neige ? Et, si elle n'est pas morte de faim, elle a été dévorée par les ours, nombreux dans la région.

Au printemps, à la fonte des neiges, un gardien de chèvres arrive en courant au village et pointe un doigt excité vers les cimes :

« Regardez, là-haut, la " sauvageonne " ! »

Sur un escarpement rocheux, on aperçoit en effet une silhouette bondir de rocher en rocher, et les jumelles du curé confirment la chose. Il s'agit bien de la femme échappée l'été dernier, plus agile que jamais, et toujours nue, ce qui navre particulièrement M. le curé.

Devant cette incroyable réapparition, les habitants de Suc sont frappés de stupeur. Comment un être humain a-t-il pu survivre seul dans la montagne en hiver, et entièrement nu de surcroît. C'est impossible à croire, et il ne s'agit plus pour eux d'une femme, mais d'une bête.

Le bruit de cette réapparition qui tient du prodige fait le tour du canton et un certain Vergnier, juge de paix à Vic-Dessos, décide qu'il faut agir. Il mobilise une armée de traqueurs, dresse un plan de battue et, après une mémorable « chasse à l'homme », la « sauvageonne » est à nouveau capturée et transportée à Vic-Dessos, où Vergnier l'enferme à double tour dans une pièce dont les fenêtres sont garnies de barreaux. Il entreprend immédiatement de la faire parler. Usant de beaucoup de patience, il vient plusieurs fois par jour « bavarder » avec la prisonnière, qui s'habitue peu à peu à sa présence. Il lui donne de la viande et du poisson cru qu'elle dévore goulûment. Un jour qu'il parle de la méchanceté des ours de la montagne, la femme se dresse soudain et parle clairement pour la première fois. Sa voix est rauque :

« C'est faux », dit-elle.

Elle n'est donc pas muette. Enchanté de ce résultat, le juge de paix poursuit son interrogatoire au sujet des ours qui semble l'intéresser au plus haut point.

En effet, de la même voix rauque, la femme continue de parler, avec effort, mais toujours clairement :

« Les ours sont mes amis. Ils me réchauffaient et partagaient leur nourriture avec moi. »

Vergnier apprend ainsi, bribe par bribe, l'histoire incroyable de cette malheureuse qui, manifestement, n'a plus toute sa raison.

Chassée de France par la Révolution, elle se réfugie en Espagne avec son mari. Quelques années plus tard, ils décident de rentrer discrètement. Pour ce faire, ils passent les Pyrénées où ils sont attaqués par des contrebandiers. Au cours du combat son mari est tué, tandis qu'elle réussit à s'enfuir dans la montagne. A partir de là, les choses s'embrouillent un peu. Elle se perd, ou elle n'ose plus se montrer, on ne sait pas. Toujours est-il qu'elle commence une vie de sauvage qui va se poursuivre ainsi pendant deux ans. Aussi incroyable que cela paraisse, cette femme va vivre en solitaire deux années dans la montagne, mangeant des racines, attrapant des oiseaux, dénichant des nids, pêchant à la main dans les torrents, se réfugiant l'hiver dans des grottes avec des ours qui partagent avec elle leur nourriture, en toute confiance. La conclusion du juge de paix est que la malheureuse est retournée à l'état primitif de nos lointains ancêtres, retrouvant au fond de son subconscient les gestes de survie. Le plus extraordinaire étant cette véritable amitié avec les ours, des animaux qui, à l'époque, étaient férocement chassés par l'homme et le lui rendaient bien.

Malgré ses efforts, Vergnier ne peut obtenir aucun renseignement sur son identité et celle de son mari. Dès qu'il aborde ce chapitre, la « sauvageonne » se met à pleurer ou tombe dans une hébétude totale. Alors, estimant qu'il a fait son devoir, le juge de paix de Vic-Dessos décide de livrer sa pensionnaire à l'Administration. Le plus sage n'est-il pas de la placer dans un asile? Or, à l'époque, il n'en existe pas dans le département de l'Ariège, et celui de Toulouse refuse de recevoir les malades d'un autre département. Bref, l'Administration, soucieuse de se débarrasser d'un fardeau qui l'encombre, accepte de prendre l'inconnue sauvage à sa charge, mais pour l'envoyer tout simplement en prison à Foix. Incroyable. Personne n'a l'idée de la laisser retourner dans sa montagne, où elle ne faisait de mal à personne et où elle avait réussi à s'adapter. Après tout vit sa vie qui veut, et comme il veut, la liberté des uns étant admise dans les limites où elle ne gêne pas celle des autres. Mais non. Laisser libre une sauvageonne, cela ne se fait pas. Les êtres sauvages doivent aller en cages. La prison de Foix est, à l'époque, dans le vieux château féodal. La « sauvageonne » y est enfermée entre quatre murs, sans air et sans lumière, et se met à hurler de désespoir. Pendant des heures, ses cris retentissent dans les couloirs du château, et rien ni personne ne parvient à la faire taire. Elle hurle à la mort et au bout de quelques jours le gardien, excédé, la fait conduire dans l'escalier du donjon où il l'enferme entre deux portes, comme ça, sur les marches, dans un espace de un mètre. Et comme, dans la nuit, il entend encore au loin ses lamentations, l'Administration de la prison décide d'utiliser les tristement célèbres oubliettes du château fort. Ni plus, ni moins.

On la jette comme un paquet dans ce trou noir et glacé dès le lendemain. Près d'elle, le gardien dépose du pain et de l'eau, puis referme la trappe. L'essentiel pour lui étant de dormir tranquille. Mais quelques jours plus tard, lorsque le geôlier vient renouveler ses vivres, la bête sauvage est morte. Elle n'a pas supporté la cage sans lumière, le froid, le désespoir; sa folie a atteint le maximum de la souffrance supportable pour un être humain. Ainsi la « sauvageonne » des Pyrénées est-elle morte avec le secret de son identité. Aujourd'hui encore, personne ne sait qui elle était et d'où elle venait. Peut-être avait-elle quelque part dans son autre vie des enfants, dont l'un d'eux est peut-être en train de lire sans le savoir l'histoire de son ancêtre.

Une lamentable histoire. Un triste dénouement que cette mort dans un trou imaginé par les hommes pour une femme qui avait passé deux hivers dans la montagne grâce à l'hospitalité, à la chaleur, à la compréhension de ces inférieurs que l'on appelle des bêtes.

13

LA COURSE EN SOLITUDE

Le départ a été fantastique, comme il l'avait rêvé.

Richard a regardé s'éloigner la côte de Cornouailles. Il a senti le claquement profond de la voile abordant le large. La course en solitaire, la grande course autour du monde, était commencée.

Le trimaran a pris la mer le 1er novembre 1968. Il n'a plus qu'à prouver ses mérites. Richard y a mis tout son temps, son argent, ses idées, son obstination, et les commanditaires ont fait le reste.

Richard ne peut pas s'empêcher d'être orgueilleux de son bateau, orgueilleux de ce qui lui arrive. On va faire partie, enfin, de ce club fermé, des quelques fous qui méprisent assez le monde pour vouloir en faire le tour sans marcher dessus. Richard sera dans quelques mois le navigateur solitaire le plus célèbre d'Angleterre. Il l'a décidé quand il était petit. Il le veut toujours. Il a autant besoin de l'épreuve en elle-même, du combat avec la mer, que de la gloire qui l'entoure.

C'est un drôle de garçon, Richard. Têtu, âpre, brun, les yeux aussi sombres qu'un ciel d'orage. Il a vingt-cinq ans.

Et le voilà seul sur l'*Electron*. Son trimaran.

Désormais, il tiendra son journal de bord tous les jours, et régulièrement la terre recevra des messages, comme des avis de grand frais, dans la routine du quotidien.

Sur le journal de bord, d'une écriture appliquée, Richard note les mille et un détails de sa vie.

30 novembre : vent arrière, qui mollit progressivement. Deux oiseaux m'ont nargué toute la matinée.

15 décembre : je suis au sud du Portugal, le vent est bien accroché. J'aime cette fin de nuit. Je navigue sur une étoile.

25 janvier : l'océan Indien est presque violet. J'ai vu un poisson qui avait l'air tout bleu. Mon réveil est réglé pour 2 heures. J'ai peur de m'écarter de ma route.

30 janvier : mon talon blessé me fait toujours mal. J'aurais dû ôter cette écharde dès le premier jour. 14 h. Le ciel se couvre. Cumulus et cumulonimbus.

Avec entre les lignes, débordant, l'immense plaisir d'être seul maître à bord. Richard note aussi bien les grands détails de sa route que les broutilles du bord. Les messages qu'il fait parvenir sont également pleins d'enthousiasme.

Le dernier message le situe dans l'océan

Indien, mais c'est le dernier. Et les jours et les semaines passent. Aucune nouvelle du navigateur solitaire anglais. Aucune nouvelle pendant onze semaines.

C'est étrange, car personne, durant ces onze semaines, n'aperçoit le trimaran *Electron*.

Aucun message de détresse, aucune épave repérée. Mais un navigateur solitaire qui ne donne pas de nouvelles pendant onze semaines, cela n'a rien d'extraordinaire. Dans l'entourage de Richard on ne s'inquiète pas trop, et on a raison, car le 29 mars 1969 Richard fait parvenir à la BBC un message annonçant qu'il a franchi le cap Horn. C'est donc que tout va bien. Tout va bien sur le carnet de bord de Richard en tout cas. Le carnet n° 1 sur lequel il continue de noter les détails de sa course solitaire.

Richard a vu les îles Cocos, il a vu Tahiti, et les Marquises, il parle dans son journal des oiseaux paille-en-queue qui volent autour de son bateau. Il dit : l'*Electron* court grand largue en eau libre... je dors, je dors... Il dit : l'alizé me pousse à 6 nœuds. Le soleil tape, j'ai vu des poissons volants.

Il dit : je viens de voir une île comme un coquillage blanc sur l'eau verte, je mets cap au sud.

Mais sur l'*Electron*, il y a aussi le carnet de bord n° 2. Il commence le 30 janvier.

Midi : j'ai toujours su que ce bateau ne tiendrait pas le coup. Il est brutal et tape-à-l'œil. Depuis deux mois, je n'ai pas cessé de découvrir ces défauts. Ce rafiot n'est pas digne de faire le tour du monde. Il n'est même pas digne de faire du cabotage.

Plus loin, sur le carnet de bord n° 2 :

10 mars : je descends jusqu'aux îles Falkland,

12 mars : je n'irai pas aux Falkland, je change de cap. J'ai décidé de faire escale en Argentine, ce fichu bateau a besoin de pansements.

29 mars : je suis en cale sèche à Panama.

Et pourtant, ce même 29 mars, le message est parvenu à la BBC « Tout va bien, j'ai passé le cap Horn... »

Alors il faut lire le carnet de bord n° 3.

Le carnet sur lequel Richard note ses angoisses et ses désillusions. Ses espoirs et ses folies.

Il a voulu être ce solitaire autour du monde. Il l'a tellement voulu, si fort, qu'il ne s'est pas demandé s'il en était capable.

Alors il est parti comme les autres; dans le claquement des voiles, il se voyait déjà revenu, maigre, barbu, noir de soleil et fatigué d'embruns. Mais il a fait quelques milles dans l'Atlantique, et il a eu peur. Peur de son bateau. Mais peur de lui surtout.

Au début, il a pensé revenir en arrière et avouer cette peur. Dire à ceux qui l'avaient regardé partir avec enthousiasme : « Je ne suis qu'un trouillard, une fourmi humaine qui a peur de la mer. Peur de l'Océan. Peur de la solitude. Jamais je ne passerai le Pacifique. »

Et puis, quelques pages plus loin, sur le carnet de bord n° 3, il n'ose plus en parler et il commence à envoyer des messages qui ne le concernent plus.

100

Ce navigateur solitaire et enthousiaste dans l'océan Indien, qui voit des poissons presque bleus, ce n'est pas lui. C'est celui qu'il aurait voulu être. Ce marin paisible qui croise au large des îles Cocos et regarde les oiseaux tourner autour de son mât, c'est un autre.

Ce skipper flegmatique qui annonce « j'ai franchi le cap Horn », c'est un rêve. Richard n'a rien fait de tout cela. Il tourne en rond dans l'Atlantique depuis deux cent quarante-trois jours. Cap à l'est, à l'ouest. Il devient fou. Il est en train de faire croire au monde qu'il en fait le tour, et il tourne en rond comme un bouchon dans un bassin.

Il écrit : « Dieu me regarde, je suis le jouet d'un cerveau cosmique, plus rien, je ne suis plus rien. »

Par contre, sur le carnet de bord n° 1, tout va bien, le tour du monde s'achève.

Le 24 juin 1969, Richard reçoit un message des organisateurs de sa course : « Rencontre prévue aux îles Sorlingues. Stop. BBC attend interview. Stop. Editeur intéressé pour récit exclusif. Stop. Arrivée triomphale prévue. Stop. »

Richard répond : « Je parlerai une autre fois. Envie de voir personne. » Mais il sait qu'on l'attend. Il sait que le rêve a pris fin. Qu'il faut ou rendre des comptes, ou continuer de mentir. Et peut-on mentir sur un tour du monde qui n'a jamais existé ?

Le 30 juin sur le carnet n° 3 :

« Mon âme désormais est en repos. Je vous livre mon carnet de bord. Il ne peut y avoir qu'une seule beauté, c'est la beauté de la vérité.

Personne ne peut faire que ce qu'il est capable de faire. Tout est fini. Fini. C'est la fin de mon jeu. Je ne veux plus jouer. J'abandonne le jeu à 11 h 50. »

Deux semaines plus tard, le trimaran *Electron* dérivait seul à 500 milles à l'ouest des Canaries. Abandonné, désert.

Les carnets de bord étaient sur la couchette. Le n° 1, qui avait fait le tour du monde. Le n° 2, qui avait tourné en rond dans l'Atlantique. Et le n° 3, qui avait mis le cap sur la folie et le désespoir. Richard était arrivé au bout de sa course en solitude.

14

TEEC-NO-POHI DIT FUMIER DE BREBIS

Dans les premiers jours d'avril 1941, alors que le printemps s'annonce et que les agneaux sont nés, une vague de froid s'étend brutalement sur le pays des Indiens Navajos.

Watu-Nakaï, un berger de quarante ans, regarde avec désespoir une énorme congère s'accumuler contre sa hutte de bois. Avec sa vieille mère et sa jeune femme enceinte, Watu-Nakaï vit comme tous les Navajos dans la réserve de l'Oklahoma. Un pays de plateaux arides, semi-désertiques, où il faut des hectares pour nourrir un mouton.

Après trois jours de blizzard et de neige accumulée, la réserve est devenue un pays de mort. Au début, Watu-Nakaï ne s'est pas inquiété de cette neige tardive, au contraire. La neige est bonne pour le sol pierreux. Quand le soleil la fait fondre, elle y pénètre, et l'herbe pour les brebis naîtra de cette humidité. Ainsi elles pourront nourrir leurs agneaux. Mais la neige un 12 avril, alors que les agneaux sont nés, c'est trop! Watu-Nakaï souhaite un peu de soleil pour arranger cela. Malheureusement, la semaine passe, et la neige continue de tomber. Plus grave encore, le blizzard souffle à 80 kilomètres/heure, sur toute la région nord de l'Oklahoma. La hutte de Watu-Nakaï disparaît sous la neige. C'est devenu un véritable igloo. Ses moutons, une vingtaine, sont rassemblés dans une grotte qui leur sert de bergerie, au pied d'une falaise. L'entrée en est protégée du blizzard par un mur de pierres sèches. Mais le vent, le froid et la neige y pénètrent quand même. Et les moutons y sont frileusement serrés les uns contre les autres, faisant aux agneaux réfugiés sous leur ventre un autre abri sur pattes, au toit de laine étanche et au sol de fumier accumulé depuis des dizaines d'années. Le malheur est qu'il ne reste plus assez d'herbe sèche de la saison dernière pour les cinquante brebis qui ne pourront plus nourrir leurs agneaux.

Le plus grave est que Witouna, la jeune femme de Watu-Nakaï, est à deux ou trois jours d'accoucher et qu'il n'y a plus de bois sec à brûler. Le nouveau-né risque de mourir de froid. Et si les brebis meurent de faim, le lait manquera au bébé. Sa mère, mal nourrie de viandes sèches, manquant de vitamines en cette fin d'hiver, est bien trop faible pour l'allaiter. C'est pourquoi Watu-Nakaï, inquiet, se tourne vers sa vieille mère. Elle n'a guère que soixante-deux ans, mais une Indienne Navajo, à cet âge, ressemble à une vieille pomme. Les cheveux blancs, les yeux bridés, comme deux fentes derrière les paupières lourdes, elle voit tout juste assez clair pour filer la laine et tisser en y regardant de très près ces tapis navajos que les Américains achètent à la belle saison. Les Blancs trouvent cela très joli, à présent qu'ils l'achètent à une minorité en cage et réduite à néant. Si Watu-Nakaï se tourne vers sa mère, c'est que chez les Navajos la vie est très dure et la sagesse est l'apanage des vieilles femmes. Une vieille femme est faible, disent les Apaches, ce à quoi les Navajos, leurs cousins, répliquent par un proverbe : « Pendant que les forts se battent, les faibles ont le temps d'observer. » C'est pourquoi les vieilles femmes savent tout, selon les Navajos, car elles ont longtemps observé.

Voilà pourquoi Watu-Nakaï demande à sa vieille mère :

« As-tu déjà connu la neige et le blizzard si longtemps au début du printemps ? Alors qu'il n'y a plus de bois pour nous chauffer ? Plus d'herbe pour les brebis ? »

Sa vieille mère réfléchit et répond avec la lenteur de ceux qui savent que chaque mot compte :

« Je n'ai pas connu, mais mon père a connu. »

« Sais-tu ce qu'il faut faire ? demande humblement le fils. Sais-tu ce qu'il faut pour que ton petit-fils qui va naître ne meure pas ? »

La vieille le sait : mais il faut que Watu-Nakaï le fasse très vite tant qu'il a des forces. Qu'il tue d'abord tous ses moutons, toutes ses brebis et tous ses agneaux, sauf une brebis et un agneau. Qu'il dépèce les cadavres, les vide et les enfouisse dans la neige pour garder la viande gelée le plus longtemps possible.

Watu-Nakaï obéit et il est obligé de se livrer à ce massacre dans la grotte, à l'abri relatif de la tempête de neige. Il faut aussi que le sang des brebis, mélangé à de la neige fondue, vienne imbiber le fumier de brebis encore frais. La mère l'a dit. Watu-Nakaï creuse donc une fosse de deux mètres dans l'épaisseur de fumier accumulé depuis des années sur le sol de la grotte. Avant cela, il a soigneusement enlevé la couche superficielle de fumier frais pour en faire un tas. La vieille observe son travail et, lorsqu'elle estime la fosse assez profonde, elle ordonne à son fils d'étaler au fond le mélange de fumier frais, de sang et de neige fondue. Par-dessus, Watu-Nakaï doit disposer une litière de brindilles et de broussailles, puis entasser les peaux de la moitié des brebis tuées, la laine vers le haut. Enfin, la mère ordonne que sa belle-fille descende dans la fosse à fumier, et s'y fait descendre elle-même par son fils. Du fond de ce refuge, la vieille femme donne ses dernières instructions.

« Maintenant, tu vas couvrir le haut de la fosse avec des bâtons et tout ce qui te reste des peaux de brebis, en laissant seulement deux trous, pour que l'air passe. »

Pendant que Watu-Nakaï s'affaire dans sa grotte à peine protégée du blizzard par un mur de pierres sèches, la température descend à — 15 degrés dans tout le pays navajo. Plus de trente mille brebis meurent de froid, et cent onze

Indiens, hommes, femmes et enfants, ne pourront être secourus à temps.

Watu-Nakaï se penche vers la fosse dans le fumier, où sa femme est entrée dans les douleurs de l'accouchement. Penchée sur elle, la vieille mère l'aide. Ni l'une ni l'autre ne souffre du froid terrible qui règne en surface, car ce que savait la vieille, ce qu'elle avait appris de son père est une chose bien simple : le fumier de brebis, comme le fumier de cheval, est ce que l'on appelle un « fumier chaud », beaucoup plus que le fumier de porc ou de vache. Et il monte très vite en température, à la simple condition qu'on l'arrose un peu. On n'a jamais vu en hiver, par exemple en Lorraine, où naguère encore on le laissait devant la porte de la cuisine, un tas de fumier recouvert par la neige. Elle fond dessus et le fait fermenter, ce qui dégage de la chaleur et fait le bonheur des poules, par — 25 degrés au-dessous de zéro.

La mère de Watu-Nakaï savait cela : c'est pourquoi elle a fait étendre par son fils le fumier frais au fond de la fosse pour qu'il y fermente. Le sang des brebis tuées, mêlé à la neige fondue, devant l'y aider. La couche de broussailles et de brindilles puis les peaux de mouton ont activé la fermentation, tout en protégeant la mère et le bébé de l'humidité. La vieille navajo a tout simplement fait installer par son fils une couveuse à fumier, avec un vide sanitaire. C'est ainsi qu'un bébé navajo est né dans la chaleur d'une fosse à fumier, le 14 avril 1941, comme dans la plus moderne des couveuses artificielles. Alors que partout alentour, sur des kilomètres carrés, gens et bêtes mouraient de froid. La vieille navajo ordonna ensuite à son fils de faire un feu de bois vert à l'entrée de la grotte pour les signaler aux équipes de secours, car le bois vert, mélangé au bois sec, se consume en faisant beaucoup de fumée, ce qui, pour un Indien, est le B-A-BA. Mais le plus remarquable est que la vieille femme avait ordonné à son fils de tuer toutes les brebis, sauf une avec son agneau. Sauf une pour que le peu de fourrage restant suffise à nourrir la rescapée, et de façon qu'elle fasse du lait. Mais pourquoi l'agneau ? Quand le fils de Watu-Nakaï est né, dans la fosse à fumier, la vieille femme a coupé le cordon ombilical avec les dents selon la coutume, puis elle l'a ligaturé avec un fil de laine longtemps mâchonné dans sa bouche, car la salive est cicatrisante. Après quoi seulement elle a ordonné à son fils de tuer l'agneau de la dernière brebis et de le dépecer. Elle a ainsi enveloppé le nouveau-né dans la peau de l'agneau mort, ce qui lui a permis de téter la brebis sans être rejeté par la bête. Car les brebis reconnaissent leur agneau à l'odeur. Nos bergers des Alpes ou des Pyrénées savent cela, eux aussi.

Le bébé de Watu-Nakaï vécut ainsi plus de deux semaines, avant l'arrivée des secours, dans le fond de sa couveuse à fumier avec sa jeune mère épuisée, sa grand-mère sagace et sa brebis nourricière, à qui le père jetait de temps en temps de l'herbe sèche. Les sauveteurs constatèrent qu'il faisait plus de 15 degrés dans la fosse et − 12 degrés au-dehors. Le fils de Watu-Nakaï est actuellement le chef de la tribu des Navajos de l'Oklahoma. En souvenir de sa naissance, il s'appelle « Teec-no-Pohi », c'est-à-dire « Fumier de brebis », car le fumier n'est pas si méprisable. Rappelons que dans nos crèches de Noël on met toujours un certain nouveau-né sur de la paille bien propre. Elle ne devait pas être propre cette paille qu'étaient venus chercher ses parents, pour lui, dans cette étable, n'était-ce pas la chaleur du fumier d'un bœuf et d'un âne gris ? Mais nous ne savons pas toujours lire entre les lignes de notre propre catéchisme.

15

LA MÉLASSE QUI TUE

La mélasse est ce qui reste lorsque le sucre a été extrait du jus de la canne à sucre. C'est une sorte de matière sirupeuse d'un brun noirâtre qui a la consistance du miel. Au début du siècle, la mélasse était le sucre des pauvres. On en mettait dans le café, et dans les quartiers miséreux les enfants l'étalaient sur leurs tartines de pain noir. Dans les distilleries, on en tire du tafia et du rhum.

Le 15 janvier 1919 à Boston, aux Etats-Unis, M. Lecat, Jeff de son prénom, ne supporte plus l'odeur de la mélasse. Il est employé à la distillerie Leester et tous les midi, en ouvrant la gamelle que sa femme lui a préparée, il sent la mélasse. Que ce soit du ragoût, des saucisses, du poireau ou des pâtes à la sauce tomate, tout prend l'odeur fade et le goût mièvre de cette infernale marmelade qui suinte de partout.

Ce 15 janvier, la distillerie est pleine à craquer de résidu de canne à sucre. Depuis trois jours, des bateaux-citernes portoricains déversent, dans le réservoir qui surplombe la distillerie, leur cargaison. Le matin, ils ont terminé et 8 781 000 litres de mélasse sont là, dans le réservoir gigantesque, haut comme une maison de cinq étages. La pression qu'exerce cette masse visqueuse de près de 20 000 tonnes est si forte qu'à la base du réservoir les rivets qui joignent les plaques de tôle laissent filtrer le jus gluant. Devant ce phénomène inquiétant, Jeff Lecat alerte le contremaître.

La fuite lui paraît importante, et il pense qu'il faudrait délester les réservoirs.

Mais le contremaître le rabroue, en le priant de s'occuper de ses affaires. Jeff hausse les épaules et décide d'aller manger sa gamelle chez sa mère. Il est 12 h 35 mn, il faut dix minutes pour aller au vieux port, la promenade lui ouvrira l'appétit, et il respirera un peu mieux. Jeff Lecat descend la rue des commerces, sa musette sur l'épaule, et constate que ce mois de janvier est splendide. Un brave petit soleil donne un air de printemps aux boutiques, dont les portes sont largement ouvertes. Boston est une ville prospère, déjà fière de son métro aérien sur un viaduc de poutrelles d'acier.

Au moment précis où Jeff Lecat débouche sur le port, un grincement énorme lui fait tourner la tête. Aussitôt suivi d'une série d'explosions sèches. Jeff s'est arrêté, une sorte de pressentiment l'envahit : la cuve de la distillerie craque. Des hurlements lointains, venus du haut de la rue des commerces, lui confirment aussitôt la vérité. La cuve de mélasse vient de se déchirer et les explosions que l'on entend sont les rivets qui sautent les uns après les autres. 9 000 000 de litres de mélasse s'apprêtent à déferler dans Boston.

N'écoutant que son courage, Jeff remonte en courant la grande rue, se heurtant à des gens affolés qui se précipitent en sens contraire, vers le port. Il atteint la distillerie, mais s'arrête; il croit rêver. Les bâtiments avancent vers lui, poussés par un monstre gluant. Ils sont arrachés du sol et glissent le long de la rue, vers le viaduc du métro. Au moment où le toit heurte les poutrelles de fer, la distillerie explose littéralement, tel un château de cartes, et disparaît, submergée, engloutie, dans un ras de marée de mélasse de trois mètres de haut. En un instant, Jeff se rend compte de la situation inexorable. Rien, ni personne, ne pourra endiguer cette marée gluante qui absorbe tout sur son passage. Des hommes, des chevaux, des voitures disparaissent sous ses yeux avant d'avoir pu tenter quoi que ce soit. En quelques secondes, Jeff Lecat, cloué au sol par la stupeur, voit des scènes qui se gravent à jamais dans sa mémoire : un homme est grimpé sur le toit d'une voiture qui roule quelques mètres poussée par la vague, puis bascule, précipitant le malheureux dans la coulée. Sa tête émerge un moment, ses bras s'agitent, frappant désespérément cette surface mouvante dans laquelle on ne peut même pas se débattre. A ses côtés, un cheval sort du magma, telle une statue couleur de bronze. L'homme tend les bras vers lui, comme pour saisir cette ultime chance de se hisser au-dessus de la mort. Mais un remous les fait disparaître tous les deux. Là-bas une femme court, poussant devant elle un landau; elle précède de quelques mètres la vague énorme, mais une coulée de mélasse plus liquide la prend de vitesse. Aussitôt sa course se ralentit, elle n'arrive plus à arracher ses pieds de la boue visqueuse qui la paralyse. Le temps de se retourner, elle voit déjà la grosse vague qui la happe à son tour.

Jeff se rend compte de l'imminence du danger en ce qui le concerne et la peur lui donne des ailes. C'est alors qu'un deuxième déchirement se fait entendre. La cuve à mélasse vient de s'écrouler, libérant d'un seul coup le restant de son contenu. Une nouvelle poussée fantastique se produit. Cette fois la totalité des 9 000 000 de litres de mélasse déferle en force. Jeff Lecat a beau courir de toute la vitesse de ses jambes, la vague meurtrière gagne du terrain sur lui. Elle n'est plus qu'à dix mètres; Jeff entend déjà le bruit suintant se rapprocher. Il se retourne et évalue la distance à cinq mètres. Ses pas martèlent le sol, son cœur éclate dans sa poitrine, il court désespérément et a jeté sa musette pour aller plus vite. Il dépasse des gens qui, comme lui, tentent de fuir vers le port. Mais il les a à peine dépassés qu'il les entend hurler derrière lui, et ces cris lui glacent le sang. Il faut courir encore plus vite. Jeff ne regarde plus derrière lui. Il sent le souffle de la vague dans son dos, et il s'oblige à respirer à fond, à allonger les jambes, comme un coureur qui n'en finirait pas de sprinter. Des gens se ruent dans les maisons dont les issues se referment bruyamment derrière eux. C'est sans doute là le

114

salut. Cherchant des yeux une porte pour s'engouffrer, Jeff sent tout à coup ses jambes se dérober sous lui. La petite vague, plus liquide, vient de le faucher littéralement, et il tombe en arrière dans la mélasse. Assis dans cette bouillie verdâtre, il ne songe qu'à une seule chose : conserver son équilibre. Il ne doit pas s'affoler, ni se débattre, il serait englué. Il se laisse emporter comme un fétu de paille, dévale à toute vitesse la rue des commerces sur sa coulée liquide, devançant de deux mètres à peine la formidable vague visqueuse qui engloutit tout sur son passage. Les bras écartés, se servant de ses mains comme d'un balancier, Jeff se maintient assis dans cinquante centimètres de glu qui constitue sous lui le plus extravagant des toboggans.

A l'approche du port, la pente s'accentue et la vitesse devient plus grande. La vague énorme gagne sur lui. Impuissant, Jeff voit le bouillonnement se rapprocher. Déjà des éclaboussures l'atteignent. Ses cheveux, son dos se couvrent de mélasse. La mort horrible n'est plus qu'à un mètre. Il atteint ainsi les quais du port, tourbillonnant à présent comme une toupie. Les bateaux larguent leurs amarres et s'éloignent à grands coups de rame. Dans un bruit d'avalanche, Jeff bascule dans le bassin du port et se met à nager de toutes ses forces à l'aide de ses seuls bras. Ses jambes engluées refusent tout service. Il gagne un mètre, deux mètres, et soudain une vague énorme le pousse en avant; une corde lui est lancée, il s'y accroche, on le tire, on le hisse sur le pont d'un bateau, Jeff Lecat vient d'échapper à la plus atroce des morts, à quelques secondes près.

Tout le monde n'a pas eu sa chance. Vingt et une personnes ont trouvé la mort dans cette marée exceptionnelle. La force colossale de la coulée de mélasse a tordu les poutrelles d'acier du viaduc du métro comme de vulgaires morceaux de plomb. Des dizaines de chevaux ont été retrouvés écrasés ou asphyxiés. Plusieurs maisons ont éclaté sous la pression formidable. La mélasse a fait plus d'un million de dollars de dégâts, en 1919, à Boston. Pendant huit jours, personne ne pourra s'asseoir dans un lieu public ou dans un transport en commun sans rester collé sur son siège. Il est impossible de saisir un appareil dans une cabine téléphonique sans qu'il englue les doigts. Il faudra aux pompiers un mois d'efforts pour débarrasser Boston des dernières traces de la souillure. Et ils ne pourront rien contre l'odeur écœurante qui continuera pendant des années de flotter sur la rue des commerces.

Les propriétaires de la distillerie Leester tentèrent de refuser la responsabilité de la catastrophe. Malgré la déposition accablante de Jeff Lecat, ils tentèrent de prouver qu'une bombe jetée par un anarchiste avait provoqué l'accident. Mais l'enquête prouva que le réservoir avait été fabriqué avec des matériaux moins résistants que ceux prévus au cahier des charges, et les patrons de Jeff Lecat furent condamnés à verser plus d'un million de dollars aux victimes. La note était salée, plus salée en tout cas que ne l'avait prévu le journal *Le Globe de Boston* qui écrivait sans honte, quelques jours après cette catastrophe qui avait coûté la vie à vingt et une personnes : « Les assureurs estiment que l'ensemble des revendications présentées au nom des morts et des blessés n'atteindra pas un montant très important, car les victimes appartiennent pour la plupart aux classes laborieuses. »

C'était en 1919! Fin de citation.

16

LA PETITE FILLE QUI DORMAIT

A BORD d'un grand paquebot noir et blanc qui avance dans la brume, une petite fille dort. Nous sommes le 25 juillet, au large de la côte Nord-Est des Etats-Unis, non loin du Canada. Le paquebot est l'un des plus grands et des plus beaux de l'époque. Il est en tout cas le plus moderne des navires italiens. Il est tout neuf. Il est insubmersible. Il ne peut pas brûler. Il est aussi luxueux qu'un hôtel quatre étoiles. Tous les magazines l'ont dit.

La petite fille a trois ans et demi. Elle dort, comme on dit, de son premier sommeil. Il est vingt-trois heures. Sa maman probablement, l'a mise au lit vers neuf heures. Probablement, car la petite fille dort dans le lit du haut, et sa maman a dû la faire grimper par l'échelle. Les enfants veulent toujours, dans les lits-bateaux, dormir dans le lit du haut : c'est plus amusant, il faut grimper. La maman dort donc, il faut croire, dans le lit du bas, il faut le croire. Sinon, comment expliquer la chose effarante qui va se produire!

Le grand paquebot noir et blanc se rue dans la brume, à 40 nœuds, c'est-à-dire 74 kilomètres/ heure. Pour une masse de 30 000 tonnes, sur la mer, c'est une vitesse phénoménale. Il devrait d'ailleurs aller moins vite, car il avance dans une brume à couper au couteau. Il devrait aller moins vite, s'il n'avait pas de radar, mais il en a un, ultraperfectionné. Pourquoi le commandant s'inquiéterait-il? Tous les autres navires qui croisent dans ces parages ont aussi des radars! Donc, ils se voient de loin, même dans le brouillard, et ont le temps de s'éviter.

D'ailleurs, depuis quelques minutes, le radar montre un navire qui arrive en sens inverse. Il va passer sur la gauche du grand paquebot italien qui continue à se ruer dans la brume à 74 kilomètres à l'heure, avec ses cinq cent soixante-quinze hommes d'équipage et ses mille cent trente-quatre passagers. Dont la petite fille qui dort, au-dessus de sa mère, dans la cabine 54. Ce n'est pas une des cabines les plus luxueuses. Elle n'a pas de hublot sur la mer, elle donne sur une coursive intérieure. Elle est donc séparée du flanc du paquebot par toute la largeur d'une autre cabine plus chère : ce détail est à souligner, car il explique, en partie, ce qui va se passer. En partie seulement, car ce qui va se passer est absolument inouï.

Le commandant du grand paquebot italien voit donc se rapprocher, dans son radar, un navire en sens inverse qui va le croiser sur la gauche. Il le fait constater par radio. Non pour lui dire « attention, vous allez nous croiser de trop près, écartez-vous » ! Il n'y a aucune raison de discuter de cela à la radio. C'est le radar qui commande. Or, le radar montre que l'autre navire, un suédois, passera suffisamment sur la gauche, il n'y a donc pas lieu de s'inquiéter, et les deux radios échangent des banalités en anglais : « Bonjour... quel temps fait-il à New York », etc.

Le suédois est lui aussi un beau paquebot, moins gros, et moins luxueux que l'italien où dort la petite fille, et il revient de New York, avec quatre cent soixante passagers et deux cent six hommes d'équipage. Il avance dans la brume, à 18 nœuds. Son commandant n'a aucune raison de s'inquiéter, lui non plus, il voit dans son radar que le paquebot italien va le croiser sur sa droite, à 2 degrés.

Et c'est là que quelque chose ne va pas et qu'il faut réfléchir une seconde. Les deux navires avancent donc en sens inverse. Le commandant voit dans son radar que le suédois va le croiser SUR SA GAUCHE ! Le suédois devrait donc voir, dans son radar, que l'italien va le croiser lui aussi SUR SA GAUCHE ! Quand on croise une voiture, et que l'on est au volant, on est à gauche ! Les deux véhicules, en se croisant, se montrent mutuellement leur côté gauche ! C'est ce qui devrait logiquement se produire pour les deux paquebots. Or voici l'inexplicable. Si le commandant italien voit que le suédois va le croiser sur la gauche, le suédois, lui, voit que l'italien va le croiser sur sa droite ! C'est impossible, ou bien l'un des commandants mentira par la suite, ce que l'on ne peut pas, ne doit pas imaginer. Ou alors, ce que l'on appelle la « ligne de foi » de l'un des deux radars, celle qui représente l'axe du navire, de la proue à la poupe, est complètement faussée.

On ne saura jamais la vérité sur ce point. Quoi qu'il en soit, les deux radios qui échangent des banalités ne parlent pas du tout de cette anomalie. Tout simplement parce que chacun des capitaines, dans la brume, fait confiance à son propre radar, ce qui est assez normal.

Voilà donc deux gros navires qui se voient mutuellement au radar, qui se parlent par radio et qui se ruent l'un vers l'autre, face à face. En additionnant les passagers et les marins des deux paquebots, cela donne deux mille trois cent soixante-quinze personnes, mille sept cent neuf d'un côté, six cent soixante-six de l'autre, qui foncent les unes vers les autres. A la vitesse additionnée de 58 nœuds, c'est-à-dire 107 kilomètres à l'heure, en pleine mer.

A bord des deux navires, beaucoup de gens sont en train de danser. De chaque côté il y a un orchestre. D'autres passagers sont déjà en train de dormir, comme la petite fille, à bord du paquebot italien, dans la cabine 54. Car il est 23 heures, et à cette heure-là, quand on a trois ans et demi, on doit dormir depuis au moins deux heures.

Quant à sa maman, sur la couchette du dessous, il faut supposer qu'elle dort, elle aussi. A moins qu'elle ne lise, avec une veilleuse. On ne saura jamais. Elle est seule dans cette cabine, avec sa petite fille, car le père est à New York et il viendra demain matin les attendre sur le quai.

Il est maintenant 23 h 7 mn. Les deux grands navires sont à 2 milles l'un de l'autre : c'est-à-dire un peu moins de 4 kilomètres. A la vitesse relative où ils foncent l'un vers l'autre, 107 kilomètres/heure, il reste deux minutes avant la rencontre. La petite fille sur le paquebot italien dort toujours profondément. Très profondément, comme il arrive aux enfants de cet âge, surtout quand l'air de la mer les a fatigués et qu'ils ont joué toute la journée.

Le commandant italien, tout d'un coup, sursaute; il ne comprend plus rien! Sur l'écran radar, le navire suédois se présente toujours sur la gauche! Or voilà que dans la brume il aperçoit les lueurs diffuses d'un navire qui arrive sur la droite! C'est une histoire de fou. Et non seulement le navire arrive sur la droite, mais il arrive sur eux! C'est en tout cas ce que le commandant italien dira plus tard. C'est ainsi qu'il explique pourquoi il fait appuyer son navire vers la gauche, pour s'écarter du suédois!

Mais qui croire? Le commandant suédois dira exactement le contraire. Lui voit l'italien SUR SA GAUCHE, ce qui lui paraît normal car c'est ainsi que l'on doit se croiser en mer! Mais il le voit, tout de même, un peu trop près. C'est pourquoi, comme le code maritime le lui ordonne, il appuie sur sa droite! Au moment même, hélas! où l'italien appuie sur sa gauche. Dans la cabine 54, la petite fille de trois ans et demi dort toujours sur sa couchette, au-dessus de sa mère, à l'avant tribord du navire, c'est-à-dire à l'avant droit. Et, pendant que la petite fille dort, l'étrave du paquebot suédois, renforcée pour pouvoir traverser la banquise, s'enfonce comme un éperon, avec une force gigantesque, dans l'avant tribord du navire italien ! L'étrave traverse une première cabine, fracasse deux cloisons étanches et pénètre presque dans la cabine 54. Le paquebot italien de 30000 tonnes est littéralement soulevé par le choc, et son avant retombe dans la mer.

Et c'est ainsi que le fantastique se produit. Au dernier moment, le commandant suédois a fait marche arrière. Trop tard, évidemment, mais, aussitôt après la collision, il fait forcer la machine arrière toute et réussit à arracher l'étrave de son navire de l'avant droit de l'italien ! L'étrave du suédois recule donc, ramenant des ferrailles tordues arrachées aux cabines du navire enfoncé. Et sur l'une de ces ferrailles tordues un marin aperçoit une couchette avec une petite fille dessus. Un peu plus bas, il y a aussi le corps ensanglanté d'une femme, en équilibre. Le marin se précipite pour attraper d'abord la petite fille inerte, la tend à l'un de ses camarades et veut essayer aussi de saisir le corps de la femme, mais il est trop tard, le corps glisse et tombe à la mer. De toute façon, la mère de la petite fille, car c'était sûrement elle, était déjà morte.

Alors le marin suédois se retourne vers son camarade et tous deux restent stupéfaits devant cette chose incroyable. La petite fille de trois ans et demi, arrachée par l'étrave du paquebot suédois, à la cabine 54 du paquebot italien, où elle dormait, n'a absolument rien, pas même une égratignure. Mais ce n'est pas le plus effarant. Le plus effarant est qu'elle dort toujours. Elle ne s'est même pas réveillée. Merveille du sommeil de l'enfance, qui lui a évité à elle seule, mais à elle au moins, de voir cette horreur.

Le lendemain matin, l'*Andrea Doria* — car c'est lui — coule au milieu de quatorze navires sauveteurs, dont l'*Ile-de-France*, qui a recueilli sept cent cinquante-trois personnes, et le paquebot suédois *Stockholm*, dont l'étrave est broyée, mais n'est pas en danger. Le *Stockholm*, à bord duquel, enfin, la petite fille de trois ans et demi se réveille et aussitôt, en italien, réclame sa mère.

Sa mère qui lui avait sûrement dit la veille au soir :

« Dors bien, ma chérie, à demain ! »

17

LES POSSÉDÉS DU DIABLE

Trois hommes vigoureux se sont saisis de l'enfant et le poussent vers la porte de l'église tandis qu'il hurle de toutes ses forces :

« Non, pas là, pas là ! »

Mme Schmitt, qui suit son fils quelques mètres en arrière, a du mal à maîtriser son émotion et sa peur. Peur que l'on fasse du mal à son enfant. Il est si fragile, le petit Franck, si minuscule dans les bras de ces hommes qui l'entraînent de force dans l'église, pour son bien. Mais, à quatorze ans, sait-on où est le bien ?

Pour le moment, le jeune Franck, si fragile, semble au contraire doué d'une force exception-nelle pour son âge. D'un brusque mouvement tournant, il soulève de terre les trois hommes qui le maintiennent et leur fait perdre l'équilibre.

« Je ne veux pas ! » hurle-t-il en se roulant sur le sol.

Dans une mêlée incroyable, Mme Schmitt voit les hommes passer une corde autour des jambes puis des bras de son fils, et, après une lutte sauvage, l'enfant se trouve enfin immobilisé et traîné à nouveau.

« Non, pas dans la porcherie! » hurle-t-il lorsque le groupe pénètre dans l'église.

Et il émet alors une série de cris inhumains. Mme Schmitt s'agenouille dans le fond de l'église, tandis que son fils, les yeux révulsés, la bave aux lèvres, est attaché sur un fauteuil de velours rouge, face à l'autel.

« Mon Dieu, délivrez-le, implore la mère, nous sommes si malheureux! »

Et il s'agit bien d'une délivrance, car cette femme a deux fils, et depuis quatre ans ces deux fils sont possédés du démon.

Depuis quatre ans, Mme Schmitt appréhende ce moment. Depuis quatre ans, elle espère voir les choses se résoudre d'elles-mêmes. Depuis quatre ans, elle refuse « l'exorcisme », ce mot étrange venu de la nuit des temps. Ce mot qui parle de diable. Or, si elle est là, dans cette chapelle, aujourd'hui, c'est pour assister à l'exorcisme de son fils.

Franck vient d'avoir neuf ans et Paul en aura bientôt sept. Il y a quatre ans, les premiers symptômes ont été difficiles à préciser. Ce fut d'abord une série de malaises curieux. Les enfants se plaignaient de douleur au ventre, ou à l'estomac. Ils étaient pris de fringales épouvantables et leur ventre gonflait à éclater.

« J'ai une bête qui bouge là-dedans », se plaignait Franck à sa mère qui n'y comprenait rien.

D'ailleurs, les Schmitt ne prêtaient à ces malaises qu'une attention relative. Tous les enfants ont des maux bizarres. Mais les « bizarreries » s'accumulaient au fil des jours. Par exemple, à peine au lit, les enfants se mettaient à tourner sur eux-mêmes à toute vitesse, comme des toupies. Un jour, en sortant de table, Franck fit un bond si haut qu'il heurta le plafond de sa tête et se fit une bosse. Une autre fois, le petit Paul se souleva de sa chaise et parcourut 3 à 4 mètres en l'air comme s'il volait. Une autre fois, Franck sortit par la fenêtre de sa chambre, et on le vit marcher quelques pas dans le vide avant d'atterrir sans mal dans le jardin.

Les Schmitt essayaient bien de mettre tout cela sur le compte de la nervosité ou de la malice. A cet âge, quels sont les enfants qui n'essaient pas de faire des « tours » pour faire peur à leur mère ? Mais les voisins se sont mis à parler et dans le pays les langues sont allées bon train. Chaque nouvel exploit étant colporté et déformé. On chuchota bientôt ouvertement que les fils Schmitt étaient « possédés du démon ». Les parents eurent beau tenter de donner des explications à tous ces phénomènes, ou de les ramener à de plus justes proportions, les gens faisaient le signe de la croix en passant devant leur maison. La peur du diable s'était installée.

Un matin, sans crier gare, le curé est arrivé chez eux. A sa vue les enfants se sont mis à l'insulter et à hurler, ce qui n'a surpris qu'à moitié le brave homme, car dans la famille Schmitt on est plutôt anticlérical. La mère a cependant tenté de les faire taire, mais rien n'y a fait. Le curé fut insulté de tous les noms par les deux enfants déchaînés, puis tout à coup Franck s'est adressé à lui en latin !

Cet enfant, qui ne parlait que l'alsacien, s'exprimait tout à coup en latin fort correct, il y avait là de quoi faire peur au brave prêtre. Devant un pareil phénomène, il s'est retiré en disant d'une voix grave :

« Voici la preuve que quelqu'un d'autre parle en leur bouche, vos fils sont « possédés du démon » ! »

A partir de cet instant, et pendant trois ans, la vie des Schmitt devint intenable. Leurs fils étaient devenus l'objet de la curiosité du village tout entier, puis du canton, enfin de la région tout entière. Maintenant, des groupes de curieux défilent chaque semaine devant la maison du diable et se signent aussitôt en voyant les enfants.

Les visiteurs apportent de l'eau bénite, dont ils aspergent les murs. Certains lancent des insultes, et parfois même des pierres atterrissent dans les carreaux. Lors des processions, le curé fait halte devant chez eux, et tout le monde prie pour la délivrance des enfants Schmitt.

Emue par ces événements, la préfecture du Haut-Rhin a dépêché un brigadier de gendarmerie avec mission d'enquêter sur les agissements des enfants. Arrivé avec un sourire de scepticisme, le représentant de l'ordre est reparti avec un rapport stupéfiant :

On peut y lire qu'il « a constaté de visu des étrangetés telles, qu'elles confondent la compréhension humaine ». Il a entendu les enfants parler dans des langues étrangères dont probablement de l'anglais. Il a constaté leur aversion pour les objets pieux, même lorsqu'ils étaient dans l'impossibilité de les voir. Il les a vus se convulser comme « vers de terre » en recevant quelques gouttes d'eau bénite. Enfin, et c'est la conclusion de son rapport, « les ayant mis dans le fond d'une carriole, les yeux bandés, après avoir fait plusieurs détours et errements divers, ils ont senti l'approche de l'église et se sont mis à brailler comme des pourceaux » (*sic*).

Se trouvant dans l'impossibilité d'intervenir de quelque façon que ce soit, les autorités civiles ont communiqué leurs conclusions à l'évêché qui a pris la décision d'exorciser les enfants Schmitt l'un après l'autre. C'est pourquoi, dans une chapelle près de Strasbourg, Franck, le fils aîné des Schmitt, est ligoté sur un fauteuil. Et voici que pénètre l'exorciste officiel, désigné par l'évêque de Strasbourg. A sa vue, les cris de l'enfant redoublent. Pendant trois heures va se passer dans cette chapelle, dont on a fermé les portes à clef, une lutte effroyable avec pour seuls témoins : un prêtre, trois hommes, l'enfant et sa mère. Pendant trois heures, une conversation ahurissante s'échange entre le prêtre exorciste et cet enfant de quatorze ans qui parle et agit comme s'il était le diable lui-même.

Aujourd'hui, tout cela peut paraître risible pour certains, et même ridiculement puéril. Pourtant c'est arrivé un jour non pas dans les ténèbres du Moyen Age, mais il y a juste un siècle de cela. A peine un siècle, dans une petite ville d'Alsace où de mémoire d'homme on le raconte encore. Des personnes, dignes de foi, ont entendu le récit de la bouche même de ceux qui en avaient été témoins.

La première séance d'exorcisme a donc duré trois heures sans résultat. Trois heures de prières et d'exhortations stériles entre le prêtre et le démon qui refusait de quitter le corps de l'enfant. Epuisé, en sueur, le père exorciste s'est retiré. On a délié Franck, qui a jailli hors de l'église et, dans les bras de sa mère, a retrouvé un peu de son calme.

Le lendemain, c'est revêtu d'une camisole de force que l'enfant fut à nouveau ligoté sur le fauteuil. L'entrée du prêtre exorciste lui fit l'effet d'une brûlure. Cabré sur son fauteuil, le malheureux gosse poussait un hurlement unique et abominable. Avec une force irrésistible, on a vu le fauteuil se décoller du sol et monter en chandelle vers la voûte de l'église. Il faut la force des quatre hommes présents pour le ramener sur le sol.

La lutte continuera ainsi pendant deux heures. Sommés de se nommer, les démons avouent être deux dans le corps de l'enfant, ils donnent même leurs noms : Ypès et Oribas. Le prêtre exorciste use contre eux de tous les moyens : morceau de la « vraie croix », cierge pascal, saint sacrement pour forcer les démons à partir. Mais rien n'y fait. L'exorciste multiplie les prières, invoque tous les saints, peine perdue. Et puis, au moment où le prêtre évoque la Vierge Marie, mère du Christ, une voix de basse sort de la bouche de l'enfant :

« D'accord, d'accord, nous partons. »

L'enfant s'est débattu encore une fois, puis ses membres sont redevenus souples et, brutalement, il s'est effondré sur le bras du fauteuil. Sa mère s'est précipitée pour constater que son fils dormait profondément. Une aspersion d'eau bénite n'a apporté aucune réaction, la bénédiction non plus. Les témoins sont alors tombés à genoux pour remercier le ciel. Franck Schmitt était délivré du démon.

De retour chez lui, Franck a paru avoir oublié tout ce qui s'était passé durant les quatre dernières années. Et il fut fort surpris des hurlements de son frère en lui offrant les quelques médailles pieuses qu'il avait rapportées. Paul, lui, était toujours possédé du démon, un démon qui déclarait que ses deux camarades Ypès et Oribas n'étaient que des froussards et qu'il comptait bien, lui, rester six ans dans la place !

Le second exorcisme eut lieu dans une autre chapelle quelques jours plus tard et en grand secret, à six heures du matin. Cette fois c'est le curé de la paroisse qui exorcisa en présence des parents de Paul, du maire, de l'instituteur et du chef de gare. Tous, gens raisonnables et pondérés, qui purent en témoigner. Le même scénario se déroula avec hurlements et injures diverses. Comme son frère, Paul, qui n'avait pourtant que douze ans, se débattit et il fallut trois hommes pour le maintenir en place. Trois heures d'adjurations restèrent sans effet, puis le curé invoqua lui aussi le nom de la Vierge Marie, et à ce nom le démon de Paul déclara se voir dans l'obligation de partir, mais à une condition :

« Rien du tout », répondit le curé.

Le démon demandait la permission de se retirer dans un troupeau de porcs.

« En enfer, dit le prêtre.

— Dans un troupeau de moutons, implora le diable.

— Rien à faire ! »

Le ton se fit suppliant :

« Un troupeau d'oies ? »

Comme l'exorciste restait inflexible, le démon se résigna alors à quitter le corps de l'enfant, et le petit Paul, en un ultime soubresaut, retomba comme mort.

La mère se précipita pour prendre son fils dans ses bras, mais l'enfant, épuisé, dormait, et comme pour son frère l'eau bénite ne provoquait plus de réactions.

Dans ce petit village d'Alsace, on peut voir à la sortie, entre deux fermes, une colonne semée d'étoiles et surmontée de la statue de la vierge. Elle rappelle qu'il y a une centaine d'années deux enfants du pays, possédés du diable, furent délivrés grâce à une intervention céleste.

Mais le passant qui pose des questions aux habitants ne doit pas s'attendre à recevoir des détails supplémentaires. Car aujourd'hui encore, un siècle après, on est toujours très prudent, au village, sur ce sujet. Il ne faut pas tenter le diable !

18

L'ERREUR HUMAINE

Lorsque nous marchons dans les rues de la ville et que nous croisons les autres, tous les autres, ceux que l'on ne connaît pas, il nous arrive parfois de nous demander : qui sont-ils ? riches ? pauvres ? heureux ? malheureux ? gais ou solitaires ? Et les gens passent, comme le courant d'une rivière inconnue, et nous, nous restons sur la berge, sans en savoir davantage. Car finalement... peu nous importe, il faut le reconnaître.

Ce soir est un soir d'automne, dans les rues de Marseille. Et les passants s'écoulent, comme le flot d'une rivière inconnue. Parmi eux, un vieillard. Personne ne le regarde attentivement, ce n'est qu'un vieillard, et un vieillard est rarement le centre du monde. Celui-là, pourtant, devrait attirer l'attention, car quelque chose ne va pas dans sa démarche. Elle est trop raide, trop guindée, trop appliquée, comme si chaque pas comptait, comme s'il lui fallait suivre une ligne bien droite, sans aucun écart.

Il marche sans arrêt, suivant un chemin qui ne va nulle part. Soudain le vieillard s'arrête droit au milieu du trottoir. A sa gauche, une femme passe. A sa droite, un enfant et un chien cabriolent. Il ne bouge pas. Il est arrêté tout simplement. Immobile, il regarde devant lui, comme s'il voulait connaître le reste du chemin, comme s'il cherchait le but, l'horizon qu'il n'atteindra pas. Puis il s'effondre.

La réaction des passants est curieuse. Personne n'ose approcher. Chacun regarde de loin ce vieillard effondré avec étonnement. Les gens sont presque choqués. Comme s'il était inconvenant de s'effondrer dans la rue sans avis préalable. Enfin, une femme s'approche, s'agenouille, regarde peureusement ce vieux corps recroquevillé et dit d'un air surpris :

« Il n'est pas mort ! »

Et puis c'est l'attroupement, les discussions : « Vous avez vu ?... Mais comment est-ce arrivé ?... Qui est-ce ?... Qu'est-ce qu'il a ? Reculez-vous... Laissez-lui de l'air... »

La sirène de la voiture de police est une délivrance. La civière est une délivrance. Ces hommes en uniforme, calmes, qui ont l'habitude, sont réconfortants. Plus personne n'est responsable. Le petit drame va suivre son cours ailleurs, quelque part dans un hôpital. La collectivité est rassurée.

Le vieillard cahoté dans l'ambulance a les yeux clos. L'infirmier, penché sur lui, cherche des papiers, une identité, quelqu'un à prévenir. Mais rien. Rien qu'une lettre froissée dans une poche vide. Une lettre qui a dû être lue et relue cent fois. Vieille de plusieurs semaines.

Une fois sur un lit d'hôpital, une fois le diagnostic établi, que faire ? Cet homme va mourir. Son cœur refuse de lutter. Il va s'arrêter d'une heure à l'autre, comme un vieux réveil usé. Il faudrait prévenir quelqu'un. L'infirmier regarde la lettre. C'est celle d'un soldat en garnison, à l'autre bout de l'Europe, le matricule 56023; il y a un nom : Galin J. Les quelques lignes ne donnent guère de renseignements. Le soldat est le fils de cet homme, mais ne parle que de détails sans importance sur la vie de la caserne. Il n'y a qu'une phrase un peu plus intime : « Attends-moi, ne sois pas triste, je n'en ai plus pour longtemps. »

L'infirmier se décide tout à coup. Un nom, un matricule, une caserne, ça ne doit pas être difficile à trouver. Et le téléphone et les avions ne sont pas faits pour les chiens.

Il se penche sur le vieillard, toujours immobile dans ses draps blancs.

« Monsieur, c'est votre fils, hein ? Vous voulez le voir ? »

L'homme n'a pas parlé depuis qu'on l'a ramassé sur le trottoir. Il ouvre à peine les yeux, il voit la lettre, il desserre les lèvres avec peine, une larme glisse au coin de sa tempe ridée qu'il n'a pas la force d'effacer. Et l'infirmier entend comme un souffle : « mon fils ». Alors il fonce à l'administration de l'hôpital et se bat avec le téléphone. Il n'est que 5 heures de l'après-midi, à Marseille. En moins d'une heure, et c'est un exploit, l'infirmier a réussi à joindre le bureau militaire où quelqu'un comprend de quoi il s'agit. On note le matricule, on note Galin J. et la caserne. On note que le père de ce matricule est en train de mourir et réclame son fils, et le message rebondit. Il met deux heures à rebondir jusqu'à la caserne lointaine où un adjudant de service va trouver un colonel et lui expose la situation. Le colonel signe une permission. Il est 8 heures du soir. Avec l'aide de la Croix-Rouge, on trouve une place dans un avion sanitaire, jusqu'à Genève. A 10 heures du soir, à Genève, le soldat attrape un vol sur Marseille. A 11 h 20, il est dans un taxi, à 11 h 40, il est à l'hôpital, et le voilà enfin dans le couloir blanc qui mène à la chambre blanche où le vieillard l'attend. L'infirmier lui serre la main et s'en va, laissant seuls le père et le fils. Le père est sous une tente à oxygène. Son regard flou s'accroche à la silhouette en uniforme debout devant son lit, l'une de ses mains se tend péniblement. Le fils a une seconde d'hésitation, puis il s'approche. Sa grande main ferme saisit les doigts fragiles. Il s'assoit et ne bouge plus.

Les heures passent, lentement. Le vieillard a les traits reposés, détendus. Deux ou trois fois, il a tenté de parler, mais sa voix ne résonne plus. Il a seulement murmuré le prénom de son fils, « Jean », le reste il le dit avec sa main, que la main du soldat ne lâche pas. Et le soldat veille. Le fils veille. Il calme les terreurs soudaines de son vieux père. Il essuie le front en sueur, il dit des choses rassurantes. Par moments, une infirmière vient, regarde les instruments, vérifie le goutte-àgoutte, puis se retire sur la pointe des pieds avec un sourire peiné. A présent, le vieil homme ne lutte plus. Il n'a plus mal nulle part. On a soulagé sa fin, on l'aide à respirer. On l'aide à mourir dans le calme. C'est tout ce qu'on peut faire, mais c'est déjà bien, qu'il ait son fils près de lui. Même s'il ne peut plus le distinguer, il sent la présence de ce corps solide, vivant.

Il est 5 heures du matin, et les deux mains, la vieille et la jeune, ne se sont pas quittées. Il est 5 heures du matin, et l'aube du 20 octobre 1962 se lève sur Marseille. Le souffle du vieillard s'est arrêté. Sa main a relâché sa pression. L'infirmière entre, elle tourne un bouton, débranche un appareil. C'est fini.

Doucement le soldat dégage sa main et regarde une dernière fois la mort en face. L'infirmière dit :

« C'est fini, monsieur, votre père est mort calmement grâce à vous, revenez plus tard pour les formalités, car il faut vous reposer ! »

Alors le soldat la regarde. C'est un grand garçon aux cheveux courts, aux yeux tranquilles ; il a vingt-deux ans, et il dit :

« Ce n'était pas mon père, mademoiselle, je ne l'avais jamais vu de ma vie. Il faut que vous préveniez sa famille, moi, je ne la connais pas.

— Mais pourquoi n'avez-vous rien dit ? Qui êtes-vous ? »

Il n'avait rien dit parce qu'en entrant dans cette chambre il s'était rendu compte en même temps que cet homme n'était pas son père, mais qu'il avait besoin d'un fils pour mourir. Seulement d'un fils. Il pouvait être ce fils, le temps d'une nuit, alors il est resté.

Pour le reste, l'erreur est simple et bête. On avait transmis le message au matricule 46023, soldat Valin Jacques, c'est-à-dire lui. Une erreur compréhensible, car le véritable fils portait un numéro matricule voisin et s'appelait Galin Jean, avec un G. Alors Jacques avait été Jean pour la nuit, une longue nuit, silencieuse, entre père et fils. Une nuit hors du temps, librement consentie, universelle et symbolique.

Sous l'œil ébahi du personnel de l'hôpital, le soldat Jacques Valin est reparti, comme il était venu. Il avait donné la tendresse, les formalités ne le concernaient pas.

19

SAINT GEORGES
ET LE DÉMON DE LA ROULETTE

C'est un « sacré gaillard » que le colonel Montgothier. Soixante-dix ans, œil vif, moustache en croc, gants en peau de cerf, guêtres assorties à son melon gris perle, il est assurément, en cette année 1927, l'un des plus beaux spécimens des hôtels de la principauté de Monaco. Et Dieu sait si la concurrence est grande.

On peut le croiser chaque jour sur le front de mer, la canne à l'épaule, l'œil rivé sur la ligne bleue des flots. Après quarante ans de service dans les zouaves et dix ans de retraite dans son château du Périgord, il a décidé de faire connaissance avec cette fameuse Côte d'Azur, dont tout le monde vante la douceur des arrière-saisons. Trois fois par jour, il quitte la pension de famille où il est dorloté pour faire sa petite promenade traditionnelle. Un soir, son regard d'aigle s'arrête plus longuement sur les lettres lumineuses du Casino, et le colonel se pose intérieurement la question :

« Casino ! Voyons, voyons, Casino, ne serait-ce pas cet endroit de débauche où, dit-on, on fait et défait des fortunes en un instant ? »

S'étant répondu par l'affirmative et estimant qu'à son âge il est bon de tout connaître, le colonel Montgothier décide donc de pénétrer dans l'antre du jeu. Pendant une heure, le vieux militaire regarde, observe, écoute et s'imprègne de tout ce qui se passe. Il suit avec un vif intérêt les allées et venues des plaques sur les tapis verts et, lorsqu'il se retrouve dans la rue, le démon du jeu l'a piqué au défaut de la cuirasse. Le colonel Montgothier — quarante ans de zouaves, quatre fois médaillé, trois citations, blessé dans l'Argonne — a contracté la plus virulente des maladies : la roulettophilie. Toutefois le colonel ne se rue pas le soir même sur le tapis vert pour jouer au petit bonheur la chance. Le vieux briscard est habitué depuis toujours à ne jamais mésestimer l'ennemi. Et la roulette est un ennemi redoutable.

Plusieurs soirs de suite, le colonel, à peine arrivé au Casino, se plante au deuxième rang des joueurs à la table de la roulette et note aussi discrètement que soigneusement sur un carnet tous les numéros sortants. Le quatrième soir, tandis qu'il est penché sur son travail, un homme lui frappe sur l'épaule. Intrigué, le colonel dévisage cet étranger qui a l'audace de troubler ses pensées. L'homme se présente comme étant l'inspecteur Hamel !

142

Attiré un peu à l'écart, le colonel, qui, déjà le prend de haut, s'informe :

« Au fait, mon ami, au fait, et au trot ! »

Un peu surpris par la brusquerie du ton, le policier bredouille en désignant le carnet que Montgothier tient à la main.

« Ces notes sont inutiles, je voulais seulement vous en avertir.

— Inutiles ! Non mais, de quoi je me mêle ? »

Le colonel est monté sur ses grands chevaux : n'aurait-on pas le droit de noter les numéros gagnants ? Qu'est-ce que c'est que cette brimade ? Le policier a beau tenter de dire qu'il ne s'agit pas de cela, qu'il interprète mal son propos, le vieux militaire irascible gronde et tonne comme il se doit pour un colonel en retraite modèle 1901.

« Mais, mon petit monsieur, vous ne savez pas à qui vous parlez ! »

Devant un tel déferlement de paroles, l'inspecteur, rouge de confusion, sort de sa poche un papier plié en quatre, le donne au colonel et tourne les talons. En silence, Montgothier déplie la feuille et reste interdit. Le feuillet imprimé fait mention de tous les numéros de toutes les tables de roulette sortis la veille. Ce qu'il venait faire presque clandestinement depuis quatre soirs, le Casino le fait publiquement et gratuitement depuis le 1er janvier 1890, c'est-à-dire depuis quarante ans.

Cette constatation plonge le colonel dans un abîme de réflexions. Après quelques jours de méditation et de recoupement, il a la certitude absolue que quarante ans d'archives constituent à coup sûr le moyen infaillible de déjouer les méfaits du hasard. Bref le colonel Montgothier a trouvé le moyen de vaincre le démon du jeu. Ou plutôt il « va » trouver, car pour le moment il n'en est encore qu'à l'élaboration du projet. L'entreprise sera longue et coûteuse. Il va falloir d'abord recopier, classer, archiver sur des fiches, et dans l'ordre, chaque sortie des numéros gagnants qui se sont succédé à la roulette de Monte-Carlo pendant quarante ans. Ensuite il faudra comparer, recouper, superposer toutes ses fiches et alors là, seulement, l'heureux militaire possédera la clef de la fortune. La martingale du siècle.

Pour y parvenir, il lui faudra du temps, de la patience, des locaux disponibles et de la main-d'œuvre. Qu'à cela ne tienne. De la patience il en a; son château est un local comme un autre, vaste à souhait; quant à la main-d'œuvre, sans l'ombre d'une hésitation Montgothier va s'adresser aux trois frères Marin. Les trois frères Marin étant nés dans la ferme de son château, le colonel les a fait venir successivement dans son régiment. Le dernier lui sert même d'ordonnance. Ce sont de braves petits gars qui lui sont dévoués corps et âme. Ils sont encore célibataires; il suffira de les défrayer pendant la mise à jour du fichier, et ils seront payés largement quand les gains commenceront.

Chose décidée, chose faite, le brave colonel débarque un beau matin avec ses trois zouaves dans les archives de Monte-Carlo. Durant des heures, pendant plus d'un an, ils vont recopier la liste interminable des « permanences » établies par les services du Casino. Chaque matin, dès l'ouverture des bureaux, les trois frères Marin, sous la conduite de leur colonel, vont s'installer dans les archives comme des rats dans une cave et remplir des cahiers entiers de colonnes de numéros gagnants. Sous l'œil amusé des employés ils vont noircir des tonnes de papier, user des kilomètres de crayons et puis, un beau matin, ces gratte-papier d'un genre exceptionnel disparaissent comme ils étaient venus, laissant la poussière se reposer doucettement sur ces quatorze mille six cents jours de roulette (sans compter les années bissextiles).

L'œuvre du colonel n'en est pas pour autant achevée. Car le plus dur reste à faire. C'est dans son château du Périgord, où le brave militaire a fait transporter cette montagne de renseignements, que les quatre hommes vont parfaire le travail. Pendant deux ans encore, ce septuagénaire et ses acolytes, aussi tenaces que têtus, vont découper des fiches, les comparer, les accrocher aux murs du château, les pendre aux poutres, les coller sur les glaces. Des milliers de petites listes avec des dates précises vont se croiser, se superposer, s'étaler, envahir le château. Armé d'une échelle, le colonel se déplace de fiche en fiche et note les séries communes en fonction de leur répétition dans le temps.

Au pays, le bruit court que le colonel est devenu complètement fou. Il ne reçoit plus personne, ses fenêtres sont condamnées à cause des courants d'air, car les fiches sont partout, de la cave au grenier. Les numéros gagnants s'étalent, se croisent en une valse diabolique, et puis un soir Montgothier fait venir les frères Marin, les seuls qui croient encore en lui, et leur dit :

« Par saint Georges, les enfants, je suis prêt ! »

Quelques jours plus tard, le colonel, flanqué de ses trois zouaves, fait son entrée au Casino. Leur arrivée ne passe pas inaperçue. Le personnel n'a aucun mal à reconnaître en eux les « fous » qui ont passé plus d'un an dans les archives. On avait fini par les oublier, mais les revoilà. Calme, sûr de lui, le colonel s'approche de la roulette. Un de ses zouaves tape sur l'épaule d'un jeune homme qui est assis au premier rang.

« Vous permettez ? »

Un peu interloqué, l'homme cède sa place au noble vieillard qui s'installe confortablement, sort de sa poche un bristol couvert de chiffres et le pose devant lui. En haut, deux dates : 3 septembre 1890 — 3 septembre 1910. Une série de six numéros semblables sont sortis à vingt ans de différence, or nous sommes le 3 septembre 1930, il suffit d'attendre que sorte le premier de la série pour que cela recommence. Voilà, c'est tout, c'est aussi simple que cela. Le colonel Montgothier a passé plus de trois ans de sa vie pour aboutir à cette solution lumineuse : les grandes séries obéissent à des lois cosmiques qui se renouvellent à intervalle régulier. Les listes de numéros gagnants lui en ont apporté une vingtaine de preuves. Il suffit de venir jouer les mêmes numéros, en respectant le même intervalle, pour avoir toutes les chances de gagner.

Ainsi, en ce 3 septembre 1930, à un moment quelconque, le 16 puis le 3, le 10, le 25, le 8 et le 20 vont forcément sortir comme ils sont sortis à vingt ans de différence, un même 3 septembre 1890 et un 3 septembre 1910.

Et le 16 sort, enfin, après quarante minutes d'attente. Le colonel, qui avait tué le temps en jouant des petites plaques sur les couleurs, échange un regard avec ses trois zouaves figés derrière lui. C'est le moment tant attendu. Après trois ans d'efforts, la récompense est à portée de la main. D'un geste un peu théâtral, Montgothier pose une plaque de 1 000 francs sur le 3, le chiffre qui, dans la série, vient immédiatement après le 16. La roulette tourne, la bille est lancée.

« Les jeux sont faits, rien ne va plus! »

La bille s'arrête, les quatre hommes retiennent leur souffle. Ça marche! Le 3 est sorti. 36 000 francs de gagnés. Pour un peu les trois zouaves embrasseraient le colonel sur son crâne dénudé, tant leur joie est grande. Le chef de table échange un regard inquiet avec le croupier. Le vieil hurluberlu aurait-il découvert malgré tout une martingale? Tandis que s'empilent devant lui les plaques multicolores, le colonel, avec un flegme très britannique, glisse négligemment 1 000 francs vers le croupier.

« Personnel, merci. »

Il peut se montrer généreux, il reste encore cinq numéros à sortir. Un petit coup d'œil au bristol. Après le 3, c'est le 10, 1 000 francs sur le 10.

« 50 louis au 10 en plein », lance en écho le croupier.

Roulette. Bille. Autour de la table, les conversations se sont arrêtées. Les trois Marin sourient. Le colonel calcule déjà dans sa tête 35 + 35 = 70. Le ronron de la bille s'est arrêté. La voix du croupier s'élève :

« 34 ! »

Un sabre serait passé au travers du cœur du colonel sans lui faire autant d'effet. Derrière lui, les trois zouaves regardent sans comprendre cette bille stupide arrêtée devant le 34. Espérant une erreur de numérotage, le colonel regarde son bristol. Pas de doute, c'est bien le 10 qui aurait dû sortir. Après le 10, c'est le 25. Essayons le 25, se dit Montgothier. Mais c'est le 14 qui sort. Un peu plus tard, dans la soirée, le 16 refait son apparition, et le colonel reprend espoir. La vraie série, c'est peut-être celle-là. Après le 16, c'est le 3, il joue sur le 3, et c'est le zéro qui sort. Le retour à l'hôtel se fait dans un silence de mort. Perdu dans ses pensées, le colonel précède ses trois zouaves de quelques mètres lorsque soudain il s'arrête, se frappe le front et explose dans une formidable colère. Mais voyons, c'est évident, la roulette est truquée ! Comment pourrait-il en être autrement ? Fou de rage, le colonel hurle sa déconvenue. Ah ! les scélérats ! Ah ! les salopards ! Ils vont voir de quel bois se chauffe le colonel Montgothier — quarante ans de zouaves, quatre médailles et trois citations. Au pas de charge, il reprend le chemin du Casino, suivi par ses fidèles troupiers.

Porté par les ailes de la colère, une haine aveugle le propulse en avant. Le Casino est déjà en vue lorsque, au carrefour, une voiture surgit. Coup de frein, embardée, choc ! Transporté à l'hôpital dans le coma, tel un héros de légende, le colonel Montgothier va mourir au petit matin. Tombé au champ d'honneur, à deux cents mètres du Casino ennemi.

Aujourd'hui encore, dans un village du Périgord, existe une famille qui raconte sérieusement que le colonel avait raison. Dans le grenier du château voisin pourrissent quelques tonnes de papier noirci de chiffres et de dates. La martingale infaillible du colonel Montgothier, mort, innocente victime de la circulation, alors que, tel saint Georges, il s'apprêtait à vaincre le démon de la roulette... ou à être dévoré par lui.

S'il n'y avait pas le doute, en ce sujet il n'y aurait pas de jeu !

20

LA CONSCIENCE DE M. KUZOMI

M. Kuzomi est un Japonais normal, modèle
courant. Et, comme tout Japonais normal,
M. Kuzomi a fait la guerre sous le drapeau nip-
pon. C'était dans les années 40 dans la jungle de
Nouvelle-Guinée, contre les Australiens.

Puis M. Kuzomi est rentré de cette guerre, et ce
n'était plus un Japonais normal à bien des points
de vue.

Il manquait à M. Kuzomi la moitié d'une
épaule, un poumon, et le reste d'une grenade
s'était éparpillé dans son dos, causant divers
dégâts irréparables. La seule chance de
M. Kuzomi avait été d'être blessé avant la grande
débâcle, ce qui lui avait valu d'être fait prisonnier
bêtement dans un hôpital militaire, au Japon. A
présent que le vent de la guerre atomique a souf-
flé sur son pays, M. Kuzomi est seul avec une
petite pension et une rente qui lui vient de ses
parents morts sagement de vieillesse. Et
M. Kuzomi a quarante ans, l'âge de raison. Il a le

temps de revoir sa vie à l'envers, puisqu'il n'a plus rien à faire.

Or, que revoit-il, M. Kuzomi : un passé terrifiant.

La jungle. Les marécages remplis de sangsues, environnés de moustiques, cernés de crocodiles, truffés de serpents. La jungle de Nouvelle-Guinée : l'un des plus beaux enfers de notre planète.

Pour se battre en enfer, il faut des hommes diables. A cette époque, M. Kuzomi est un homme diable. Il est tireur d'élite. Dans cette guerre sans front et sans bataille rangée, il faut se battre à l'affût. Quand les Japonais avancent et que les Australiens reculent, M. Kuzomi, tireur d'élite, est chargé de tuer proprement, et d'une seule balle, tous les hommes qu'il peut atteindre dans le camp adverse.

On le place pour cela à l'affût pendant de longues heures. Quand il a nettoyé ainsi quelque cent mètres de brousse, l'arrière avance, et on continue. Il y a trois tireurs d'élite dans le commando, et M. Kuzomi est incontestablement le meilleur. Le tireur d'élite est également chargé d'identifier chacune de ses victimes. Par exemple M. Kuzomi tire sur un Australien qui rampe dans un fourré. Il doit ramper à son tour jusqu'à lui et prendre ses papiers ou sa plaque d'identité. La liste exacte des morts de l'adversaire, immatriculation comprise, est ensuite distribuée par tracts dans le camp australien. Simple système de démoralisation de l'ennemi.

En juillet 42, M. Kuzomi a rampé dix-sept fois pour ramener ses trophées. En août 42, il rampé onze fois de plus. Un peu avant décembre de la même année, M. Kuzomi a répertorié trente-neuf Australiens, et son arme ne s'est jamais enrayée, car il en prend grand soin. Comme il prend grand soin de son couteau qui sert parfois à terminer le travail.

C'est la guerre, et M. Kuzomi est couvert de médailles pour son efficacité. M. Kuzomi ne pense pas, ne voit pas, il tire, rampe, ramène un nom, laisse un cadavre et recommence.

Le reste de son existence est rythmé par les moustiques, la chaleur, les nuits de veille entre les palétuviers et les bois d'ébène, et le communiqué de la radio nippone, banal à force d'être quotidiennement triomphant.

Ce qui n'empêche pas les Japonais d'avoir des problèmes quand l'île est investie par l'armée américaine.

Cette fois, et durant toute l'année 43, M. Kuzomi n'avance plus. Il tourne en rond au cœur de la jungle, mais il continue d'ajuster son tir de la même manière, c'est-à-dire remarquablement. Et il compte toujours. Il en est à quarante-sept, puis cinquante. Puis à cinquante-trois.

C'est monstrueux, mais il compte, comme s'il était à la chasse. Il compte par réflexe, parce que quelqu'un tombe à chaque fois qu'il tire. C'est inconscient et automatique. M. Kuzomi a donc compté cinquante-trois, et il n'a compté bien sûr que les cibles qui tombaient devant son fusil à longue portée. Il ne sait rien des autres, ni combien il y en a eu. Quand on a une mitrailleuse en main ou qu'on jette une grenade, on ne compte pas, on ne fait pas le détail, M. Kuzomi n'a donc pas compté les autres.

Mais voici le cinquante-quatrième.

Depuis près de quarante heures, M. Kuzomi est à l'affût pour rien. On l'a remplacé, il a dormi, mangé, repris l'affût, et rien.

Est-ce la fatigue? Ou l'impression d'apercevoir pour la première fois un « homme » dans les fourrés... Un « homme » et non un animal nuisible? Quoi qu'il en soit, M. Kuzomi attend, il n'épaule pas. L'homme est déjà blessé, dirait-on, ou alors il va rejoindre quelqu'un de blessé. Mais d'où sort-il? Il a dû rester caché ou évanoui pendant des heures pour jaillir ainsi brutalement de ce fourré que M. Kuzomi observe depuis si longtemps.

Enfin M. Kuzomi épaule et vise comme d'habitude. Puis il baisse les bras de nouveau. C'est curieux, il n'arrive pas à tirer sur cet homme. Il a trop l'air de se sauver, ou d'abandonner la lutte, d'aller ailleurs, ou alors il a cru que la bataille était finie, il est blessé et cherche un abri. Non, décidément, M. Kuzomi n'arrive pas à tirer sur celui-là. Mais, derrière lui, l'officier qui l'a vu épauler, puis baisser le bras à deux reprises, s'inquiète et rampe jusqu'à lui. Il voit l'homme et il ordonne de tirer à M. Kuzomi qui ne bouge pas. Alors l'officier lui tape sur l'épaule avec force et crache entre ses dents :

« Tire! »

C'était le cinquante-quatrième. M. Kuzomi a tiré. Sur ordre, mais il a tiré. Il se glisse vers sa victime pour relever son matricule comme d'habitude. Peut-être a-t-il mal visé, cette fois ? Peut-être n'est-il que blessé ? « Wepp-matricule C20.B250. » C'est tout, sauf qu'il est mort.

C'est cela le passé de M. Kuzomi. C'est cela qu'il revoit en promenant ses blessures et son inutilité dans un Japon qui déjà se réveille. Mais M. Kuzomi, lui, n'a plus d'épaule, plus de poumons, plus de pays, et plus d'honneur non plus, il faut bien le dire.

Il a bien le sentiment, aussi, qu'il ne fera pas de vieux os en temps de paix.

1946, M. Kuzomi, rafistolé, se contente de revoir sa vie à l'envers.

1947, il enquête; M. Kuzomi enquête sur une idée qu'il a derrière la tête.

1948, il enquête toujours : 1949, 1950, M. Kuzomi arrive au bout de sa longue quête.

Cela a été difficile, car personne ne croyait à son entreprise, et surtout pas les autorités militaires australiennes. On la trouvait même suspecte, cette idée. Un Japonais qui recherche la famille d'un soldat australien mort pendant la guerre ? Et pour quoi faire ? Simplement pour venir, un jour de mai 1950, sonner à la porte d'un appartement de Perth. Une ville australienne, dans un quartier pauvre.

Pour dire en s'inclinant à la japonaise :

« Madame, vous êtes la veuve du soldat Wepp ? J'ai fait une longue route pour venir vous voir. »

Mme la veuve du soldat Wepp, nantie de deux marmots d'un second mariage et d'une misère relative, a dit : « Oui, c'est moi la veuve. »

Et M. Kuzomi s'est à nouveau incliné : il a

demandé à être pardonné du déshonneur de se présenter vivant devant elle.

Et d'expliquer ensuite qu'il était responsable de la mort du soldat Wepp, son cinquante-quatrième. Qu'il n'avait pas supporté cette responsabilité et décidé de remettre à sa veuve l'équivalent de 2 000 livres australiennes, toute sa fortune. Quant à lui, M. Kuzomi, il allait patiemment attendre la mort, satisfait d'avoir accompli la tâche qu'il s'était fixée.

Mme veuve Wepp a accepté la donation et M. Kuzomi est reparti dans son Japon natal, où il est mort très peu de temps après... dans les débris de sa conscience que personne n'a ramassés.

21

LA SORCIÈRE ET L'INGÉNIEUR

Dans une vallée de haute montagne, rocheuse, impressionnante, dominant le grand lac d'un barrage en béton, une vieille femme a fait le geste de la malédiction.

C'est un geste, en Italie, qui symbolise les cornes du diable et qui impressionne encore les gens superstitieux : le bras tendu, les deux doigts du milieu de la main repliés, retenus par le pouce, on raidit l'index et le petit doigt, parallèles, en direction de la personne que l'on veut maudire. La personne, l'animal, ou la chose : en Italie, dans certaines régions, on peut maudire n'importe quoi. Surtout à cette époque. Nous sommes le 1er décembre 1920, dans les Alpes italiennes : une région de hautes vallées montagneuses, arides, farouches, entre le lac de Côme et le lac de Garde. Des torrents impétueux mais irréguliers, comme toujours en montagne, dévalent les pentes au moment de la fonte des neiges et vont grossir, beaucoup plus bas, le cours de l'Adige ou celui du

Pô. Jamais, dans cette région désolée, ne passe le moindre promeneur. C'est trop sauvage. Et les gens qui vivent là, d'une agriculture tibétaine, de quelques chèvres, de quelques vaches, et d'un peu de terre bêchée retenue par des murets de pierre, sont peu civilisés.

Rien n'a bougé ici depuis l'âge de fer, semble-t-il : l'été, les troupeaux; l'hiver, la veillée, dans les maisons de pierre sèche, à la lueur du feu de bois. En 1920, dans ces régions perdues entre 1 600 et 2 000 mètres d'altitude, la fée électricité n'a pas encore posé de baguette. Or, tout d'un coup, en 1920, c'est le bouleversement! On a décidé de construire un barrage en travers de la vallée la plus étroite et la plus sauvage, celle que l'on appelle la « Via Mala ». Il fournira de l'électricité très loin, dans la plaine.

Et, comme il arrive souvent, il sera nécessaire de noyer le village. Contrairement à ce que l'on pourrait croire, d'ailleurs, il n'y a guère d'opposition. A l'époque, les paysans ne s'opposent pas au progrès, bien au contraire, ils l'attendent. Et puis le village n'est jamais qu'un hameau : le hameau de Gleno, dix-sept maisons et bergeries, éparpillées face au soleil d'hiver, au bord de quelques bandes de terre péniblement cultivées.

La misère peut bien se noyer.

L'ingénieur en chef du futur barrage, Marcello Biandini, a procédé habilement et famille par famille. Il a promis des maisons neuves, de nouveaux terrains, plus bas, en dessous du barrage : là où la vallée est plus douce, là surtout où l'électricité arrivera.

Pour ceux qui auront cédé leurs maisons et leurs terrains sans aller jusqu'à la procédure, il y aura de bonnes indemnités. Pour ceux qui voudront plaider, évidemment, ce sera moins bon, a encore dit l'ingénieur.

Vers la fin de l'année 1920, l'ingénieur en chef a réussi à convaincre tout le hameau, ou presque. Comme un bon chien de garde, il a tout rogné. Il ne reste qu'un os, un seul, mais il est dur. C'est la vieille Serafina, soixante-douze ans. Elle ne veut rien savoir. Elle l'envoie au diable. Et ce n'est pas un mot. Elle lui fait le signe des cornes du diable, la « Jettatura ». Elle lui jette un sort et claque sa porte au nez. C'est très ennuyeux, non que l'ingénieur soit impressionnable, mais la maison de la vieille obstinée est située au beau milieu du futur lac. De plus, elle possède la majorité des terrains du hameau. Et par-dessus le marché il y a Francesco, son fils, propriétaire, lui aussi, qu'elle a réussi à influencer et qui, par respect pour elle, ne veut plus vendre à son tour.

La Jettatura ne suffit pas à la vieille Serafina. Elle s'obstine à essayer de faire changer les autres d'avis, en leur disant :

« Ne vendez jamais vos terrains, pas plus que vos maisons ! L'ingénieur Marcello Biandini est un menteur ! Ce qu'il ne vous a pas dit, c'est que, plus bas, vous ne trouverez jamais d'aussi bons pâturages d'été ! Avec vos indemnités, vous ne pourrez jamais racheter autant de terre, car elle est plus chère dans la vallée, et vous ne pourrez jamais plus avoir de troupeaux. Vous mourrez de misère comme des chiens dans la plaine. »

L'ingénieur en chef, agacé, pressé de régler l'affaire, finit par trouver une idée. Il aura la vieille par son fils ! Pour l'instant, il n'en parle pas. Il faut que les patrons de la société du futur barrage soient d'accord et ils le seront sûrement, car cette idée risque de porter un coup à la jeteuse de sort, et il le faut, car plus les travaux sont retardés, plus elle a de temps pour impressionner les gens, avec ses malédictions. D'autre part, la vieille entêtée, malgré le caractère angélique de son nom, Serafina, est réputée un peu sorcière, et ces choses-là sont difficiles à contrer. Le fait est qu'elle soigne, paraît-il, par les herbes. Qu'elle chasse le mauvais sort, quand un agneau a le ventre gonflé, et autres balivernes.

L'ingénieur en chef poursuit sa propre action psychologique. Souriant, sûr de lui, image même de l'homme de progrès, il ne manque jamais de dire à ces gens simples que tout ça, c'est des sornettes. Mais ce n'est pas facile, car il y a l'environnement. Autour de cette haute vallée, qui porte déjà le nom de via Mala, « la voie mauvaise », tous les sommets portent des noms du genre : pic du Diable, ou barre de l'Enfer. Et ces gens-là, qui, depuis des siècles, vivent à leur ombre, croient aux forces surnaturelles. Marcello Biandini a beau tenter d'expliquer que tous ces noms venaient d'une chose naturelle, qu'il connaît bien. Il y a dans cette région, tous les étés, des orages magnétiques. D'où l'ambiance de sorcellerie venue des anciens et perpétuée par la vieille Serafina. Les braves bergers ne sont pas forcément butés. D'ailleurs, ils écoutent l'ingénieur avec intérêt, mais ne savent pas quoi penser. Tout cela est trop rapide; ils hésitent entre l'ancienne et la nouvelle vérité. Entre la sorcière et l'ingénieur en chef.

Pendant ce temps, Serafina continue à tendre l'index et le petit doigt en maudissant l'ingénieur, les habitants du hameau, les vaches, les moutons, les chèvres, les chiens, et jusqu'aux meules de foin de tous ceux qui vendent leurs terres. Les bras tendus vers la vallée, elle maudit toute l'Italie, qui fait construire des barrages et détruit les troupeaux. Et, comme le pape bénit le monde entier du haut de son balcon, Serafina maudit du haut de sa montagne, *urbi et orbi,* aux quatre points cardinaux. Ce ne serait rien, et en tout cas ce serait moins grave, s'il n'y avait le journaliste. Celui-là n'arrange rien. Envoyé par un magazine à sensation, il est venu chercher, dit-il, des « tranches de vie » autour du projet de barrage. Et il est tombé sur Serafina le premier jour! Et il s'en est donné à cœur joie dans ses colonnes : « Serafina, la vieille sorcière, défend sa vallée contre l'ingénieur en chef! » Il a même publié la photographie de la vieille faisant le signe du diable! Avec dans la colonne parallèle la photo de Marcello Biandini! Et grâce à la mise en pages, les clichés étant accolés, Serafina a vraiment l'air de lui jeter le fameux sort en première page! Les administrateurs de la société sont ravis, c'est une excellente publicité, et ils ne manquent pas d'en faire part aigrement à leur ingénieur en chef.

Pour mettre en valeur les arguments de la vieille, le journaliste parle également de la disparition des pâturages, et des indemnités, miroir aux alouettes; son article prend l'allure d'une campagne et il est temps d'en finir, sinon la politique va s'en mêler. L'ingénieur en chef accélère donc les compromis et paie les terrains trois fois le prix prévu, qui était bas, de toute façon, tout cela à cause de cette vieille sorcière butée! Il faut en finir avec elle, par l'intermédiaire de son fils Francesco : Francesco vit du fromage de ses brebis. Il a une femme, trois enfants, une maison et des terrains dont la vieille lui a fait don de son vivant. Jusqu'à présent, à cause de cela, et par respect de sa mère, il n'a pas voulu vendre. Mais l'idée de l'ingénieur en chef qu'il gardait en réserve est de proposer à Francesco d'être le gardien du futur barrage. Rien à faire qu'à surveiller. Or un barrage n'est pas comme une brebis, ça ne court pas, ça ne tombe pas malade et ça ne meurt pas. Une bonne paie, une maison neuve, l'électricité pour rien, une retraite. L'idée de l'ingénieur devrait convenir à un paresseux, et c'est fait, le fils est d'accord, il vend tout. C'est un coup dur pour la vieille Serafina. A présent, elle est vraiment seule. Elle a beau s'obstiner, de plus en plus tragiquement, ne plus parler à personne et maudire son propre fils, avec sa femme et ses enfants, en 1921, elle est enfin expropriée et les travaux commencent.

De temps en temps, le journaliste se ressert de Serafina, maudissant les géologues, de Serafina, maudissant la bétonnière. Ça l'occupe et ses lecteurs ont de quoi lire.

A la fonte des neiges de 1923, l'ingénieur en

chef Marcello Biandini commande la mise en eau du barrage. Au cours de l'été, peu à peu, le hameau disparaît. Quand le toit de sa maison disparaît à son tour, Serafina maudit le lac, le bras tendu. Et l'on entend, de très loin, ses imprécations en patois. La mort d'un village maudit par la doyenne est une image impressionnante qui fait bon effet dans les journaux.

La veille du jour prévu pour l'inauguration, l'ingénieur et le gardien, le fils de Serafina, voient la vieille les maudire tous les deux une dernière fois, avant de se jeter dans le lac du haut du barrage. C'est encore plus impressionnant et cela fait très mauvais effet sur les officiels et sur la presse, prévus pour le lendemain à dix heures. Le fils pleure sa mère et le gardien s'écrie :

« Je suis maudit ! Ce barrage est maudit, nous sommes tous maudits ! » On dirait bien, en effet. Le lendemain, 2 décembre 1923, à 7 heures du matin, le barrage de Gleno cède sous la poussée de l'eau. La vague emporte trois villages, cinq usines hydroélectriques, huit ponts de chemin de fer et fait six cent vingt-huit morts, dont certains seront retrouvés à 25 kilomètres de là.

Dès le lendemain, le magazine publie à nouveau la photo de Serafina maudissant l'ingénieur en chef, sous le titre : « Elle l'a maudit, le barrage a cédé. »

Mais quelques mois plus tard, et beaucoup plus discrètement, en petits caractères honteux, le magazine publie l'information suivante :

« L'ingénieur en chef Marcello Biandini est responsable de la catastrophe de Gleno : pour compenser les indemnités versées aux montagnards du hameau, il avait économisé sur la qualité du béton. »

Quand on est ingénieur, on devrait savoir qu'il ne faut pas jouer les apprentis sorciers !

22

MOINS TROIS

Lᴀ signora Bigatti est la plus heureuse des femmes : son fils Giovanni a été retrouvé. Un coup de téléphone du commissariat central de Naples vient de la prévenir : il est dans le bureau du commissaire principal, il attend sa mère.

Elle descend précipitamment l'escalier de marbre rose qui conduit au vestibule, et une Hispano-Suiza vient se ranger au pied du perron avec célérité. Roberto, le chauffeur, ouvre la portière, et la signora se laisse choir sur la banquette d'un seul élan.

« Vite, Roberto, au commissariat central, à Naples. »

Giovanni a douze ans, il a perdu son père à cinq ans, et le nom qu'il porte est celui de l'une des plus riches familles de la région napolitaine : Bigatti, l'acier Bigatti, c'est lui l'héritier de l'empire. Le seul, l'unique. L'enfant a disparu le dimanche 28 octobre 1928, alors que la signora revenait de la messe accompagnée de l'oncle

Angelo et de sa femme. En attendant de passer à table, Giovanni faisait de la bicyclette dans le parc. La famille, installée sur la terrasse qui domine la fameuse baie de Naples, l'a vu s'éloigner sans méfiance aucune. Mais on a retrouvé la bicyclette à la limite du parc, là où la colline surplombe le cours d'eau qui se jette dans la mer. Aucune trace de l'enfant. Dans les heures qui suivirent, chaque rocher fut exploré, chaque trou fut sondé. La marine dépêcha une vedette et des nageurs qui, jusqu'au soir, fouillèrent la mer. Il fallut bien se rendre à l'évidence, l'enfant ne pouvait qu'être tombé dans la rivière grossie par les pluies des derniers jours, et son corps avait dû être emporté par la mer. Mme Salvatore Bigatti prit le deuil. Elle restait seule à la tête de l'empire des aciéries Bigatti créé par son mari. Grâce au Ciel, l'oncle Angelo veillait à la bonne marche des affaires, et la signora, qui jusque-là menait une vie plutôt frivole, se mit à réfléchir sur la fragilité du bonheur. La presse, la radio, le clergé se firent l'écho des malheurs de la pauvre veuve Bigatti, frappée par un destin cruel.

Et voilà que par miracle on lui annonce que son fils est retrouvé. Si la signora Bigatti ne connaissait pas le sérieux du commissaire principal, elle croirait à une plaisanterie de très mauvais goût. Mais le commissaire a été formel : « C'est bien Giovanni, il n'y a aucun doute. »

Au commissariat principal, la mère prend son fils dans ses bras, le couvre de baisers, l'inonde de larmes. C'est SON Giovanni, il est là, en chair et en os, étouffé sur son cœur, abruti de questions, mais c'est lui :

« Giovanni, où étais-tu ? d'où viens-tu ? qu'est-ce que tu as fait ? Est-ce que quelqu'un t'a fait du mal ? Giovanni, dis-le ! »

A ces questions bien naturelles, l'enfant semble se refermer sur lui-même et répond évasivement :

« Chez des gens !... »

Le commissaire, lui non plus, n'a pas réussi à obtenir de confidences. Mais l'enfant est encore sous le coup de l'émotion. Peut-être vaut-il mieux ne pas insister pour le moment et attendre qu'il ait repris ses esprits. Mme Bigatti cesse donc son interrogatoire. Laissant au commissaire un chèque pour les œuvres de la police, la mère et l'enfant reprennent la route de la villa. Chemin faisant, Mme Bigatti échafaude des projets d'avenir.

« Tu verras comme nous allons nous occuper de toi. Pour Noël, nous irons au val d'Aoste, la neige te fera du bien. Il paraît que l'on descend sur des planches attachées à chaque pied, on appelle cela des skis, c'est amusant ! »

Tout en ayant l'air de noyer son fils sous un flot de paroles, Mme Bigatti observe l'enfant. Il a terriblement changé en six mois. Sa voix est devenue plus grave, ses cheveux, ils ont poussé. Ses vêtements sentent abominablement mauvais. Et il n'avait pas cette dent cassée sur le devant. « Pauvre enfant, pense la mère, comme il a dû souffrir. Dieu merci, le cauchemar est fini, et on va tout reprendre à zéro. »

Les jours suivants, Mme Bigatti réussit à

apprendre bribes par bribes ce qui est arrivé à son fils.

Le 28 octobre 1928, enlevé par des romanichels cachés dans le parc, il a été bâillonné et mis dans un sac. Puis il s'est retrouvé enfermé dans une roulotte qui a voyagé des jours et des jours. Giovanni, enchaîné, n'obtenait aucune explication de ses ravisseurs. Quelques semaines plus tard, ils ont passé des montagnes et se sont retrouvés en pays étranger. Le chef de la tribu lui a dit alors qu'il devait gagner sa vie. Et, à force de coups de bâton, on lui a appris un numéro avec chèvre et tambourin qu'il devait exécuter plusieurs fois par jour, étroitement surveillé. Un jour, au cours d'une représentation donnée devant une grande gare, Giovanni a lu sur un train : « Roma-Milano. » Alors il réussit à s'échapper, à se cacher dans un wagon, et c'est ainsi qu'il est revenu jusqu'à Naples.

C'est une belle histoire. Une histoire qui ferait le bonheur des romanciers à quatre sous, mais, quelque rocambolesque que soit cette version, Mme Bigatti doit s'en contenter. Manifestement, son fils n'aime pas parler de son aventure, il se fait prier, et sa mère doit le supplier parfois pour obtenir des détails supplémentaires.

Il a repris cependant son existence d'héritier gâté. Mais, depuis son retour, Giovanni n'est plus tout à fait le même. Dans ses études, par exemple, son comportement a quelque peu changé. C'est une nuance subtile, rien de catégorique, mais la mère est obligée de se rendre à l'évidence. Giovanni, qui ne comprenait rien aux mathématiques, résout maintenant les problèmes les plus ardus. Par contre, lui si fort en orthographe fait des fautes grossières.

Mme Bigatti constate également des changements dans son comportement quotidien. Si la captivité lui a donné l'appétit qu'il ne possédait pas, ce qui peut paraître normal après tant de privations, comment expliquer qu'en six mois il ait oublié les règles les plus élémentaires du savoir-vivre ? Il ne sait plus tenir ses couverts, s'essuyer la bouche avec délicatesse et mord dans son pain au lieu de le rompre. Ses goûts, même, ont évolué de manière inexplicable. Il s'est mis à aimer les œufs, le poisson et la viande saignante. Toutes choses dont il avait horreur. Mais c'est peut-être dans les jeux que le changement est le plus sensible.

Giovanni passait son temps à la lecture et n'aimait pas le sport. Il court à présent dans le parc, grimpe aux arbres et joue au ballon. Incontestablement, son aventure l'a totalement transformé. Il est resté câlin, mais ce n'est pas le même laisser-aller. Rien de tel qu'une mère pour sentir cette sorte de réticence. Enfin, ce qui trouble le plus Mme Bigatti, c'est l'aversion de son fils pour tout ce qui touche les souvenirs. Lorsqu'elle dit : « Tu te souviens, Giovanni ? », le visage de l'enfant se renfrogne comme si les évocations du passé le mettaient mal à l'aise, comme s'il les refusait. Un jour, Mme Bigatti, parlant du cousin Leonardo (un cousin de son mari qui a la cinquantaine), à sa grande surprise, s'entend demander par Giovanni :

« Tu crois qu'il est plus grand que moi, à présent ? »

Cette amnésie bizarre à propos du cousin Leonardo est pour la mère une sorte de révélation. Poussant plus loin cette confusion, Mme Bigatti décrit la femme du cousin comme étant la mère de Leonardo.

« Tu te souviens, mon chéri, cette horrible femme avec une tache de vin sur le visage ! Elle criait parce que tu te bagarrais avec son fils ? »

Et Giovanni se souvient. Il dit même qu'elle lui faisait peur. Le sang de Mme Bigatti s'est glacé dans ses veines. Et si cet enfant n'était pas son fils ?

Cela peut paraître impossible avec ce visage et ce sourire. Alors, elle accumule tous les détails contradictoires en vrac : les oreilles sont un peu plus décollées, les yeux sont un peu plus petits, les pouces plus aplatis, cet accent traînant sur certaines voyelles... Une angoisse terrible la saisit à la gorge : « Tu crois qu'il est plus grand que moi à présent ? » La phrase qui a servi de détonateur tourne et retourne dans la tête de la mère qui, brusquement, trouve l'idée POUR SAVOIR.

Dans la chambre de Giovanni, derrière la porte de la penderie, se trouvent des traits de crayon avec des dates : ce sont les tailles successives de son fils. Maîtrisant son angoisse, Mme Bigatti conduit l'enfant dans la chambre. Le plus naturellement du monde, elle l'appuie contre la porte, met un livre au-dessus de sa tête et tire un trait de crayon. L'enfant qui est là, devant elle, a trois centimètres de moins que son fils. Alors,

Mme Bigatti téléphone à la police, et l'on interroge l'enfant qui finit par craquer devant les évidences accumulées contre lui.

Il a menti, il n'est pas le fils de Mme Bigatti, mais, par contre, il est le fils de M. Bigatti !

L'enquête révélera en effet que M. Bigatti avait eu une liaison avec une femme de chambre que l'on s'empressa de renvoyer en découvrant qu'elle était enceinte. Cette femme avait élevé son enfant, et, au moment de la disparition de Giovanni, constatant son étrange ressemblance avec Giovanni, elle avait conçu le projet fou d'obtenir pour son fils la fortune des Bigatti.

Convoquées devant le juge d'instruction, les deux mères furent mises en présence, et l'attitude de Mme veuve Bigatti devant celle qui avait été sa rivale fut curieuse. Convaincue, ou feignant de l'être, qu'il n'y avait pas eu véritablement tentative de chantage, elle retira sa plainte et l'enfant repartit dans l'anonymat d'où il était venu.

Bien des années plus tard, en 1958, Dino, le fils de la femme de chambre, avait oublié son aventure chez les Bigatti. A quarante ans, il travaillait dans l'Administration, à Rome. Marié, père de trois enfants, il menait une petite existence paisible.

Au mois de mai 1958, il reçoit la lettre d'un notaire lui annonçant que Mme Bigatti venait de mourir et que sa fortune allait à ses deux neveux, les fils d'Angelo. Cependant, elle lui avait laissé une part de 60 millions de lires.

Dino reçut donc le chèque des mains du notaire. Malgré un silence de trente ans, la femme du roi de l'acier n'avait pas totalement oublié le fils de son mari. 60 millions de lires, c'était moins que la part des autres, bien sûr, mais il y a trente ans, sous la barre, il manquait déjà trois centimètres à Dino pour gagner la fortune.

23

LA VIE AU BOUT DU FIL

JEANNE a vingt-quatre ans, elle est seule, et tout va mal. Ce n'est pas une affaire d'argent, ni une affaire de cœur, ni une affaire de travail.

C'est une affaire de dégoût, un vaste, un immense dégoût. Un dégoût de tout et de rien.

L'argent, Jeanne en a suffisamment pour vivre, ni plus ni moins. Le cœur est vacant, juste ce qu'il faut pour ne pas en souffrir. Le travail est monotone sans être épuisant. Autrement dit, rien ne va très très mal. Mais tout ne va pas très très bien. La vie est en creux.

Alors, la déprime s'y est installée, insidieusement, sournoisement depuis des mois.

Cette nuit, il est minuit, heure de Paris, et la déprime a gagné suffisamment de terrain pour faire de Jeanne une sorte de fantôme insomniaque, à qui l'idée de mourir est apparue comme l'aboutissement de ce dégoût universel. Et Jeanne, à vingt-quatre ans, s'apprête à faire LA grande bêtise : sur la table, elle dispose un verre d'eau et des comprimés qu'elle avale l'un après l'autre. Il y en a cinq. Elle ne mourra pas de cette dose, elle le sait, mais elle espère de ce petit poison un courage qui lui manque pour mourir plus proprement.

Ensuite, elle attend sur son lit patiemment que les idées se brouillent et s'ouvre la veine du poignet gauche avec une lame de rasoir. C'est épouvantablement stupide, et il est minuit dix.

Sur la table de chevet, le téléphone noir est la seule chose qui la relie au monde. Mais Jeanne sait bien qu'il ne sonnera pas. Nul ne connaît sa nouvelle adresse. Elle a voulu changer d'appartement comme on change de peau, et ça non plus n'a pas marché.

Jeanne se sent faible à présent. D'une fatigue bienfaisante qui, pour la première fois depuis des mois, lui donne envie de parler à quelqu'un. Il est minuit quinze : elle regarde le téléphone. Elle a envie de parler dans ce téléphone, mais à qui ?

Ce serait bien de dire à quelqu'un : « Ecoutemoi, je vais mourir et j'ai besoin de dire pourquoi... mais ne bouge pas, ne fais rien, écoute-moi seulement. »

Mais à Paris tout le monde dort et on s'agiterait, car à Paris personne n'a compris ce qui lui arrivait; alors Jeanne, de sa main valide, feuillette un carnet et cherche un numéro à l'autre bout du monde. Celui de Claude, un ami qu'elle n'a pas vu depuis des années. Il est à New York. Et, à New York, il est 18 h 15. A New York, Claude vit, travaille; et à Paris, Jeanne veut mourir, et c'est la nuit.

174

Elle entend d'abord le grésillement de l'international, puis la sonnerie qui résonne comme dans une caverne lointaine. Tout ce chemin par-dessus le monde pour une sonnerie dans un bureau de New York.

Jeanne entend parfaitement bien la voix de la standardiste et doit lui répéter le nom de Claude à trois reprises avant de reconnaître sa voix. Il a dit « allô » avec l'accent américain, Jeanne trouve cela drôle. Elle se rend compte à présent comme c'est loin le 57ᵉ étage d'un building de verre et d'acier à New York, même si c'est bien Claude qui est là et qui répond. Il ne s'attendait pas à l'avoir au téléphone, il est surpris et s'apprête à formuler tous les préambules de circonstance : « Comment ça va ? Qu'est-ce que tu deviens ? » Etc. Mais il n'en a pas le temps. Jeanne a simplement dit son nom, d'une petite voix ensommeillée, et elle enchaîne sur des choses affreuses.

Jeanne, la petite Jeanne est à Paris, elle téléphone de Paris pour dire qu'elle s'est ouvert les veines, qu'elle attend de mourir et qu'elle veut lui expliquer à lui, Claude, pourquoi elle a fait ça. Elle a besoin de le dire à quelqu'un, et elle a pensé à lui, parce que chez lui, en Amérique, tout le monde vit et qu'il ne pourra faire qu'une chose pour elle, l'écouter. Ici, à Paris, c'est la nuit, tout le monde dort bêtement. La ville entière dort bêtement...

Claude pense d'abord à une blague, une mauvaise blague, mais pas longtemps. Il a peur très vite. Peur de ce ton monocorde qui dit des choses désespérantes et désespérées.

Ce coup de téléphone est incroyable, et tellement insolite dans la rumeur de cette fin d'après-
midi américaine. Puis Claude réagit. Après avoir
bafouillé des questions stupides du genre : « mais
pourquoi as-tu fait ça, mais comment, est-ce qu'il
y a quelqu'un avec toi? », il réfléchit à toute
vitesse.

S'il raccroche pour prévenir quelqu'un, c'est la
catastrophe. D'ailleurs, prévenir qui? Claude n'a
pas en tête les numéros de téléphone de ses amis
français, et puis ils ne comprendraient rien, ce
serait long, ils ne connaissent pas Jeanne.

Or, il s'agit peut-être d'une question de minutes, où en est-elle de sa tentative, depuis combien
de temps a commencé l'hémorragie? Jeanne ne
dit rien de précis, elle bafouille, elle pleure un
peu, raconte sa vie par bribes.

Claude attrape un autre téléphone sur le
bureau voisin et appelle la première personne qui
lui vient à l'esprit : son patron, Neal Henry. Son
bureau est à l'étage supérieur. Neal Henry
entend : « Descendez tout de suite, j'ai un problème épouvantable, dépêchez-vous... »

Il descend aussitôt, et Claude tente de lui expliquer la situation, mais c'est difficile de parler à
Jeanne en français et d'expliquer à Neal en
anglais. Alors il prend un bout de papier et écrit
tous les renseignements qu'il peut, en style
télégraphique :

« Elle s'appelle Jeanne V..., française, téléphone de Paris, s'est ouvert les veines... toute
seule... sait pas quoi faire? Aidez-moi... »

Neal écrit à son tour : « Demandez l'adresse, il

faut prévenir la police! » Il est minuit quarante-cinq à Paris. Jeanne s'affaiblit lentement mais sûrement. Et elle ne comprend pas ce que lui demande Claude. Où elle habite? Quelle importance, il ne connaît pas, c'est nouveau. Claude met cinq minutes à lui arracher le nom de la rue et le numéro. Enfin, il l'inscrit comme une victoire sur le bloc de papier. Et Neal Henry, en face de lui, décroche un autre téléphone et appelle la police de New York. Il va tenter l'impossible, expliquer que quelqu'un se suicide à Paris et qu'il faut envoyer du secours. On va peut-être le prendre pour un fou ou un mauvais plaisant, mais c'est la seule idée qui lui vient.

Tout dépend de la réaction du policier, de son caractère, de sa compréhension, de sa rapidité.

Le policier s'appelle Gordon, il écoute avec attention. Il ne prend pas Neal pour un fou. Il comprend tout assez vite et note l'adresse, puis il conseille : que Claude continue de parler, sans arrêt, pour ne pas perdre la ligne, pour ne pas que la jeune fille s'évanouisse. Il faut lui raconter n'importe quoi, pour la tenir éveillée.

Lui, Gordon, va s'occuper du reste, que Neal reste en ligne, il le tiendra au courant.

18 h 55 à New York, minuit cinquante-cinq à Paris. La vie de Jeanne est suspendue à une ligne téléphonique qui fait le tour de la Terre par satellite et rebondit à New York comme une petite balle dans l'immense univers.

Pour ce premier rebond, la balle est dans le camp du policier Gordon. Et c'est un match contre la montre. Chaque minute est importante.

Gordon appelle les liaisons transatlantiques, que l'on appelle en anglais « overseas » (par-dessus les mers).

Son idée est de contacter directement le commissariat parisien du quartier de Jeanne. Mais Gordon trépigne de rage, car il est impossible d'obtenir un circuit. La ligne crépite, puis se perd avec des bip-bip idiots. Le téléphone est une machine infernale ou magique. Et pour l'instant, si elle est magique de Paris à New York, elle est infernale dans l'autre sens. Gordon s'énerve, puis décide de passer par les réclamations pour obtenir le service des renseignements internationaux. Pas d'autre solution.

Sur qui va-t-il tomber ? Sur une opératrice renfrognée et inefficace ? Non, sur une spécialiste : Joséphine Maclock, trente ans de service, et elle ne prend pas plus d'une minute pour comprendre. C'est le deuxième rebond. La balle est à présent dans le camp de Joséphine Maclock. Une grande femme noire et autoritaire, qui cherche, écouteurs aux oreilles, à grands coups de fiches lumineuses une ligne disponible dans le fouillis du réseau new-yorkais.

Elle la trouve et la balance par-dessus l'Atlantique jusqu'au service des renseignements français.

« Parlez ! » dit-elle à Gordon.

A l'autre bout, le policier Gordon tente de s'expliquer, mais il est tombé sur une opératrice auvergnate qui ne comprend pas un mot d'anglais. Va-t-elle abandonner ?

Surveillant toujours sa ligne, Joséphine

Maclock se mêle à la conversation et arrive à son secours :

« Urgent, appeler police française », dit-elle en langage télégraphique. Venu d'une collègue, l'appel au secours est plus compréhensible. C'est curieux, mais c'est ainsi.

La balle est donc dans le camp de l'opératrice auvergnate, qui la relance dans deux directions différentes à la fois, et c'est un miracle pour le téléphone français (de l'époque).

En trois minutes, l'opératrice auvergnate trouve sur le réseau une collègue qui parle anglais pour discuter avec le policier Gordon, et en même temps fait aboutir la conversation téléphonique à Police-Secours. C'est du beau travail.

Il est 1 h 40 du matin à Paris, 19 h 40 à New York.

Jeanne parle encore à Claude, par petits bouts de phrases de plus en plus faibles, et Claude parle à Neal Henry qui parle à Gordon, qui parle à Joséphine Maclock, qui transmet à l'opératrice auvergnate par l'intermédiaire de l'opératrice qui parle anglais, laquelle est en ligne avec Police-Secours en France. Il est 5 h 42 quand le car démarre en trombe, 5 h 47 quand il arrive, sirène hurlante, au bas de l'immeuble de Jeanne. Une petite lumière brille au 5ᵉ étage.

A New York, dans le téléphone, Claude entend faiblement le bruit de la porte enfoncée, un remue-ménage, la sirène du car de police et une voix anonyme de policier français qui dit :

« Elle est en vie, ça ira, vous pouvez raccrocher ! »

Ils étaient sept suspendus au téléphone, sur le réseau « overseas » Paris-New York, depuis une heure, et ils ont raccroché.

C'est Joséphine Maclock qui a eu le mot de la fin en criant par-dessus l'Atlantique, à ses compagnes du téléphone :

« La petite Française va s'en sortir... C'est une bonne journée, les enfants ! »

24

LE TONNELIER DE WHIRLPOOL

CHARLES GRAHAM n'a rien d'un aventurier. Au physique comme au moral, il serait plutôt le contraire. C'est un petit bonhomme maigrichon, mesurant environ 1,65 mètre, et dont l'abondante moustache à la gauloise tente vainement de compenser l'absence de cheveux d'un front dégarni. Quarante-six ans et père de famille, il exerce à Philadelphie la profession fort honorable de tonnelier. Charles Graham n'est donc pas un aventurier, mais il est susceptible. Et la susceptibilité mène facilement un homme à se dépasser lui-même. Ce soir-là, en compagnie de quelques amis, il est attablé à la terrasse d'une brasserie. Il fait chaud, et la bière est bien fraîche, c'est dire que la joyeuse compagnie n'en est pas à sa première chope et que l'ambiance est électrique. On vient de s'accrocher un peu à propos de politique, et, pour changer de sujet, Muller, qui fabrique de la bière et achète des tonneaux à Graham, affirme que lors de sa dernière livraison l'un des tonneaux « avait un petit défaut ». A ces mots le tonnelier abat sa chope sur la table avec une telle brutalité qu'elle manque de se briser.

« Un de mes tonneaux, un petit défaut ! Tu plaisantes ou quoi ? » Ce qui indique d'ailleurs clairement que l'on ne plaisante pas en matière de tonneaux !

Le ton pris par Graham est si tranchant que Muller fait rapidement machine arrière. Il ne connaît que trop les célèbres colères de son ami. Et il tente immédiatement d'amenuiser la portée de sa réflexion malencontreuse. « Il a sans doute eu un petit accroc pendant le transport », dit-il d'un air conciliant.

Mais, loin d'apaiser le tonnelier, cette éventualité ne fait qu'ajouter de l'huile sur le feu. Graham affirme que ses tonneaux sont si solides que, en les jetant du haut du clocher, ils se retrouveraient intacts en arrivant en bas. Prenant les autres à témoin, il dit que Muller met en cause sa conscience professionnelle, et ses camarades ont beau tenter de le calmer, Graham suffoque d'indignation et, au comble de la colère, déclare qu'un de ses tonneaux, lancé dans les rapides du Whirlpool, ne subirait aucun dommage.

« Et tu te mettrais dedans ? demande en souriant un des buveurs, soucieux de calmer le ton du débat.

— Oui, monsieur, répond le tonnelier avec emphase, avec moi à l'intérieur, c'est un engagement, et je suis prêt à vous le signer quand vous voudrez.

— Mais tout de suite », enchaîne Logan, qui est

182

journaliste et, sautant sur l'occasion, sort un papier et un crayon qu'il tend à Graham.

Et c'est ainsi que, le lendemain matin, le tout Philadelphie apprend qu'un de leurs concitoyens s'apprête à descendre les rapides du Whirlpool enfermé dans un tonneau de sa fabrication. La nouvelle fait sensation... Surtout chez les Graham. Et Charles, dégrisé, ne sait que répéter à sa famille qui l'accable de reproches :

« Mais c'est vrai, mes tonneaux sont suffisamment solides pour ça ! » Ce à quoi sa femme rétorque avec une logique inébranlable :

« Peut-être, mais pas avec toi dedans ! »

Mais Charles Graham, qui est susceptible donc orgueilleux, n'a qu'une parole, et le soir, à la brasserie, en compagnie de ses amis, les compliments et les encouragements pour son courageux projet ne font que le conforter dans sa décision : il descendra les rapides du Whirlpool dans un de ses tonneaux.

Les rapides du Whirlpool se situent entre les fameuses chutes du Niagara et le lac Ontario. A cet endroit, le fleuve coule à une vitesse vertigineuse et forme des tourbillons fantastiques autour des rochers qui encombrent son lit. Quelques années auparavant, un homme tenta l'aventure à la nage, un certain capitaine Webb, champion invicible et invaincu qui, le premier, avait déjà traversé le Pas-de-Calais en partant de Douvres. Devant une foule enthousiaste venue saluer son exploit, le champion plongea dans le fleuve. On le vit nager vigoureusement au milieu de l'écume. Il disparut une première fois, entraîné dans un tourbillon, puis une seconde fois, et on ne le revit plus. Le capitaine Webb avait accompli des exploits dans le monde entier. On le qualifiait du titre de « meilleur nageur de son temps ». Mais les eaux du Whirlpool l'avaient vaincu, et son corps fut retrouvé quelques jours plus tard, près de Lewiston, à l'entrée du lac Ontario. Le souvenir de cet exploit manqué n'est pas fait pour rassurer la famille Graham. Mais jamais Graham n'a manqué à sa parole.

Le petit tonnelier se met donc à réfléchir. Armé d'un crayon, il remplit des pages de croquis, imaginant et redessinant sans cesse le tonneau idéal pour accomplir un tel exploit. Un tonneau dont le fuselage, la résistance, la légèreté, l'étanchéité... doivent mener Graham à la victoire. Quelques jours plus tard, le plan est prêt. Il ne reste plus qu'à l'exécuter. Refusant toute visite durant les travaux, Graham passe jours et nuits dans son atelier. Ayant engagé son honneur et sa vie dans cette aventure incroyable, il construit lui-même son chef-d'œuvre. Il lui arrive le soir d'aller prendre un verre avec ses amis, histoire de se détendre. Mais à leurs questions il reste muet, se contentant de répondre :

« Vous verrez, je crois que vous serez étonnés ! »

Un soir, enfin, Graham fait son apparition au bistrot, revêtu de son costume du dimanche. A son œil, on devine que l'événement est arrivé, et lorsqu'il dit : « C'est fait ! Venez voir ! », une cavalcade se déclenche dans la rue pour arriver plus vite à la tonnellerie. Le bruit s'est en effet répandu comme une traînée de poudre, et c'est devant une foule enthousiaste que Charles Graham ouvre le portail de son atelier. Un cri de surprise et d'admiration parcourt l'assistance à la vue du tonneau. C'est un tonneau jamais vu. Une sorte de sarcophage de deux mètres, entièrement rond et cerclé de fer, comme il se doit pour un tonneau, en forme d'un shaker à cocktails. Le fond est lesté de plomb pour lui permettre de flotter debout. L'intérieur est garni de crochets et de cordelettes destinés à maintenir le passager au centre, lui évitant ainsi de se cogner sur les parois, au moment des chocs inévitables sur les rochers. Enfin, le dessus est clos par un couvercle parfaitement hermétique qui se fixe de l'intérieur. Tout est donc prêt. Charles Graham, le petit tonnelier susceptible de Philadelphie, n'a plus qu'à tenir son pari contre la mort.

Et le grand jour arrive. Le 11 juillet 1886, des dizaines de milliers de curieux envahissent les rives de part et d'autre des rapides. Sur plusieurs kilomètres, des familles entières sont arrivées dès le matin et pique-niquent dans une ambiance de kermesse. Des tribunes ont été construites aux endroits les plus dangereux. Tout Philadelphie s'est déplacé pour assister à l'exploit du petit tonnelier, ou à sa mort. Car le terrible Whirlpool sera vaincu ou fera une nouvelle victime. Si le « suspense » existe pour des milliers de personnes, il est aussi dans le cœur de Graham, debout dans son tonneau, qui attache une à une les sangles qui vont le garantir des chocs. A présent, il ne voit plus rien, que ces douves de bois, bien jointes les unes contre les autres par des cerceaux de fer, qu'il a enfoncés lui-même à coups de marteau et de burin. Il est sûr de la qualité de son travail, mais comment apprécier la force prodigieuse de cette eau furieuse dont le grondement parvient jusqu'à ses oreilles. Un cercle qui se déplace, une douve qui s'enfonce contre l'angle aigu d'un rocher, et c'est la mort! Lié comme il est, il ne pourrait même pas esquisser un geste. Charles Graham a confiance pourtant. N'est-il pas le meilleur tonnelier de toute la côte ouest des Etats-Unis? N'a-t-il pas affirmé qu'on pouvait jeter ses tonneaux du haut du clocher sans aucun risque? Alors, cette fois, le sort en est jeté. Graham ferme hermétiquement le couvercle au-dessus de sa tête et crie qu'il est prêt. En voyant le tonneau que deux hommes déplacent avec précaution, la foule s'est levée dans un grand murmure. C'est à l'endroit précis où le malheureux capitaine Webb avait pris le départ que l'on dépose le tonneau avant de le pousser dans le fleuve où il disparaît pour refaire surface quelques secondes après. Il coule d'abord au même endroit que le capitaine Webb, puis on le voit ressortir plus loin, tantôt balancé, tantôt tournant comme une toupie, rebondissant contre les rochers ou roulant sur les récifs. Pendant de longues minutes, on le voit tourner lentement sur lui-même, exactement à la même place. La foule s'interroge. Va-t-il rester là, indéfiniment? Non, le tonneau repart et file comme un vulgaire bouchon de liège. Le courant l'entraîne tout droit vers un jaillissement d'écume, où le choc est formidable. Déséquilibré, le tonneau bascule littéralement de haut en bas et disparaît de longues secondes. On le croit pulvérisé, mais il réapparaît, continuant sa course folle et acclamé par des milliers de supporters. Chacun vibre à l'unisson de ce petit tonnelier qui a eu l'audace de lancer un défi aux chutes invaincues du Whirlpool. Enfin, après trente-cinq minutes de chocs et de tourbillons de toutes sortes, le tonneau est enfin tiré sur la rive à l'entrée du lac Ontario. Un peu abruti mais indemne, le tonnelier ouvre son couvercle. Quelques visages anxieux se penchent vers lui, et à leur grande surprise la première phrase de cet homme qui vient de risquer sa vie pendant une demi-heure est celle-ci : « Constatez, messieurs, qu'il n'y a pas une goutte d'eau dans mon tonneau ! » La seule chose que voulait prouver Charles Graham, c'était qu'il savait fabriquer des tonneaux solides. Et la preuve qu'il venait d'en donner était la meilleure des récompenses. Mais, les émotions passées et les réceptions finies, il fut un peu surpris en recevant sa quote-part sur les entrées payantes dans les gradins. La somme qu'il avait gagnée en trente-cinq minutes était à peu près celle qu'il avait mis dix ans à gagner en fabriquant des tonneaux ! Charles Graham ne se laissa pas griser. Il profita de cette somme pour agrandir son entreprise, et, la publicité aidant, les tonneaux Graham se vendirent dans tous les Etats-Unis. Mieux, le petit tonnelier, qui n'avait rien d'un aventurier, prit goût au spectacle. Dans les années suivantes, il refit trois fois la descente des rapides du Whirlpool. Mais cette fois la tête à l'air, afin de profiter du spectacle lui aussi. Et ce fut chaque fois pour lui non pas l'occasion d'accomplir un exploit quelconque, mais de prouver simplement et publicitairement que les tonneaux Graham étaient les plus solides. Et aussi pour que personne jamais n'ait le culot de parler de « petit défaut » à propos d'un tonneau de sa fabrication.

25

LA PEAU D'UN AUTRE

PHILIPPE avale de la poussière depuis deux jours. Une poussière jaune, épaisse, dense, qui brûle les poumons, dessèche la peau et pénètre dans les vêtements, dans les yeux, dans le nez. On la mange et on la respire en même temps. C'est la poussière du blé. La poussière qui flotte au-dessus de tonnes et de tonnes de blé.

Philippe est venu en mai, faire la moisson au Texas, à Browfield. Il a dix-sept ans et travaille dans un silo gigantesque. Ces nouvelles granges à blé, tout en béton, et sur plusieurs étages, renferment des milliards de quintaux de graines qui s'écoulent de leurs flancs en torrent liquide et bruissant.

Philippe travaille tout en haut de la tour principale, à 51 mètres du sol. Par une sorte de fenêtre d'aération, il peut voir à ses pieds la plaine du Texas, grillée sous le soleil de juin, car il fait 38 degrés à l'ombre, quand il y a de l'ombre.

Juste en dessous de cette ouverture, se trouve

une terrasse de béton, 20 mètres plus bas. Une terrasse qui est en réalité le toit d'un autre silo, lui-même à 30 mètres du sol. Philippe est coincé là-haut, dans la poussière. Et de temps en temps il passe la tête par la fenêtre pour respirer un peu d'air chaud. Il est chargé de surveiller les allées et venues d'un monte-charge. Un travail relativement peu fatigant, s'il n'y avait pas cette poussière. Quand le feu prend dans un silo à blé, c'est effrayant, car il suffit d'une étincelle pour enflammer la poussière de blé chargée de gaz. Et par cette chaleur, tout le monde craint l'accident.

L'étincelle est venue on ne sait d'où, mais l'explosion s'est produite en bas de la tour principale du silo. Une énorme déflagration a fait éclater les vitres des maisons dans un rayon de 200 mètres, puis a soulevé une colonne d'air chaud si puissante, que 50 mètres plus haut Philippe a failli basculer par la fenêtre.

Sur le moment, il n'a pas compris ce qui arrivait. Mais la fumée est arrivée jusqu'à lui, presque immédiatement. Alors il a voulu descendre, mais le monte-charge était coincé, et le temps de gagner l'échelle de fer intérieure, il était trop tard, les flammes étaient déjà en dessous, interdisant la descente. Plus d'issue. La seule ressource de Philippe est la fenêtre, de sauter sur la terrasse du dessous, d'une hauteur de 20 mètres et sur du béton. Autant se suicider.

En bas, on s'occupe déjà des secours. Deux hommes ont été projetés et tués par l'explosion, un troisième est enseveli sous les tonnes de blé qui s'écoulent d'une glissière de déchargement.

La vanne est restée ouverte, personne n'a pu l'atteindre, et on a vu l'homme glisser comme dans un torrent, disparaître peu à peu, recouvert de blé, sans que personne ne puisse tenter quoi que ce soit.

A présent, les hommes lèvent la tête vers la fenêtre de Philippe. Les pompiers sont déjà là, mais le feu gronde à l'intérieur de la tour de béton, et pour l'instant ils ne peuvent guère intervenir. Les lances attaquent le feu à la base sans grand effet. Philippe crie qu'il étouffe, et quelqu'un en bas lui répond par un mégaphone de se calmer et d'attendre. Un hélicoptère va venir lui balancer un filin, et il pourra descendre sur la terrasse, 20 mètres plus bas, où les pompiers pourront l'atteindre. Car le bâtiment fait un tel angle, que l'échelle ne peut l'atteindre actuellement.

Philippe n'est pas sûr d'avoir compris, et les hommes en bas ne sont pas sûrs qu'il ait compris. La poussière de blé fait un grésillement d'enfer en brûlant, la fumée se répand en torsades blanches et la chaleur est infernale à moins de 5 mètres du béton.

L'équipe de secours a prévenu la base aérienne voisine et un pilote a décollé sur un vieil hélico : c'est un homme habitué aux travaux agricoles, il était le seul disponible sur le moment. En attendant les hélicoptères de l'armée (s'ils arrivent à temps), le vieil appareil fonce en direction du silo. Dix minutes plus tard, on l'entend ronronner autour de l'incendie. Le pilote cherche à apercevoir Philippe à sa fenêtre et tourne au-dessus de la tour principale. Mais il ne peut pas vraiment s'en approcher, car une antenne de radio de plusieurs mètres couronne la tour et empêche les passages à la verticale.

Enfin le pilote aperçoit Philippe, dont le buste dépasse de la fenêtre. Il semble avoir du mal à se tenir, le feu doit être derrière lui et la chaleur insupportable au-dedans comme au-dehors.

Au jugé, le pilote largue son filin, espérant que le grappin qui est au bout va se balancer suffisamment pour que Philippe l'attrape.

Mais c'est une manœuvre dangereuse et désespérée d'avance, car les colonnes d'air chaud secouent l'hélicoptère, l'empêchant de se tenir à une distance raisonnable. Et ce même air chaud fait flotter le filin, le soulève et le tord dans tous les sens, mais jamais à proximité des deux bras tendus de Philippe.

Au bout de trois tentatives infructueuses, l'hélicoptère prend du champ. Il a failli heurter l'antenne radio au sommet de la tour, l'une des pales l'a effleurée, et le pilote a senti l'appareil à la limite du décrochage. Continuer serait de la folie.

En voyant s'éloigner l'appareil, Philippe se croit abandonné, et la foule qui s'est amassée au sol hurle d'effroi, car il a passé une jambe par la fenêtre, et tout son buste est à l'extérieur, comme s'il allait sauter. Il doit déjà être brûlé, car si les flammes ne l'ont pas encore atteint la chaleur est suffisante pour entamer la peau et brûler les poumons. D'en bas, le capitaine des pompiers lui hurle des conseils dans son mégaphone. Il le supplie de ne pas sauter. L'hélicoptère va revenir, on le lui promet.

Philippe passe l'autre jambe par la fenêtre et se tient des deux mains au-dessus de sa tête. Ainsi, il n'a que le dos qui souffre de l'épouvantable chaleur.

La foule comprend qu'il ne peut plus rester à l'intérieur. Et il s'accroche à la fenêtre comme un singe à son perchoir, c'est que la peau de ses jambes et de ses bras, celle de son visage et de son torse, est déjà rouge. Même l'air brûlant du dehors doit être plus supportable que la fournaise qui monte vers lui.

Il y a déjà un quart d'heure qu'il tient le coup sur sa fenêtre. Quand un hélicoptère de l'armée arrive enfin. C'est un énorme appareil à double rotor, avec deux hommes d'équipage, dont l'un est muni d'un porte-voix électronique. Le navigateur se met à rassurer immédiatement Philippe et lui explique qu'ils vont lancer un nouveau grappin.

Mais le même scénario recommence, et l'appareil a beau être solide, il est secoué comme un oiseau dans la tempête, par les remous d'air chaud. Le filin d'acier vole au-dessous de lui, sans jamais se balancer suffisamment pour atteindre la fenêtre.

S'il n'y avait pas au-dessus de la tour cette maudite antenne de radio haute de 6 mètres, qui empêche l'appareil de se mettre à la verticale, Philippe serait sauvé depuis longtemps. Le pilote de l'hélicoptère rend compte par radio de l'inutilité de sa mission en précisant que tant que l'antenne sera là, ils ne pourront pas approcher.

Alors un fou décolle de l'aéroport voisin. C'est le pilote du premier hélicoptère. Cette fois il a pris les commandes d'un vieux biplan, destiné à la pulvérisation des insecticides. Il a attaché un filin d'acier et un énorme grappin à son avion. Il connaît exactement le problème puisqu'il en vient. Et il fonce, comme un bolide, sur l'antenne radio, à 180 à l'heure. De deux choses l'une, ou le grappin arrache cette maudite antenne, ou l'avion décroche. Agrippé à sa fenêtre, Philippe lève la tête pour voir ce fou volant raser littéralement le sommet du silo, dans un vrombissement terrible. La foule hurle en bas, mais l'avion remonte; le fou a gagné, il a arraché l'antenne radio. Il avait une chance sur deux. La voie est libre. Philippe crie des choses incompréhensibles pour ceux d'en bas. Il doit être à bout de force. Il rentre à nouveau son corps à demi à l'intérieur, et l'on ne voit plus que sa tête et ses deux bras pendre au-dehors. L'hélicoptère de l'armée fait alors une nouvelle tentative mais le filin, pourtant lancé à la verticale cette fois, ne veut toujours pas rester en place. L'air chaud le maintient comme une plume à 2 mètres à peine des bras tendus de Philippe. La situation devient épouvantable. Il y a plus de 60 minutes que ce sauvetage insensé n'aboutit pas. Et chacun se demande si Philippe ne va pas sauter de désespoir, sur le béton, ou brûler vif.

Tout à coup, un homme a une idée. Il est là dans la foule, il regarde comme tout le monde

194

depuis un moment et l'idée lui vient comme une inspiration subite. Cet homme est électricien. Il est poseur de ligne à haute tension. Il a son matériel dans sa voiture, sur le terrain, et il expose son idée au chef de l'équipe de secours : c'est le deuxième fou de la journée, c'est la deuxième idée folle, mais c'est peut-être la seule solution, et la dernière. L'homme a décidé de s'accrocher au filin de l'hélicoptère pour faire poids. De se balancer jusqu'à la fenêtre, d'attraper Philippe dans ses bras au passage, et ensuite de se laisser déposer au sol un peu plus loin.

Pour cette idée folle, il a décidé de mettre sa ceinture de sécurité, celle qui sert à tous les ouvriers de haute tension, pour grimper aux pylônes. Il sera attaché au filin de l'hélicoptère par cette ceinture, et il aura donc les bras libres.

L'hélicoptère se pose, et l'homme, Mitchel Dimonds, père de famille de quarante-cinq ans, monte à bord avec sa ceinture et son courage.

En haut, à sa fenêtre, Philippe ne bouge plus, ses deux bras pendent, et sa tête aussi, comme s'il était mort.

L'hélicoptère reprend sa position verticale, Mitchel largue d'abord son filin, puis il se met à descendre lentement après, comme à une corde lisse. Cela prend bien 5 minutes, avant qu'il arrive enfin au niveau de la fenêtre.

Son poids maintient le filin, il avait raison. Il ne lui reste plus qu'à se balancer dans l'air brûlant qui jaillit de la fenêtre, un mètre ou deux devant lui. Il se balance, une fois, mais frappe des pieds contre le mur un peu trop haut, et l'homme qui guide la manœuvre de l'hélicoptère hurle au pilote de rectifier la position.

Mitchel attend, pendu comme un poisson. Sa peau commence à rougir. Il se balance à nouveau, bras tendu et cette fois, d'un élan formidable, s'accroche à Philippe qui n'a même plus la force de réagir. Au balancement final, Philippe est dans les bras de Mitchel, qui le tient de partout à la fois. Il a planté ses dents dans le tee-shirt, il serre ses jambes autour de celles de Philippe. C'est un paquet humain que soulève l'hélicoptère et qui brutalement fait une chute verticale de 3 mètres. Un courant d'air chaud a fait dévier l'appareil, le filin a pris du mou, mais Mitchel n'a pas lâché. Il a senti la secousse terrible dans ses reins, quand le filin s'est tendu et que la ceinture de cuir a résisté. Mais il n'a pas lâché Philippe.

On les a remontés tous les deux par le treuil de l'hélicoptère. En arrivant à l'intérieur de l'appareil, Mitchel a encore eu une idée, il a dit : « Ne le posez pas par terre, posez-le sur moi, la peau de ses membres est collée à la mienne, il est brûlé, il ne faut pas le bouger davantage. » Et c'est ainsi que l'on a transporté le jeune Philippe à l'hôpital, couché sur son matelas humain, peau brûlée contre peau. Il a fallu le « décoller » de son sauveteur. Il a failli en mourir à dix-sept ans, il s'en fallait de peu, d'une minute peut-être. Il a mis du temps, mais il a refait sa peau. Les deux fous volants avaient risqué la leur pour cela. C'était la moindre des choses.

26

LE TAPIS VOLANT

Le 1er juillet 1971, à Cleveland, Ohio, Etats-Unis, dans le cabinet feutré d'un psychiatre, s'affrontent un père et son fils. Le père, Howard, quarante-cinq ans, le fils Michell, quatorze ans.

Le père raconte au psychiatre pourquoi il a jugé bon de lui amener son fils. Depuis quelque temps, Michell est agressif. Il dort mal, il mange mal, il s'habille mal, il parle mal et répond mal. La vie avec lui devient impossible.

« Depuis quand ? » demande le psychiatre.

Le père cherche et le fils répond :

« Depuis que mon père m'a retiré de chez ma grand-mère. C'est d'ailleurs lui qui le dit ! »

Le père grimace, fait remarquer au psychiatre à quel point son fils est agressif, même devant lui, et confirme néanmoins cette réflexion en y ajoutant des nuances importantes : Michell est son fils unique, il a perdu sa mère depuis deux ans. On l'avait donc confié à sa grand-mère maternelle. Et puis, le père s'est remarié cette année, il a voulu reprendre son fils avec lui, et depuis rien ne va. Il répond à sa belle-mère, il fait de la peine à son père et se conduit comme un vaurien. Ayant exposé les symptômes, le père attend le diagnostic.

Le psychiatre hoche la tête d'un air entendu, il a compris, et Dieu que c'est simple! Il fait sortir le père et interroge l'enfant dans le secret de son cabinet ouaté. Quelle est la version de Michell? Secret professionnel, le père ne le saura pas. Mais le diagnostic, lui, peut se dire. L'homme de science le détaille avec une onctuosité toute professionnelle :

« Cher monsieur, il apparaît évident que le jeune garçon souffre d'une névrose émotionnelle, que j'appellerai provisoirement et pour me faire comprendre la « névrose du père ». Je ne vais pas vous faire un cours, mais rassurez-vous, une psychanalyse légère mettra fin à tout cela. Une séance par semaine. Vous avez bien fait de me consulter... Plus on la prend jeune, et mieux la névrose se passe... »

Voilà le père rassuré et dégagé de toute responsabilité. Puisque l'éminent spécialiste le dit, c'est que Michell est névrosé. Ce n'est pas de sa faute s'il répond mal, il aura donc la grande joie de ne pas être puni et de retourner chez sa grand-mère pour les vacances. A condition de ne pas oublier chaque lundi sa petite séance de psychothérapie.

Au fond Michell s'en moque. Il ne voit qu'un avantage à tout cela, c'est qu'il va retourner chez sa grand-mère pour les vacances.

Merveilleuse grand-mère Sarah, merveilleuse

vieille dame de soixante-quinze ans. Elle vit seule depuis bien des années, après avoir perdu son mari, puis sa fille. Pourtant grand-mère Sarah n'est pas une grand-mère triste, au contraire. Elle a une passion pour tout ce qui vit : les enfants, les oiseaux, les chats, les gens, la musique, le vent et la pluie. Elle adore son petit-fils et l'accueille à bras et à cœur ouverts pour les grandes vacances. L'année qu'ils ont passée ensemble fut extraordinaire, pour lui comme pour elle. Elle avait perdu sa fille, lui avait perdu sa mère, ils s'étaient rejoints dans ce malheur et en avaient fait une complicité. Rien de morbide mais au contraire de l'affection, de la joie à être ensemble, à discuter ensemble. L'association de deux poètes. Grand-mère disait toujours à son gendre :

« Ce garçon a besoin de tendresse et de rêve, il est « mon » petit-fils et il est de « mon » sang, je le connais mieux que vous, vous n'êtes que son père ! »

Aujourd'hui, grand-mère Sarah, après avoir épanché sa tendresse avec le petit-fils, regarde le gendre bien en face :

« Qu'est-ce qui ne va pas ? »

Et le gendre raconte le point de vue du psychiatre, dont il a fait le sien avec soulagement.

« Foutaises ! » dit la grand-mère.

Mais le gendre insiste : il y a nécessité de psychanalyse, il s'agit d'une véritable névrose, il faut à Michell une séance par semaine sur le canapé du psychiatre.

Alors là ! là ! la grand-mère se fâche tout rouge.

Névrosé, son petit-fils ? Mais c'est l'Amérique tout entière qui est névrosée, à ce compte-là !

Psychanalyser un gosse de quatorze ans, parce qu'il a perdu sa mère et que sa belle-mère ne lui convient pas ? Qu'elle est trop jeune et n'a rien compris ? Alors qu'elle a pris la place encore tiède dans le cœur de ce gamin ? Voilà bien la stupidité de ces « gens », de ces psychiatres péremptoires qui arpentent l'inconscient des Américains, depuis qu'ils ont découvert Freud avec ravissement ! Il n'en est pas question. Michell ne subira pas ce qu'elle appelle « la maudite police de l'esprit ». Qu'on leur fiche la paix à tous les deux. Eux savent très bien comment vivre sans cette inquisition à 200 dollars la séance.

Et grand-mère Sarah appelle Michell :

« Gamin, qu'est-ce qui te ferait plaisir pour te changer les idées ?

— Voyager en avion.

— Eh bien, voilà, conclut grand-mère Sarah, nous partons demain. Et puisque c'est le canapé ou l'avion, ce sera l'avion. Au revoir mon gendre, on vous enverra des cartes postales ! Demandez donc à votre psychiatre s'il les préfère en noir ou en couleurs ! »

Et ce que grand-mère Sarah a décidé sera comme elle l'a décidé, ils partent. Car la grand-mère en a les moyens. Elle a travaillé toute sa vie avec son mari, dans cette ville de Cleveland, pleine d'usines, au bord d'un lac maintenant pollué. Tous deux étaient propriétaires d'une laiterie; à sa mort, elle a continué seule. A présent, elle a soixante-quinze ans, et quelques milliers de dollars en banque pour sa retraite. Alors sa retraite, ce sera Michell.

Le soir même grand-mère Sarah va retirer des dollars à sa banque, et paie comptant deux billets d'avion pour New York — de là ils verront bien. Et le lendemain, ils traversent l'Atlantique. Au hasard des affiches ils ont choisi Tel-Aviv, sous le soleil.

Michell adore l'avion. Il lui semble que vus d'en haut la terre et ses problèmes n'ont plus rien d'effrayant. Grand-mère et petit-fils discutent, grappillent dans les plateaux de déjeuner, se tordent le cou par les hublots, rient de tout et de rien, philosophent à propos d'un nuage, et à peine arrivés, repartiraient bien.

« Dans le fond, dit grand-mère, ce n'est pas le but du voyage qui compte, c'est le voyage lui-même, c'est ça l'évasion. On repart ?

— On repart ! » dit Michell ravi.

Ils prennent à peine le temps de se désaltérer, d'envoyer une carte postale à Papa et retraversent l'Atlantique, en sens inverse, pour se retrouver à Kennedy Airport d'où ils étaient partis.

C'est alors que commence une étrange histoire qui va durer cinquante-six jours, du 8 juillet au 3 septembre 1971.

Grand-mère Sarah, ayant décidé que sa thérapeutique valait largement celle d'un psychanalyste, va devenir pour son petit-fils la grand-mère volante. Avec lui, elle va passer cinquante-six jours sans interruption, ou presque, entre New York et Amsterdam, dans le même Boeing, qui fait l'aller-retour au-dessus de l'Atlantique.

Ils ne feront même plus viser leur passeport, c'est inutile, et les formalités à terre leur font perdre du temps. Ils préfèrent passer les quelques heures d'attente à l'intérieur de l'aéroport et repartir sitôt le vol annoncé. Sur « notre tapis volant », dit grand-mère Sarah. Et la vieille dame ne consent à dormir à l'hôtel que lorsque les impératifs de l'horaire l'exigent. Dans ce cas, ils descendent tous deux à l'hôtel *Fromer,* près de l'aéroport, chambre 103, toujours la même, à Amsterdam.

Mais cet arrêt est exceptionnel. La plupart du temps, ils vivent en l'air, dorment, mangent, discutent, rient en l'air. La terre est loin, le ciel leur appartient. Et les jours et les nuits passent. La grand-mère paie comptant tous les billets, et va dépenser ainsi en cinquante-six jours et pour 160 voyages New York-Amsterdam et retour 70 millions d'anciens francs. Une seule fois, le père, inquiet, les apercevra à l'aéroport de Cleveland. Grand-mère était venue vider son compte en banque. Il a juste le temps de crier, juste le temps de voir la grand-mère et le petit-fils lui faire un grand signe joyeux de la main, et hop! ils sont repartis, envolés pour New York et pour Amsterdam.

Dans l'avion de ligne, l'équipage se pose des questions. Cette vieille dame aux cheveux blancs et aux lunettes d'écaille, et ce gamin si beau aux longs cheveux dans le cou, qui sont là tous les jours, à chaque vol, cela paraît curieux. On pensera même à un trafic. La douane les fouillera, sans résultat bien sûr, et ils riront bien.

Car à chaque question indiscrète, grand-mère répond par un sourire, et Michell dit :

« On y retourne parce que grand-mère a oublié de fermer un robinet. »

A présent, il connaît la cabine de pilotage comme sa poche, mais il n'abandonne jamais longtemps grand-mère Sarah. Ils papotent. De quoi ? de rien, de l'air du temps, des oiseaux, de la mer, des nuages. Et Michell, c'est évident, a l'air plus heureux sur son tapis volant que sur le canapé du psychiatre. Grand-mère ne parle pas de névrose, elle parle de la vie. Et ils grimpent main dans la main les échelles, traversent les pistes, et attachent leur ceinture avec volupté. Pendant cinquante-six jours, 160 voyages aller et retour, 800 000 km environ dans les airs au-dessus de l'Atlantique. Michell parle bien, mange bien, répond bien, il porte la valise de grand-mère, l'aide à s'asseoir.

Et le 3 septembre, à l'hôtel *Fromer* d'Amsterdam, chambre 103, il l'aide à se coucher pour mourir. Le cœur de grand-mère Sarah ne fera pas Amsterdam-New York une fois de plus. Le dernier voyage était un aller simple. Michell veille sa grand-mère toute la nuit, et le lendemain matin prévient la direction de l'hôtel, s'occupe des formalités, télégraphie à son père, annule le voyage qu'il devait faire comme d'habitude, VOL 514 de la compagnie X, départ 10 h 22 porte B. Il est devenu grand, il agit comme un grand, dans un grand chagrin.

En attendant son père, il envoie promener les journalistes qui voulaient lui faire raconter l'histoire de ces cinquante-six jours de voyage avec grand-mère Sarah.

« Fichez-moi la paix !... s'il vous plaît, ajoute-t-il.

— Comment vas-tu, a demandé le père, j'étais inquiet, c'est de la folie, un enfant de ton âge dans cette situation.

— Ça ira, a répondu le fils. Il ne fallait pas t'inquiéter, la folie n'a rien à voir là-dedans. Que ce soit entendu une fois pour toutes entre nous. On peut rentrer maintenant. »

27

LE BOA DANS LA LUNETTE

« ALORS, comme ça, dans vos toilettes, vous avez un boa ? »

L'homme qui est debout, face au shérif de la petite ville de Sonora, en Californie, rectifie dignement :

« Pardon !... Entendons-nous bien !... Je n'AI PAS un boa ! Il se trouve — NUANCE — qu'un boa s'est installé dans mes toilettes, sans que je sois d'accord ! Si j'étais d'accord, je le saurais ! Ensuite je ne viendrais pas me plaindre à la police ! Et, de toute façon, je ne l'aurais jamais laissé s'installer là où il est ! Enfin, tout de même, ce n'est pas un endroit ! »

Il fait chaud, en ce mois d'août 1970, dans cette partie centrale de la Californie. Le désert n'est pas loin, et le soleil tape sur les têtes. Le shérif de Sonora est un homme qui a la réputation d'être sagace, car il est aussi lent à réfléchir qu'à bouger. En réalité c'est qu'il est gros et économise simplement ses mouvements.

Il consent cependant à plisser les yeux, à l'ombre de son chapeau, ce qui n'engage à rien. Puis il considère le petit homme énervé venu le déranger dans sa sieste, à trois heures de l'après-midi, pour lui parler d'un boa dans ses toilettes.

C'est un agent d'assurances, honorablement connu dans la région de Sonora où tout le monde se connaît. Il est marié à une femme acariâtre qui se rend au supermarché en bigoudis, il a trois enfants criards, bref, il est tout à fait normal. En tout cas il l'a été jusqu'à présent. Le shérif récupère mollement son chewing-gum, sous sa canine gauche, et pose à M. Webley cette question précise :

« Vous dites que le boa s'est installé dans vos toilettes. Qu'entendez-vous par " installé "? Vous voulez dire qu'il y vit en permanence? »

M. Webley voit bien, au ton employé par le shérif, que la question est chargée d'ironie. Il le sent bien! Il voit bien qu'il n'est pas pris au sérieux! Il comprend d'ailleurs qu'il y a de quoi. Et ça l'énerve... plus il est obligé de s'expliquer, plus ça l'énerve!

C'est donc extrêmement énervé qu'il répond :

« Ce que j'entends par installé? Qu'est-ce que vous voulez que je vous dise? Je ne suis pas fou! Je suis normal, j'ai ma carte d'ancien combattant, je fais partie du Rotary, je donne aux œuvres de police, j'ai voté démocrate, et si je vous dis qu'il y a un boa dans mes toilettes, c'est qu'il y est. Voilà. C'est un fait. J'en suis moi-même étonné, je dois vous le dire. Au début, je ne voulais croire ni les enfants, ni ma femme, mais il y a une demi-heure, je l'ai constaté moi-même! Il était DANS les toilettes. Je veux dire DEDANS : si vous voyez ce que je veux dire.

— Vous dites bien : DEDANS? Vous voulez dire dans la...

— Oui! C'est ça, vous y êtes. Non, enfin je veux dire, c'est là qu'il était, il y a une demi-heure, dans la cuvette.

— Et qu'est-ce que vous avez fait?

— J'ai fait sortir tout le monde de la salle de bain, j'ai fermé à clef, et je suis venu vous prévenir. Moi, tout seul, je n'y rentre plus. »

Le shérif de Sonora consent enfin à se lever et à prendre sa voiture. Mais il démarre méthodiquement, évite de faire crisser les pneus et refuse de faire marcher la sirène. Cette histoire, selon lui, ne vaut même pas le clignotant rouge.

Quand il arrive devant l'immeuble où habite M. Webley, il lève la tête pour apercevoir au quatrième étage madame et les trois enfants Webley, réfugiés sur le balcon, guettant son arrivée. Et ils ont l'air d'y croire à leur boa, alors, en pénétrant dans l'appartement, le shérif demande :

« Il est gros?

— Eh bien, je ne peux pas dire, je n'ai vu que la tête. Mais, d'après moi, il est déjà assez gros!

— Et vous êtes sûr que c'est un boa?

— Ah! ça, écoutez, je ne peux pas vous garantir! Ça m'a l'air d'un boa, c'est tout ce que je peux vous dire, pour autant que j'y connaisse quelque chose! »

Le shérif, devant la porte de la salle de bain, fait écarter tout le monde et sort son revolver : le modèle de la police, calibre 38 spécial, canon acier bronzé à bande ventilée.

De quoi discuter avec un boa. Une arme qui s'appelle très exactement comme par hasard « colt python », ça tombe bien. Il ouvre la porte, sans faire de bruit. Toute la famille Webley est à un mètre derrière lui. Puis il découvre la salle de bain d'un seul coup. Au même moment, il exécute une performance remarquable pour un homme de son poids, et pour son pantalon aussi ajusté : il s'accroupit à moitié, genoux pliés, braquant l'arme à deux mains en direction du siège des toilettes.

Rien. Pas le moindre boa, même en se penchant. Le shérif se redresse et considère la famille Webley d'un air peiné. Il remet son revolver où il était et dit simplement :

« La prochaine fois que vous me dérangez pour un boa dans vos toilettes, vous avez intérêt à ce qu'il y soit. Sinon, je vous ferai voir de quel bois je me chauffe. »

Et le shérif s'en va, lentement, mais furieusement !

Consternation dans la famille Webley! Car ils ont bien, les uns après les autres, aperçu le boa! Jamais tous ensemble, évidemment, puisqu'il est dans les toilettes. Ce n'est pas non plus un phénomène régulier. C'est une chose qui arrive à l'improviste. De temps en temps, un enfant accourt, la culotte sur les genoux, et dit :

« Maman, ça y est! Il est là! »

Ou alors c'est Mme Webley qui, soudain, après des semaines d'oubli, voit la tête du boa émerger de la lunette et en lâche sa brosse à dents. Seul M. Webley n'avait pas encore eu droit au spectacle avant ce jour.

Personne n'ose plus se servir de la salle de bain ! Encore moins s'approcher du siège des toilettes, et chacun frémit d'épouvante à la seule idée de s'asseoir dessus ! N'importe qui, même en cas d'urgence, y regarderait à deux fois.

Et bien entendu, le jour où le chef de famille est convaincu, où il court chercher le shérif, pour constater le fait, le boa n'y est plus pour personne ! C'est le coup de la panne, classique : quand le réparateur n'est pas là : panne. Chaque fois qu'il vient, plus de panne !

Le lendemain 26 août, le quotidien local se permet tout de même de signaler la chose en deux lignes, avec une ironie voilée. Dans la petite ville de Sonora, on regarde les Webley d'un drôle d'air. Ils se font un peu l'effet de ceux qui ont vu les envahisseurs mais qui sont toujours seuls à les avoir vus. Résultat, ils se renferment et ne disent plus rien, jusqu'au 18 septembre. Ce jour-là, la chaleur est encore intense dans cette partie de la Californie centrale. Le téléphone sonne chez le shérif.

« Allô !... C'est M. Webley.

— Oui, monsieur Webley — c'est pour le boa, sans doute ? Ne me dites pas qu'il est encore dans vos toilettes !

— Si, si, je vous assure, shérif ! Je vois sa tête qui émerge ! Il me regarde, pendant que je me rase ! »

Le shérif, cette fois, rit carrément. Il a

compris : c'est la chaleur. Il cligne de l'œil à l'intention de son adjoint, en lui faisant signe de prendre l'écouteur, et demande :

« Pouvez-vous me dire de quel air il vous regarde ?...

— Comment ça, de quel air ?... Qu'est-ce que vous voulez que je vous dise, moi ? de l'air d'un serpent ! Ils ont toujours le même air ! Vous pensez encore que je suis fou ? C'est ça, hein ? Je le sens bien. »

Le shérif le rassure paternellement :

« Mais non, mais non... Je vous demande simplement s'il a l'air dangereux ! »

C'est d'une voix étrangement normale que répond M. Webley, comme s'il parlait d'un phénomène devenu familier...

« Non, non. Je ne crois pas qu'il soit dangereux. D'abord maintenant, nous sommes sûrs que c'est un boa et il n'est pas venimeux : rétrospectivement, ça nous rassure ! Vous savez, il n'a pas l'air de vouloir vraiment sortir des toilettes ! Il a l'air de s'y plaire ! Il sort seulement la tête de l'eau, de temps en temps. Il émerge de la cuvette et il observe A TRAVERS LA LUNETTE ! Je veux dire, par-dessus la lunette, bien entendu ! Enfin, la lunette du siège des toilettes ! »

Le shérif, décidé à jouer le jeu, demande :

« Il observe quoi ?

— Oh ! un peu tout. Il s'intéresse au ménage, au va-et-vient. J'interdis aux enfants d'approcher, mais en fait, nous n'en avons plus peur !... C'est ma femme surtout que ça gêne d'être observée quand elle se déshabille. Mais j'ai trouvé le truc :

je tire la chasse, et il n'insiste pas ! Il replonge, en marche arrière ! Si vous voulez venir vérifier, venez maintenant ! Je ne tirerai pas la chasse ! Venez, je vous assure qu'il ne bougera pas ! »

Cette fois, c'est trop fort ! Le shérif et son adjoint foncent dans leur voiture, font marcher la sirène et le clignotant, freinent en catastrophe devant le bungalow et font irruption dans la salle de bain. Le boa est là. Sa tête émerge effectivement du siège des toilettes. Son regard est immobile. M. Webley se tient à côté, triomphant. Il dit :

« Vous l'avez vu ? Regardez bien ! Vous allez voir ce qu'il fait ! »

Il tire la chasse, et alors, sous l'œil des policiers médusés, le boa redescend lentement. Avant même que le bruit de la cataracte soit apaisé, il a replongé dans l'eau de la cuvette, la tête en dernier, et il a disparu, comme un périscope.

Le shérif est tellement médusé que la première question qui lui vient à l'esprit est d'ordre pratique mais idiote :

« Ça alors ! Mais comment il fait dans le siphon ? »

L'adjoint, penché à côté de lui, murmure d'une voix blanche, mais logique :

« Vous savez, ces animaux-là, c'est souple ! »

Il a fallu, pour sortir le boa, faire venir un spécialiste du Parc national voisin. Car les Webley ne voulaient pas que l'on tue l'animal. Il était devenu leur boa. Quand on a réussi à l'extirper, en présence de la presse locale, de la Société protectrice des animaux et d'une délégation d'écologistes, il mesurait près de deux mètres !

Les anciens locataires l'avaient eu tout petit, et l'avaient jeté dans les toilettes en partant, croyant s'en débarrasser. Mais il avait prospéré dans la tuyauterie car depuis deux ans, il était là, à rêvasser dans l'incognito. Et il avait changé de taille ! Il a fallu d'ailleurs, pour l'en sortir, démonter le siphon, qui commençait à le gêner aux entournures. Le spécialiste, un herpétologue éminent, le trouva en fort bonne santé.

Après discussions avec les écologistes et le commandant des pompiers, le boa, ébloui, intimidé par tout ce monde, fut relâché en grande pompe, dans son milieu naturel : c'est-à-dire dans la partie marécageuse du Parc national voisin.

Quant à M. Webley, interviewé, il a fait la déclaration suivante :

« Ce n'est pas parce que les serpents n'ont pas la tête sur les épaules qu'il faut les croire idiots. Ainsi je ne savais pas que le boa était un serpent d'eau. Et quand il sortait la tête, par-dessus le siège des toilettes, je croyais le décourager en tirant la chasse ? En réalité, il aimait ça, et plus j'y repense, plus je revois son regard INSISTANT, plus je crois que c'est cela qui nous a permis de le connaître. Il voulait quelque chose que je lui donnais... C'est le langage le plus simple du monde. »

28

UN TÉLÉPHONE A LA MER

Il est aux environs de vingt-deux heures trente, en ce mois d'août 1922, et Maïron Bucky est de quart sur la passerelle extérieure du *Saint-Julien*. Il achève de rouler une cigarette, puis range sa blague à tabac dans sa poche et regarde la nuit avec tranquillité lorsqu'un bruit curieux fait tout à coup vibrer son tympan. Le vieux marin n'est pas sujet aux bourdonnements d'oreille, et sursaute... Comme tout un chacun ferait à sa place, il introduit son auriculaire dans son conduit auditif, gratte un peu, n'entend plus rien et prend son briquet dans sa poche. Il n'a pas le temps d'allumer sa cigarette qu'un second bourdonnement retentit. Cette fois Maïron Bucky se fige dans une immobilité totale, pour guetter ce bruit insolite et aberrant en pleine mer : dans ce bourdonnement il a reconnu une sonnerie de téléphone !

L'espace d'un instant, Maïron se dit qu'il a peut-être abusé de sa bouteille de scotch. Mais non, dans son souvenir il n'a bu qu'un malheureux demi-verre avant de monter prendre son quart. Pourtant un troisième bourdonnement, un peu plus précis, monte de bâbord avant. « Je rêve », se dit le vieil homme en avançant à l'extrême bord de la passerelle pour regarder dans la direction d'où semble venir l'appel. Mais rien, bien sûr. La nuit et la mer se confondent dans une même obscurité. Pas le moindre téléphone à fleur de vague. D'ailleurs le contraire eût été étonnant. A la quatrième sonnerie, Maïron Bucky ôte sa casquette et gratte les quelques mèches encore accrochées sur son crâne. C'est à devenir fou. Comment peut-on entendre la sonnerie d'un téléphone, en pleine mer, à des kilomètres de la côte ? Aucun navire n'est en vue et le vieux rafiot ne possède pas d'appareil aussi moderne. La sonnerie continue, plus précise et en travers bâbord, ce qui tendrait à prouver que le téléphone est à un point fixe.

Mais une sonnerie de téléphone en pleine mer, de mémoire de marin, jamais personne n'a entendu une chose pareille. Maïron se dit qu'il faut prévenir le commandant. Mais la vision de son ami Jefferson, recevant dans son demi-sommeil cette phrase en plein visage : « Commandant, il y a un téléphone qui sonne en mer ! », le retient un instant. Il écoute, réécoute, se persuade et la certitude grandissante de cette réalité sonore le fait pénétrer en trombe dans la timonerie. Le marin de barre a peut-être entendu lui aussi, auquel cas il n'y aurait aucun doute. Il appelle Freddy le timonier : « Freddy, viens deux secondes. »

Le timonier lâche sa barre, sort sur la passerelle et, sur la demande du vieux marin, tend l'oreille, fronce les sourcils et écarquille les yeux de surprise.

« Tu entends, n'est-ce pas Freddy ? Tu entends aussi ? »

Cette fois le doute n'est plus permis. Un homme seul peut être victime d'une hallucination, deux c'est déjà moins fréquent. Maïron Bucky se précipite vers l'interphone, débouche le conduit des machines et donne l'ordre de stopper le navire, puis, débouchant le conduit qui aboutit dans la cabine du commandant, lui demande de monter au plus vite. Quelques instants plus tard, le projecteur de coupée balaie la mer, par arrière bâbord et, montant et descendant au gré des vagues, les hommes distinguent une bouée rouge et blanche d'où semble parvenir la sonnerie. Le commandant Jefferson Mac Peckett désigne également à son second une masse grisâtre qui, quelques mètres derrière la bouée, semble surgir de la mer. Il ne peut distinguer de quoi il s'agit, et le second non plus.

Sans trop réaliser ce que tout cela veut dire, Mac Peckett et les deux marins prennent place dans le canot et à force de rames parviennent jusqu'à la bouée. Effectivement, une sonnette est fixée au-dessus d'une sorte de cornet acoustique comparable à un combiné de téléphone. Avec une prudence et une circonspection en rapport avec cette étrange situation, le commandant décroche :

« Allô ! » fait-il d'une voix méfiante...

Le hurlement de joie qui jaillit de l'écouteur est

si violent que Mac Peckett croit un instant que son tympan droit n'y a pas résisté. Puis une voix brisée par l'émotion se fait entendre :

« Ici le commandant Morrison de l'US Navy. »

Le souffle coupé, Mac Peckett ne trouve pour toute réponse que ce mot étonnant, étant donné les circonstances, et digne de figurer dans les annales de l'humour britannique :

« Enchanté ! » dit-il.

Alors s'engage la plus extraordinaire des conversations jamais échangées par fil depuis l'invention de Graham Bell.

« Qu'est-ce que vous faites là ? » demande Mac Peckett, qui manifestement n'a aucune idée de l'endroit où se trouve son interlocuteur.

Le commandant Morrison lui explique que la bouée est reliée à son sous-marin. Mais le nez du sous-marin est piqué dans la vase, quarante mètres plus bas. Avec lui trente-sept marins attendent du secours depuis vingt-quatre heures. Et depuis vingt-quatre heures, le téléphone sonne sur la mer, comme dans un désert.

« Qu'est-ce que je peux faire pour vous ? » interroge Mac Peckett, qui se demande quand même s'il n'est pas victime d'un canular. Discuter par téléphone à travers quarante mètres d'eau en 1922, ce n'est pas courant. Et Mac Peckett n'est guère au courant des dernières merveilles de la technique. Le commandant Morrison lui demande d'alerter sa base, car la radio du sous-marin est hors d'usage. Mais le commandant du cargo répond qu'il n'a pas d'opérateur radio. Le *Saint-Julien* se rendait de Portland à Atlantic City. Une étape très courte, pour laquelle l'armateur n'a pas jugé bon d'engager un opérateur. La voix du commandant Morrison paraît plus angoissée.

« Alors, aidez-nous à faire un trou dans la coque émergée pour avoir de l'air, nous suffoquons déjà... »

Tandis que Mac Peckett regagne son bord pour chercher du matériel, le téléphone flottant reste silencieux. Que s'est-il passé à bord du sous-marin pour en arriver là ?

Quarante-huit heures plus tôt, le commandant Morrison et son équipage ont pris le départ d'une croisière de propagande le long de la côte des Etats-Unis. Le « S5 », dernier-né des unités de l'US Navy, est un magnifique bâtiment de 70 mètres de long. Une réussite totale dont il est logique d'être fier, et important de démontrer les prouesses.

Arrivé au large de Boston, le « S5 » plonge pendant cinq heures dans les meilleures conditions possibles. Il accomplit même une deuxième plongée quelques heures plus tard, dans des circonstances tout aussi favorables. C'est alors qu'arrivé à hauteur de la pointe Montauk, qui marque l'extrémité nord-est de Long Island, le commandant Morrison décide de poser son sous-marin sur un fond de 50 mètres.

Le klaxon de plongée retentit dans le bâtiment. Les hommes exécutent les manœuvres habituelles. Morrison quitte le kiosque d'où il surveillait l'horizon, et referme le capot sur sa tête. Un marin tourne la manette qui assure l'étanchéité. Mais tout à coup le sous-marin prend une inclinaison tout à fait anormale. Un bruit de cataracte résonne dans tout le bâtiment. La gîte devient telle que les hommes sont précipités les uns sur les autres. Morrison perd l'équilibre. Il est projeté sur la cloison où il s'assomme à moitié. Des cris s'élèvent de toutes parts. Un bruit épouvantable d'objets de toutes sortes se fracassant sur les parois, et puis le choc de l'étrave du sous-marin se plantant dans la vase. Les hommes se ruent sur la vanne du ventilateur et bientôt le bruit de cataracte fait place à un silence de mort.

Une distraction du premier maître Carter est la cause de la catastrophe. Au moment de l'immersion, il a quitté un instant son poste pour aider un matelot aux prises avec une vanne particulièrement dure. Avec une violence inouïe, une vague s'est engouffrée dans le conduit du ventilateur de surface. Etant donné l'inclinaison du navire, l'eau s'est précipitée vers l'avant, augmentant la pente et précipitant la plongée. Tandis qu'on verrouille les portes étanches et que l'on regroupe les hommes, le bilan est vite fait. A l'extrême pointe du sous-marin, la salle des torpilles est noyée. Un mètre d'eau a envahi le compartiment des accus. Il n'y a rien de catastrophique. Grâce au Ciel, aucun homme n'est grièvement blessé, et mis à part la vaisselle et quelques accessoires secondaires, le matériel est resté en état d'utilisation.

Très calme, Morrison s'adresse alors à ses hommes et donne des instructions précises : purger le ballast et mettre le moteur en marche arrière. Ce qui est fait aussitôt. Sous l'impulsion des hélices, le sous-marin vibre de toute sa carcasse. Comme la succion de la vase le retient encore à l'avant, Morrison donne l'ordre de donner un coup d'accélérateur. L'effet n'est pas celui recherché, car le bâtiment se redresse d'un seul coup, les hommes sont de nouveau projetés les uns sur les autres. La gîte est telle que les cloisons deviennent plancher, et c'est le hurlement terrible des hélices qui tournent dans le vide au-dessus de l'eau. Cette fois, la situation du « S5 » est beaucoup plus critique. Le matériel radio détaché de la cloison est inutilisable. Les batteries se sont vidées en partie. Une âcre odeur d'acide chlorhydrique commence à prendre les hommes à la gorge. C'est alors que Morrison donne l'ordre de larguer la bouée téléphonique. Un marin met le casque d'écoute, commence à tourner la petite manivelle qui actionne la sonnerie, et l'attente commence.

La vie de trente-huit hommes est suspendue à cette bouée qui flotte quelques mètres au-dessus de leurs têtes. La sonnerie du téléphone va fonctionner pendant vingt-quatre heures avant d'être entendue par Maïron Bucky, le commandant en second du *Saint-Julien* qui n'en croyait pas ses oreilles, et il y avait de quoi ! A présent le cargo a jeté l'ancre et ses deux chaloupes sont sur les lieux du naufrage. Jefferson Mac Peckett assure la liaison au téléphone entre les prisonniers et ses hommes qui percent des trous dans la coque du sous-marin, à la chignole. L'instrument paraît ridicule par rapport à la masse du submersible. Au bout de deux heures de ce travail de fourmi, un seul trou a été fait. Un trou minuscule par lequel on a passé une lame de scie à métaux, que l'on tire d'un côté, puis de l'autre, en direction du deuxième trou que l'on perce 10 centimètres plus haut.

Il a été convenu de faire un trou triangulaire afin que les naufragés puissent tour à tour venir prendre quelques bouffées d'air pur. Car à présent l'air est pratiquement irrespirable dans le sous-marin. Les vapeurs fétides de l'acide chlorhydrique ont envahi tout le bâtiment et les hommes toussent, reniflent et étouffent. Au téléphone la voix de Morrison se fait pressante. Il parle à voix basse pour ne pas user trop d'oxygène. « Vite, il faut faire vite, bientôt il sera trop tard. »

Déjà quelques marins sont inconscients. Une chaleur accablante a envahi le sous-marin. Mais là-haut, à un mètre au-dessus de l'eau, le deuxième trou est enfin achevé et le petit bruit des dents d'acier de la scie qui mordent le fer reste pour ces trente-huit hommes l'unique chance de salut. Le commandant du cargo hurle soudain une bonne nouvelle dans le cornet du téléphone.

« Allô ! Navire en vue, je vais lancer des fusées, ne quittez pas. » Pour les prisonniers, cette nouvelle fait l'effet d'une bouffée d'air frais. Quelques instants plus tard, la conversation reprend :

« Courage, ils arrivent. »

De fait, une demi-heure après, le *Norfolk*, un paquebot venant de New York, stoppe à quelques encablures du sous-marin. Le matériel qu'il met aussitôt en œuvre pour délivrer l'équipage prisonnier est infiniment supérieur à la pauvre chignole de Maïron Bucky. Mais la pauvre chignole a tout de même fait du bon travail. Car tandis que les marins du *Norfolk* découpent une porte à la scie électrique, pour faire sortir les prisonniers, ces derniers défilent un par un devant le petit triangle de dix centimètres de côté, collent leur visage contre l'ouverture et prennent chacun trois longues bouffées d'air pur en attendant la fin du découpage. Le dernier à venir prendre sa ration d'oxygène est le commandant Morrison. Il aspire trois fois, pas plus, comme chacun de ses trente-sept hommes. Mais avant de céder la place au premier du second tour, il jette un coup d'œil par l'ouverture et à l'adresse de Maïron Bucky qui, sa chignole à la main, est resté dans son canot, accroché à l'épave, il dit :

« Eh ! L'homme à la chignole ! Merci ! »

Le vieux Bucky a grogné un « pas de quoi ! » ému et fier de lui tout à la fois. Mais le lendemain, à Atlantic City, au bar du *Cachalot*, quand il a raconté l'histoire, les copains lui ont rigolé au nez :

« Un téléphone à la mer ? Avec trente-huit marins au bout du fil ? Pourquoi pas le serpent de mer ? Bucky, mon gars, t'es bon pour la retraite ! »

Et il a fallu que les journaux en parlent pour qu'on croie Bucky, au bar du *Cachalot*.

29

LE PAPIER BLEU

A CHACUN son environnement. Il y a ceux qui préfèrent le béton, les parkings et les centres commerciaux souterrains fleuris de néon. Il y a ceux qui préfèrent les pavillons de banlieue au gazon bien taillé, avec barrières et chien méchant. Il y a ceux qui préfèrent les cinquième sans ascenseur avec concierge dans l'escalier. Et il y a les Farouet.

L'environnement des Farouet, c'est le silence et l'herbe. Un petit jardin propre, avec rang d'oignons sur carré de pommes de terre, un peu de poireaux, trois sillons de salade, du haricot vert fin, un ourlet de persil. La cabane aux lapins est à l'ombre d'un noisetier; le pré qui borde le chemin au nord fait de la luzerne, les plates-bandes qui cernent la maison ont des roses et des œillets d'Inde, avec de-ci de-là de grandes marguerites jaunes pliant sous le poids des guêpes. Il y a encore la grange au parfum de pommes, le grenier tout festonné d'ail, la cave aux relents de prunes et de vin en tonneaux. La Jeanne et le

Roger Farouet ont encore un vieux chien au pedigree indécis, deux poules qui pondent à tour de rôle et pas de voisins à moins de un kilomètre.

Lui, il a tout fait : mécano au village, conducteur de corbillard, jardinier municipal et autres petits travaux au gré de la demande. Elle a fait le reste. En comptant les sous un par un, en inventant des conserves de tout, tricotant des riens ou économisant les miettes.

Le Roger a fait le maquis, mais il a oublié de demander une pension. La Jeanne a gardé des enfants, elle a ignoré la Sécurité sociale. Ils sont comme ça, les Farouet. Fourmis et cigales en même temps, heureux du soleil comme de l'hiver, méticuleux et insouciants, industrieux et rêveurs. Heureux. Aujourd'hui, le Roger est allé ramasser des châtaignes dans le bois voisin, et la Jeanne fait du vin de pêche. C'est l'automne, le soleil est bas sur le chemin, et la journée s'étire en douceur. Par la fenêtre de sa cuisine, la Jeanne voit soudain la voiture du facteur. Il ne vient pas souvent jusque-là, et le bruit de son moteur fait caqueter les poules et gronder le chien. Après lui avoir courtoisement proposé de boire un verre de vin, la Jeanne le salue sur le pas de la porte et contemple avec étonnement l'enveloppe qu'il vient de lui remettre. Elle n'a pas voulu l'ouvrir devant le facteur. Tout le monde sait que les facteurs de campagne sont curieux. A présent, elle tourne et retourne dans ses doigts le rectangle de papier bleu, orné d'un tampon illisible. L'adresse est tapée à la machine, M. Farouet, lieu dit « les Aguets », commune de X...

Il y a ceux qui reçoivent du courrier tous les jours, et qu'une enveloppe bleue ou verte n'impressionne pas. Ceux-là ont une boîte aux lettres, un coupe-papier et la désinvolture de l'habitude pour déchirer le papier timbré. Jeanne Farouet, elle, pose la lettre sur la table de la cuisine, et s'assoit devant, perplexe.

Ça n'est pas de la famille, ce n'est pas un faire-part de quelque chose et c'est adressé à M. Farouet, tout seul. C'est bizarre, inquiétant, et l'adresse tapée à la machine a quelque chose de mal poli. Jeanne n'aime pas ça, les choses normales s'écrivent à la main. Elle ne l'ouvrira pas. C'est à Roger de l'ouvrir, puisqu'il n'y a que son nom. Et ça non plus, Jeanne n'aime pas. Depuis plus de quarante ans qu'ils sont mariés, jamais personne ne les a séparés ainsi, par écrit. Celui qui a fait ça ne les connaît pas, c'est sûr. Jeanne reprend son travail dans la bonne odeur des pêches et attend le retour de son mari, en jetant de temps à autre un regard méfiant sur l'étrange enveloppe. En arrivant avec son sac de châtaignes, Roger a senti une « étrangeté » dans l'air. Jeanne lui tend l'enveloppe en silence, s'assoit et le regarde faire. Lui aussi retourne le papier dans tous les sens, s'essuie les mains et l'ouvre avec précaution. D'abord il parcourt la feuille des yeux, fronce les sourcils, puis se met à lire tout haut pour sa femme.

« Monsieur,

« Vous êtes redevable de la somme de 3062 francs, arrondie aux centimes supérieurs. Le montant de votre dette se décompose ainsi :

impôt pour les quatre dernières années, calculé sur la base de votre revenu minimum = 2 884 francs (ce chiffre est susceptible de modifications). Majoration pour retard : 10 p. 100, soit un total de 3 062 francs. Cette somme doit parvenir au comptable du Trésor, avant le 20 décembre 1957. Le non-paiement dans les délais impartis entraînerait les poursuites légales habituelles. Signé — gribouillis impolis, car illisibles. »

Qu'est-ce que c'est ? Ça parle d'argent, ça les Farouet l'ont bien compris. Ils ont même compris que d'après ce papier, cet argent, ils le doivent. Mais à qui ? Pourquoi ? Ils n'ont jamais emprunté d'argent à personne ! Jamais personne ne leur a réclamé quoi que ce soit !

Roger lit et relit, Jeanne examine le papier. Pas de doute, ce sont des impôts. Des impôts à eux ? Mais sur quoi ? Roger n'a jamais payé d'impôts. Il n'a jamais gagné assez d'argent pour en payer. Même la maison ne lui appartient pas vraiment, ils sont trois frères, et Roger est le seul à y vivre, moyennant quoi ce sont les deux autres qui s'occupent des histoires d'impôts locaux.

3 062 francs ! Ce papier réclame 3 062 francs comme ça, d'un coup ! Une somme que Roger et Jeanne n'ont jamais eue entière. L'argent d'une année presque. Bon, dit Roger, j'irai à la préfecture, tu sortiras mon costume, et je prendrai le car. Il souffle sur la petite maison des Farouet un vent de catastrophe. Dans le porte-monnaie familial, il y a 200 francs. Cet hiver Roger fera quelques travaux pour la mairie, on lui a notamment

confié le ramassage des enfants pour l'école. En mettant les choses au mieux, d'ici Noël, ils disposeront d'environ 600 francs par mois. Une fois payés l'épicerie, l'électricité, le pain et le tabac.

Roger a mis sa cravate, c'est mauvais signe. Signe qu'il est impressionné et furieux à la fois. Mais il ne veut pas que Jeanne l'accompagne, ces histoires d'argent sont des histoires d'homme.

Est-ce un homme que Roger aperçoit derrière le guichet qu'il a mis une heure à trouver ? Est-ce un homme ou un tiroir-caisse à moustaches ? Sait-il dire autre chose que « vous devez payer, je n'y peux rien ».

Roger voudrait savoir pourquoi il doit payer. Et le tiroir-caisse à moustaches ne répond pas vraiment à cette question pourtant simple. Il dit que Roger n'a pas fait de déclaration de revenus depuis des années et que l'Etat s'en est aperçu, et que conformément à la loi, on lui réclame sur les quatre dernières années le montant estimé des impôts qu'il aurait dû déclarer. Qu'est-ce que ça veut dire ?

Roger prie le tiroir-caisse à moustaches de bien vouloir répéter :

« Déclaration de revenus ? Mais je n'ai pas de revenus !

— Vous gagnez bien de l'argent ?

— De temps en temps, oui, mais si peu !

— Allons, allons, tout le monde en gagne ! De toute façon, il faut déclarer l'argent qu'on gagne... »

Mais Roger croyait qu'en en gagnant si peu, on ne payait pas d'impôts.

« C'est vrai, c'est vrai, dit le tiroir-caisse à moustaches. »

Alors, pourquoi Roger doit-il payer ? Parce qu'il n'a pas déclaré ses revenus. Mais puisqu'il n'en a pas ! Eh bien justement ! c'est parce qu'il n'a pas déclaré qu'il n'en avait pas, qu'il doit payer !

Roger est rouge. Il desserre sa cravate et serre les poings dans ses poches. Sa logique paysanne le pousse toutefois à argumenter encore.

Ce que le tiroir-caisse à moustaches doit comprendre, c'est que Roger ne savait pas qu'il faut déclarer ce qu'on ne gagne pas. Et voilà bien quarante ans que ça dure.

« Alors, pourquoi maintenant ?

— Parce que c'est la loi, et qu'on vous a retrouvé !

— Mais qui ON ?

— L'Etat, monsieur.

— C'est vous, l'Etat ?

— Non, monsieur, et je ne suis pas là pour plaisanter. Vous devez payer, c'est tout. »

Roger résiste encore à la grande colère qui lui monte au nez. Il voudrait savoir maintenant, il aimerait bien que le tiroir-caisse à moustaches lui explique pourquoi 3 062 francs.

« Mais, c'est là, sur le papier, ironise le bonhomme d'un air excédé. 2 784 francs plus 10 p. 100 de retard ! »

Mais pourquoi 2 784, et pourquoi du retard ? puisqu'il ne savait pas !

Alors là, le tiroir-caisse à moustaches renifle et se rengorge d'une supériorité méprisante.

« Cher monsieur, ce n'est pas à moi de vous

expliquer comment marche le barême des impôts sur le revenu. Des mathématiciens compétents l'ont calculé une fois pour toutes. D'ailleurs il s'agit là d'un montant estimé. »

Estimé par qui ? Roger voudrait bien le demander, il aimerait peut-être discuter enfin avec celui qui estime, ça serait peut-être plus simple, car celui-là s'est peut-être trompé sur l'estime. Mais Roger n'a pas le temps, le tiroir-caisse péremptoire vient de se dresser derrière son guichet :

« Monsieur, je n'ai pas de temps à perdre. Si vous voulez réclamer, vous pouvez le faire. La loi vous en donne le droit, mais vous devez payer d'abord, c'est écrit là, en tout petit, vous voyez ? « Toute réclamation sur l'impôt sus-visé ne dispense pas du paiement dudit impôt, dans les délais impartis ». »

Seule, dans la petite maison entourée d'herbe et de silence, Jeanne épluche les châtaignes en se faisant du souci... Elle connaît bien son Roger, il parle peu, et il n'aime pas qu'on lui réponde mal. Elle a raison la Jeanne de se faire du souci.

Roger ôte sa casquette, la pose soigneusement sur le comptoir, repère le petit portillon qui mène derrière le guichet, le franchit sous le nez ébahi de trois dactylos, attrape le tiroir-caisse à moustaches au collet comme un vulgaire garenne, l'assomme proprement, le jette sur son dos et, ignorant les hurlements des femmes, fonce au-dehors, cherchant quoi faire de son gibier.

Il lui faut quelque chose d'exemplaire, quelque chose qui soulage. Il est là, nu-tête, ébouriffé, rouge de colère rentrée, sur les marches de la préfecture. En face de lui un bassin avec de beaux jets d'eau bien claire. Le tiroir-caisse à moustaches y fait un plouf ridicule et rafraîchissant devant une douzaine de badauds éberlués. Et ça fait du bien. Ça fait du bien, mais ça coûte cher : voie de fait sur la personne d'un fonctionnaire dans l'exercice de ses fonctions...

Roger a passé la journée au poste, et il mettra deux ans à payer le tout, impôts compris. Mais quand il a regagné sa petite maison environnée de silence et d'herbe, Jeanne a simplement demandé d'un air soupçonneux : « Roger, qu'est-ce que tu as fait de ta casquette ? »

30

LA ROSENGART

Ce soir-là, dans une ville de Lorraine, Mme Ranin et ses trois jeunes enfants attendent le retour de Fernand Ranin avec une impatience fébrile. Le père doit rentrer avec LA voiture! Une petite Rosengart. Voilà quatre ans qu'on en parle, et qu'on économise pour l'avoir!

Ce soir, elle est là! Et la famille Ranin s'entasse dans la petite voiture toute neuve, avec volupté, Fernand Ranin, dont le permis de conduire est tout aussi neuf, fait le tour du pâté de maisons laborieusement, mais dans l'allégresse générale. C'est un joli tableau de famille, ricane qui voudra, car ce temps-là n'est plus...

Et ce soir-là, il est impossible de faire dormir les enfants, les menacer des pires sanctions, pour pouvoir écouter la radio tranquillement.

Von Ribentrop a signé un accord avec Molotov.

« Ça sent mauvais », dit le père.

Tellement mauvais qu'une semaine plus tard, au lieu de partir en vacances, avec la Rosengart, comme ils en rêvaient depuis quatre ans, les enfants Ranin voient leur père engoncé dans une capote assez curieusement relevée sur les genoux, monter dans un train, embrasser sa femme, et l'air de ne pas vouloir être ému, lui dire :

« Prends bien soin de la Rosengart. Elle n'a que 25 kilomètres au compteur ! C'est un capital. Après la guerre, on ira la rôder au Mont-Saint-Michel, comme prévu ! »

Une certaine façon de dire :

« Ne pleure pas, je reviendrai ! »

Ce soir-là, le 3 septembre 1939, les enfants Ranin dorment d'émotion et d'espoir. Le père est parti dans les Vosges, mais lorsqu'il reviendra ils iront en vacances avec la Rosengart.

En 1941, Papa est vivant ! Il est prisonnier à Sélestat. Et comme il est blessé à la jambe, il ne sera pas transféré en Allemagne. Le voilà qui revient, amaigri, barbu, méconnaissable, s'appuyant sur une canne. Ce soir-là, les enfants ont du mal à s'endormir, et M. et Mme Ranin aussi.

Ce n'est que le lendemain matin que Fernand Ranin demande à sa femme :

« Et la Rosengart ? »

Gilberte Ranin est désolée :

« On nous l'a volée. Je l'avais laissée au garage, la batterie débranchée, les pneus dégonflés, comme tu m'avais dit. Mais au moment de la débâcle, les gens ont sauté sur tous les véhicules qu'ils pouvaient trouver. Quelqu'un a pris la Rosengart pour fuir devant les Allemands ! Va savoir maintenant où elle est ! »

Fernand Ranin soupire. Sa voiture lui avait coûté cher, il n'en profitera pas, mais il est vivant.

En 1942, Fernand Ranin et sa famille survivent comme tout le monde avec les restrictions, le pain noir, et les rutabagas. La Lorraine est vert-de-gris. Elle résonne du bruit des bottes. Un soir, à dix heures, alors que les enfants dorment, des coups de crosse ébranlent la porte d'entrée : « Police allemande ! Ouvrez ! »

Fernand Ranin a tout juste le temps de passer un manteau, et il est emmené par la Gestapo. Ce soir-là, les enfants ne se rendorment pas. Mme Ranin non plus. Les Allemands n'ont aucune raison d'arrêter son mari. Il s'agit sûrement d'une erreur. Au siège de la Gestapo, Fernand Ranin, lui, se retrouve face à un homme en manteau de cuir :

« Monsieur Ranin, vous êtes un terroriste ! Avouez ! Si vous donnez le nom de vos complices, vous ne serez pas déporté ! »

Le pauvre homme tombe des nues. Lui, un terroriste ? Il n'est qu'un prisonnier libéré, blessé à la jambe, et père de famille. Mais l'Allemand le coupe :

« Vous avez fourni votre voiture à des terroristes belges ! La Rosengart ME 6854, c'est bien la vôtre ? Nous avons arrêté deux de vos complices, qui s'en servaient pour transporter des armes en Belgique. »

Fernand Ranin tente d'expliquer la vérité : que sa voiture a disparu au moment de la débâcle alors qu'il était prisonnier ! Et que si des résistants belges l'ont récupérée, il n'est même pas au courant !

Mais l'Allemand le coupe une fois de plus :

« Si on a volé votre voiture, votre femme n'avait qu'à porter plainte ! »

Porter plainte en juin 1940 ! S'il osait, Fernand Ranin demanderait à l'Allemand s'il rêve, ou s'il plaisante ! Mais un agent de la Gestapo ne plaisante pas du tout, en général, et celui-ci, en particulier, est à ce point persuadé que Fernand Ranin est un résistant, qu'il le fait enfermer et torturer.

Que peut faire cet homme, sinon s'obstiner dans la vérité. Même sous les tortures et les souffrances, et prisonnier des griffes de la Gestapo.

Il fera donc trois ans de déportation. Car il est bel et bien déporté, encore heureux d'être déporté vivant ; et il ne lui vient pas une seule fois à l'esprit de dire :

« Je suis là pour rien, parce qu'on m'a volé ma Rosengart ! »

Car, de toute façon, tout le monde est là pour rien. Pour moins que rien, qu'une Rosengart même.

En septembre 1945, un homme qui tient à peine debout, qui pèse 35 kilos pour 1,72 mètre, est ramené chez lui. Fernand Ranin fait partie des miraculés, des « revenants » des camps de concentration, et sa femme n'en croit pas ses yeux, son mari est un fantôme et ses trois enfants le reconnaissent d'autant moins qu'eux ont grandi et oublié. Ce soir-là, une fois de plus, ils ont du mal à s'endormir.

Et puis la vie reprend. Deux ans se passent.

Fernand Ranin ne pense même plus à la Rosengart de 1939. Ce jour-là, il trouve dans sa boîte aux lettres, un matin de 1947, une contravention, une contravention pour stationnement interdit à Bruxelles. L'infraction a été constatée le 23 avril 1947 et le véhicule immatriculé ME 6854, c'était bien le numéro de sa Rosengart, c'est totalement délirant. Immédiatement, Fernand Ranin fonce à Bruxelles et demande au commissariat :

« D'abord, où est-elle cette voiture ? »

Ce à quoi les agents belges répondent placidement :

« Comment ça, où elle est ? Vous voulez dire qu'on vous l'a volée ! »

Fernand Ranin prend sa respiration, pour éviter de s'énerver, et répond :

« Oui, on me l'a volée ! Il y a huit ans, en 1939. J'avais seulement eu le temps de lui faire faire le tour du pâté de maisons ! Ensuite, pendant que j'étais prisonnier, des résistants belges ont, paraît-il, utilisé ma voiture qu'ils avaient récupérée je ne sais où, je ne sais comment ! Notez que je suis fier que ma voiture ait fait de la résistance. Même sans me demander mon avis, mais en attendant, j'ai bel et bien fait trois ans de déportation, à cause de cette voiture que je n'ai jamais revue depuis le 1er septembre 1939. Je ne m'en glorifie pas, je ne m'en plains pas, vous pensez bien, avec les horreurs que j'ai vues. Mais quant à payer votre P.-V., excusez-moi, bonsoir ! Commencez par me la retrouver, cette voiture ! »

Mais le brave agent belge lui répond encore un peu plus placidement :

« Pourquoi voulez-vous qu'on la cherche, votre voiture ? Vous n'avez jamais porté plainte pour vol ! »

Alors là, Fernand Ranin se fâche tout rouge. Il a déjà entendu ça quelque part ! Et il se fâche si rouge et si bien que l'on cherche enfin QUI peut avoir récupéré sa voiture !

Et l'on découvre, il faut l'avoir vu pour le croire, qu'il s'agit de l'ARMEE BELGE ! La Rosengart avait été « empruntée » par un homme qui s'en était bien servi pour faire de la résistance, et qui avait été déporté. Puis un officier allemand s'était approprié la voiture jusqu'à la Libération. Après quoi, un officier de l'armée belge l'avait « réquisitionnée », et, depuis deux ans, la conduisait, sans trop se tracasser, il faut bien le dire, pour retrouver son ancien propriétaire.

Il fallait une fin à cette histoire belge, la voici :

L'armée belge a rendu sa Rosengart à Fernand Ranin avec cinq pneus neufs, c'est le règlement. Mais avec 60 000 kilomètres au compteur. Aussi, très honnêtement, car c'est toujours le règlement, elle l'a indemnisé de 87 francs belges par jour de réquisition, depuis la Libération. Soit une somme globale de 84 000 francs belges.

Autrement dit, l'armée belge a remboursé sa voiture à Fernand Ranin, à peu de francs belges près. Ne nous demandons pas si chez nous, c'eût été... le même règlement !

Fernand Ranin est donc parti en vacances au Mont-Saint-Michel en septembre 1948, avec sa Rosengart de 1939, sa femme et ses trois enfants. Et du coup ils l'ont gardée. En 1979, l'aîné des enfants Ranin l'entretient toujours. De temps en temps, le dimanche il la fait démarrer (à la manivelle, bien sûr) et fait le tour du pâté de maisons avec ses parents.

31

DICKY, LE CHIEN DU MINEUR

S'IL est un chien de race parfaitement raté, Dicky est en revanche un corniaud totalement réussi : berger malinois par la taille, lévrier par la tête, labrador par le poil, et chien de traîneau par le panache de la queue. Comme tout corniaud qui se respecte, Dicky a un caractère en or pour ses relations avec les hommes, une certaine agressivité avec ses congénères, et une haine farouche envers les chats. Il est né quelque part en Ecosse, personne ne saurait dire où, et s'est retrouvé dans un panier, en compagnie de trois autres de ses frères sur le marché aux Puces d'Edimbourg. Car il est de tradition, sur ce marché aux Puces, d'y vendre des chiens.

C'est là que Jack Fals, un mineur de Leith, l'a acheté pour quelques shillings, il y a de cela dix ans. Et depuis, tous les jours sauf le dimanche, Dicky accompagne son maître jusqu'au carreau de la mine. Il reste là pendant huit heures, chaque jour, qu'il pleuve ou qu'il neige, été comme hiver, assis ou couché sous le hangar à bicyclettes. Il ne guette qu'une chose, le retour de son maître. Tous les mineurs le connaissent par son nom, et quand une équipe de relève arrive, il suffit de regarder si le chien est là pour savoir si Fals est au fond, ou non. Il faut voir Dicky dresser les oreilles, lorsque, au bout des huit heures, la grande roue qui remonte les bennes se met à tourner.

Mais aujourd'hui, Dicky est dérouté. La grande roue n'a pas cessé de fonctionner tout l'après-midi. Des hommes sont sortis et rentrés sans arrêt par la grande porte vitrée. La sirène a retenti à plusieurs reprises et quand les huit heures ont sonné dans la mémoire du chien, il s'est approché, il a tendu le cou, mais son maître n'est pas sorti. Quelques mineurs l'ont caressé au passage en lui disant des mots qu'il n'a pas compris, d'autres l'ont chassé car il gênait le passage, et puis tout à coup l'odeur de son maître lui est arrivée dans le nez. Impossible de se tromper pour un chien. Son maître est là, sous cette bâche tendue, sur un brancard porté par quatre hommes qui pressent le pas.

Dicky s'approche aussitôt, remuant la queue, l'un des hommes le repousse de la main, alors le voyant faire l'un des porteurs dit simplement :

« Laisse-le, c'est son chien. »

Tandis qu'on dépose le corps de Jack Fals sur une benne où sont déjà alignés les corps des victimes du coup de grisou, Dicky vient pleurer au pied du wagonnet. Il ne comprend pas pourquoi son maître est là, couché sous une bâche, il ne comprend pas pourquoi il ne lui a pas caressé la tête comme il le fait chaque soir. Il ne comprend pas pourquoi Anthon Miller, le conducteur du petit train qui transporte d'habitude le charbon au port d'embarquement, lui parle avec autant de gentillesse. Il résiste même quand l'homme essaie de l'entraîner plus loin. Il n'est pas question d'aller ailleurs, puisque son maître est là, à quelques pas de lui, et que son maître est le centre unique de toutes ses préoccupations. Il faut être homme pour ne pas comprendre ça. Lui, le chien, dont chaque respiration, chaque regard, chaque mouvement se fait en fonction de son maître, qu'irait-il faire là où celui-ci n'est pas ? Aussi, comme le conducteur du petit train insiste et qu'il le tire par son collier, Dicky grogne et montre les dents. Il est des arguments auxquels on ne saurait résister. Les crocs menaçants d'un chien sont de ceux-là. Aussi Anthon Miller s'éloigne, laissant Dicky faire sa veillée funèbre sous la pluie qui commence à tomber. Quelques heures plus tard, douze hommes sont alignés les uns à côté des autres, et l'ordre est donné à Miller de les conduire jusqu'à l'embranchement de la route de la mairie. Avant de monter dans sa machine à vapeur, Anthon tente une dernière fois d'éloigner le chien.

« Allez, Dicky, sauve-toi, tu vas te faire écraser... »

Mais insensible à tout ce qu'on peut lui dire ou lui faire, l'animal ne bouge pas, s'acharnant par ses pleurs à attirer l'attention de ce maître qui est là, immobile sous une bâche et ne lui répond même pas. Anthon Miller met sa machine en route, et le jet de vapeur fait peur au chien qui recule de quelques pas. Le convoi funèbre s'ébranle doucement et s'éloigne, laissant sur place l'animal complètement désemparé, qui ne comprend pas pourquoi son maître s'en va tout seul sur ce train, sans lui avoir parlé, sans lui avoir donné l'ordre de venir ou de l'attendre. Et tandis que le convoi s'éloigne, Dicky n'est plus qu'une immense oreille pointée en avant, guettant la phrase, le mot, le coup de sifflet qui le ferait bondir sur cette machine qui emporte le seul être auquel il a consacré sa vie.

Le lendemain, lorsque Anthon Miller revient avec son train, Dicky est là, exactement à la même place. Il a passé la nuit à attendre, sous la pluie. Le bruit du train qui approche s'associe au retour du maître. Dans une logique simpliste mais rigoureuse, Jack Fals est parti avec ce train, il va donc revenir avec lui, forcément, obligatoirement. Il n'est même pas question d'en douter puisque le doute c'est encore une histoire inventée par les hommes, tout comme la mort, cette fin inéluctable connue des êtres doués du sens de la parole, mais pas des autres.

Et tous les jours, Dicky, le chien du mineur Jack Fals, va venir attendre son maître là où il l'a vu partir. Tous les jours, au moment où le train va passer le petit pont de fer, Anthon Miller, le conducteur de la loco, va voir le chien arriver. Au bruit du train, il va sortir d'un hangar, de sous un wagonnet, ou de n'importe où, et venir s'asseoir près des rails, là où il était le soir où son maître est parti.

Dans les premières semaines, Anthon Miller tente bien d'apprivoiser le chien. Il lui apporte à manger dans l'espoir que Dicky va le suivre. Emu par la fidélité farouche de l'animal, il en parle à sa femme qui accepte de le prendre à la maison. Mais c'est compter sans l'avis de Dicky, qui finit bien par accepter quelque nourriture, mais refuse obstinément de suivre l'homme.

Un samedi, Anthon Miller arrive à faire monter par ruse le chien dans sa voiture et l'emmène chez lui. Mais comme Dicky pleure à fendre l'âme, il est obligé de le détacher. Le chien se sauve à toutes pattes, et le lundi matin, lorsque le train arrive sur l'air de chargement du charbon, il est à nouveau là, fidèle au poste.

Renonçant à son projet, Anthon Miller se contente de lui apporter de la nourriture. Et cinq ans vont passer ainsi. Dicky a vieilli. Il a maintenant plus de quinze ans, et c'est un grand âge pour un chien. Il n'entend et ne voit presque plus. Son arrière-train est ankylosé, mais il vient toujours voir lorsque le petit train arrive et il reste là, toute la journée, assis ou bien couché, sans réaction. Un jour de brouillard, alors qu'Anthon Miller revient du port d'embarquement, l'homme aperçoit le chien assis, en travers de la voie. Le conducteur actionne son sifflet, mais le chien ne bouge pas. Miller, qui a renversé aussitôt la vapeur et serré le frein à mort, a beau hurler, l'animal n'entend pas. Et glissant sur les rails, le convoi continue sur sa lancée, inexorablement.

Alors Anthon Miller saute en marche et entame une lutte de vitesse avec sa propre locomotive. Au coude à coude, il remonte le long de la machine qui continue toujours à glisser en avant. Insensible au bruit, le chien n'est plus qu'à 30 mètres. Retrouvant ses jambes de vingt ans pour sauver le vieux chien, Miller remonte mètre par mètre le long de la voie. Plus que 15 mètres. L'homme arrive à la hauteur des roues avant. Encore un effort, plus que dix mètres. Dans un corps à corps forcené, l'homme et la machine confondent leurs deux souffles.

Quelques témoins ébahis contemplent cette scène incroyable, au cours de laquelle, dans un rush irrésistible, on voit Miller plonger littéralement sous les roues de sa locomotive et saisir le chien à bras-le-corps, tandis que le tampon les catapulte sur le bas-côté.

Anthon Miller s'en tire avec deux côtes brisées, et Dicky se contente de s'ébrouer une fois ou deux. Jugeant alors dangereux de laisser le chien à la mine, les mineurs l'emmènent chez Anthon qui s'en occupe durant sa convalescence. A sa grande surprise, Dicky ne cherche plus à s'en aller, et il va vivre ainsi près de six mois chez les Miller, comme pour les remercier eux aussi de leur fidélité. Puis, un matin, le vieux chien disparaît et Anthon Miller le retrouve sur le chemin de la mine, couché sur le côté, les yeux grands ouverts, mort.

Il avait attendu son maître pendant six ans, jusqu'à la limite de ses forces, et il était venu mourir en tentant une dernière fois de le rejoindre.

Alors le mécanicien le dépose sur la plate-forme d'un wagonnet, jette sur lui un morceau de bâche et fait démarrer le convoi en direction de la mer. Avec une pioche et une pelle il creuse un grand trou au flanc du coteau qui domine le cimetière marin, pour que reposent à portée de voix l'homme et le chien.

A portée de voix, donc à portée de cœur.

32

COMME UN OISEAU DE GLACE

C'est un hiver de Suède en 1920. Un hiver glacial et profond qui dure depuis des mois. Ce matin tout était calme dans la vallée. Le brouillard blanc était suspendu au-dessus des chemins, les murs de glace immobiles au long des fossés. Tout était calme, d'un calme bizarre. Et les parents ont envoyé tous les enfants à l'école. Ils n'auraient pas dû, car vers trois heures de l'après-midi, le ciel tourne à la catastrophe. D'un seul coup le vent tourbillonne et court dans la vallée de hameau en hameau, soulevant d'immenses voiles de neige et creusant des sentiers inattendus. L'instituteur est inquiet. Les hommes quittent leurs maisons éparpillées dans la vallée pour venir chercher les enfants, en traîneau. Le temps presse, on ne voit déjà plus les arbres et le vent devenu blizzard draine des aiguilles de glace, qui giflent cruellement le visage.

Parmi les enfants qui habitent trop loin pour rentrer seuls, trois ont de la chance. Inge quinze ans, Erik neuf ans, et Johana sept ans. Leur père a vu changer le temps avant les autres, il est déjà là avec le traîneau et la jument, une brave vieille bête nommée Gala, qui connaît par cœur le chemin de la maison. Le père a accumulé les couvertures dans le traîneau réservé aux enfants. Il monte son propre cheval.

Les trois enfants courent dans la tempête vers le traîneau et s'y entassent joyeusement. La jument attend l'ordre de faire demi-tour pour rentrer. La maison est à trois kilomètres de l'école. Le père, lui, emmitoufle la tête de son cheval, il va mettre le pied à l'étrier, et en une seconde, c'est le désastre. Personne n'a le temps de réagir, ni le père, ni les enfants... Une déflagration terrifiante a fait se cabrer la vieille jument et l'éclair a fait une plaie lumineuse dans le ciel noir. Le vent a grondé en même temps. La bête a démarré en trombe, rênes pendantes, tirant le traîneau à une vitesse folle sur la neige. C'était imprévisible. Un éclair en pleine tempête de neige et de vent... C'est comme si le diable s'en mêlait. Sol blanc, ciel noir, c'est une vision d'un autre monde. Inge, la fille aînée, tente de se redresser dans le traîneau en appelant l'animal, mais il n'y a rien à faire et il lui est impossible d'attraper les rênes à cette vitesse. Dans le brouillard de neige qui les enveloppe, Inge ne se rend même pas compte que la jument a pris la mauvaise direction. La tempête s'est déclenchée en quelques secondes et l'on ne voit plus rien qu'un brouillard blanc. Le père, lui, a pris du retard, il tournait le dos et n'a pas vu la direction prise par le traîneau. Il sait que ce n'est pas la bonne, mais laquelle? droite, gauche? vers la forêt? vers le torrent? Il n'y a plus de chemin précis puisque tout est blanc, et le vent efface les empreintes en quelques secondes.

Inge s'est aplatie au fond du traîneau, avec son frère et sa sœur qu'elle maintient de ses deux bras. Elle n'a pas vraiment peur, persuadée que la jument a pris le chemin de la maison, comme d'habitude. D'ailleurs, Erik et Johana, ravis, s'imaginent faire la course avec leur père et encouragent la jument de la voix : « Vas-y, Gala... vas-y... » Ils ne se rendent pas compte du danger.

Après quelques minutes de course folle, beaucoup trop folle pour son grand âge, Gala se calme, ralentit et finit par s'arrêter, naseaux écumants, dans la tempête. Inge peut alors récupérer les rênes, mais hésite sur la direction à prendre. Aucun point de repère, pas un arbre visible, pas un toit. La jument elle-même semble déconcertée, effrayée par ce mur blanc qui déferle à plus de 100 km/h autour d'eux. Une pellicule de glace se forme rapidement sur ses naseaux. Erik et Johana apeurés maintenant suivent les ordres de leur sœur aînée. Avec leurs gants, ils frottent le nez de Gala et lui entourent la bouche d'une écharpe de laine. Puis Inge tente de faire avancer l'animal. Il faudrait trouver un repère quelconque et surtout ne pas s'affoler.

Clignant des yeux dans la tempête, les cils gelés et douloureux, Inge affronte le blizzard, centimètre par centimètre, en encourageant l'animal. Elle a le souffle coupé par le froid. Derrière elle Erik

et Johana se sont aplatis dans le fond du traîneau, car ils ne tiendraient pas debout une
seconde de plus. L'aînée tente l'impossible, mais
elle est rapidement aveuglée, et la jument
n'avance pas, elle piétine, au contraire, à droite à
gauche, résiste de toute sa carcasse. La poussée
du vent est si forte que Inge doit renoncer. Chan-
geant de tactique, elle tente maintenant de monter sur le dos de l'animal, pour essayer de voir le
plus loin possible mais peine perdue. A deux
mètres au-dessus du sol, le blizzard est encore
plus violent et lance des milliers de flocons gelés,
étirés par la vitesse, comme des lames de couteau.

Inge lutte contre eux, le front baissé, et secoue
les rênes avec rage. Elle voudrait faire demi-tour,
pour délivrer la bête de ce vent de face, véritable
mur infranchissable. La jument tente un dernier
effort, trébuche, se cabre, et le traîneau se ren-
verse, projetant les enfants dans la neige. Inge est
littéralement catapultée et se retrouve plongée à
mi-corps dans une espèce de trou. Une pellicule
de glace a craqué sous son poids et elle en ressort
avec peine. Sa robe de laine et ses bas gèlent
aussitôt, mais elle n'y prend pas garde, son premier objectif est de redresser le traîneau. Erik et
Johana font ce qu'ils peuvent de leur côté. Ils
poussent, tirent, tandis que Inge encourage la
jument. Mais il n'y a rien à faire, le traîneau est
trop lourd, et l'un des patins est coincé dans une
congère. Il faudrait bien plus que trois paires de
petits bras pour le remettre debout. D'ailleurs, le

vent est contre eux, les enfants sont obligés d'abandonner.

Il y a maintenant plus de deux heures que la jument s'est emballée. Epuisés par l'effort, les deux plus petits grelottent de froid, et Inge ne sait plus quoi faire, sinon s'abriter et attendre, car la tempête ne se calme pas. Alors elle improvise une sorte de hutte avec le traîneau renversé. Les cartables sont alignés sur la neige, elle pose une couverture dessus. Le fond du traîneau dressé sert de mur contre le vent et la couverture sert de toit. Inge installe les deux petits dans cet abri improvisé, et c'est elle qui fait le deuxième mur de cette cahute à l'aide de sa cape d'écolière. Les bras étendus comme un grand oiseau, Inge offre son dos à la tempête. La jument Gala se débrouille seule, en courbant l'échine, elle n'est plus qu'une statue de neige immobile.

Le vent, la neige, la glace tourbillonnent autour du petit groupe, arrachant la toile, secouant la cape, obligeant la malheureuse Inge à inventer des ligatures de fortune et à les réinventer sans arrêt. C'est une lutte épuisante qui dure, dure, trois heures de tempête. Le vent ne se calme pas, cette neige est une neige de fin du monde. Epaisse, dure, elle tombe en flocons énormes et s'insinue partout... recouvrant tout, faisant une montagne de rien en quelques minutes. Inge secoue sans arrêt sa cape et la couverture pour éviter d'être ensevelie sous le poids de la neige. A présent la nuit est là. Inge ne sait pas depuis combien de temps elle lutte. Les deux petits menacent de s'endormir, et elle sait qu'il ne faut pas. Le père l'a assez répété. Il faut bouger, remuer, parler, crier s'il le faut, mais constamment, sans jamais s'arrêter. Dormir, dans la neige, c'est la mort. Inge le sait bien. Ses vêtements lui font un carcan de glace jusqu'à la taille. Elle ne sent plus ses jambes. Et le poids de la neige alourdit sa cape. Bientôt, elle ne peut plus garder les bras tendus, car ils tombent d'eux-mêmes. Alors, pour continuer à protéger Erik et Johana, elle ôte sa cape, la secoue et l'étend sur eux, elle reste à genoux, offrant son dos à la morsure du froid.

Ainsi elle a fait le maximum pour isoler les deux petits de la neige. La couverture fait un sol potable par-dessus les cartables... Le fond du traîneau de bois est un appui, la cape au-dessus d'eux les isole, elle ne peut rien de plus, sauf les empêcher de dormir. Et ne pas geler elle-même complètement. Il reste un morceau de couverture sous la selle de la jument, Inge le dégage avec peine, le met sur sa tête et commence à parler :

« Erik, Johana, il ne faut pas dormir. Nous allons compter jusqu'à 100 et recommencer. A chaque fois nous ferons un mouvement différent, les jambes d'abord, on plie, on étend, on plie, on étend... Un, deux, trois... Jusqu'à 100 pour les jambes... Encore 100 pour les bras... et puis 100 pour les doigts de pieds... à recroqueviller, et puis 100 pour les doigts de mains... Et 100 encore pour se donner des claques, une par joue... Et on recommence... Ne vous arrêtez pas. Obéissez, allons-y. »

La jument s'est couchée et la neige l'a recouverte peu à peu. Est-elle morte ? Inge ne peut même pas aller voir. Elle lutte contre la glace qui lui serre la poitrine. Une torpeur l'envahit. Elle fait chanter les deux petits à présent, et lutte contre le désespoir autant que le sommeil. La nuit fait peur, personne ne les trouvera jamais. Inge pleure sans bruit et les larmes gèlent sur ses deux joues rondes.

« Erik, Johana, écoutez-moi : si je m'endors, il faut me promettre de rester éveillés. Jurez-moi de continuer à compter, même si je m'endors. C'est important, jurez-le ! »

Ils ont continué, puisqu'ils avaient promis. Ils ont continué quand leur grande sœur Inge, quinze ans, s'est couchée sur eux pour leur servir d'ultime rempart contre le froid, et pour s'endormir. Quand on les a trouvés, vers sept heures du matin, ils rêvaient tout haut en comptant... un... deux... trois... enfouis sous leur sœur aînée. Inge était étendue sur eux, bras en croix, comme un grand oiseau mort. Un grand oiseau de glace.

33

APRÈS TOUT, ZUT!

MAUD JEFFERSON ouvre sa porte au facteur le 31 janvier 1935, et le facteur lui demande poliment :

« Madame Jefferson ?

— Mme Vve Jefferson, oui, c'est moi. C'est pourquoi ?

— C'est pour un mandat, signez là, s'il vous plaît ! »

C'est bizarre, qui peut bien envoyer un mandat à Maud Jefferson, alors que personne ne lui doit de l'argent. Maud n'a que de la famille éloignée et elle touche sa pension de veuve toutes les fins de trimestre. Son dernier mandat est arrivé le 31 décembre, le prochain arrivera le 31 mars. Ceci est un mandat qu'elle n'attend pas du tout :

« C'est un mandat de combien ?

— 100 dollars, madame.

— 100 dollars ? Et qui m'envoie 100 dollars ? Faites voir le nom de l'expéditeur ! »

Le facteur refuse :

« Madame, je regrette : vous signez d'abord et je vous remets le mandat ensuite, s'il vous plaît. »

Intriguée, Maud Jefferson signe le carnet de reçus. Le facteur lui remet 100 dollars et le coupon. Elle cherche l'adresse de l'expéditeur, mais il n'y a pas d'adresse d'expéditeur. Pourtant la destinataire est bien Maud Jefferson sans erreur possible, 173, rue de la Constitution, Philadelphie. L'adresse est également la sienne.

Maud Jefferson a beau chercher, ce mandat de 100 dollars est un mystère. Elle n'a pas d'enfant, elle n'a prêté d'argent à personne. Elle n'y comprend rien.

Le lendemain, comme Maud est honnête et que cette histoire la tracasse, elle se rend à la poste, pour expliquer son cas, au guichet. Or il est rare, à travers le guichet, que l'on puisse exposer son cas très longuement. La dame du guichet lui dit :

« Ecoutez, madame, vous avez touché 100 dollars ? Bon. De quoi vous plaignez-vous ? S'il n'y a pas d'adresse d'expéditeur, je ne peux pas l'inventer ! Vous devez bien savoir qui vous envoie de l'argent ! Et puis écoutez, madame, ici c'est le guichet pour les gens qui, généralement, réclament parce qu'ils n'ont pas reçu de mandat. Il n'y a pas de guichet pour ceux qui se plaignent d'en avoir reçu un !... Au revoir, madame, bonjour chez vous, au suivant ! »

Maud Jefferson est une petite veuve tranquille, pas très combative. Elle se le tient pour dit, et rentre donc chez elle à petits pas tranquilles. Elle donne le bonjour à son chat de la part de la postière, car c'est la seule personne à qui elle puisse le transmettre. Et puis elle soliloque : « Ces 100 dollars, je vais les ranger. Celui qui s'est trompé va s'en apercevoir, et me les réclamer. » Elle range donc les 100 dollars dans une boîte à gâteaux, sous l'œil intrigué de son chat. Et elle attend. Elle attend un mois. Pas tout à fait d'ailleurs, car le 28 février est marqué d'un coup de sonnette. Elle ouvre, tiens ! le facteur !

« Entrez, facteur. Attention au chat. Vous venez pour le mandat, je suppose ? je savais bien. J'ai gardé l'argent, vous savez ! Sûrement ça a dû manquer à quelqu'un ! Je vais vous rendre ça, juste une minute, je l'ai mis dans la cuisine. »

Mais le facteur la stoppe :

« Madame, je ne viens pas vous réclamer un remboursement, vous faites erreur, je viens vous verser un mandat ! »

Cette fois, Maud Jefferson se fâche :

« Mais enfin, c'est une erreur, je vous le dis. Je ne connais personne qui puisse m'envoyer de l'argent ! C'est combien, cette fois ?

— 100 dollars, madame, comme la dernière fois. Vous signez, ou vous ne signez pas ? Comme il n'y a toujours pas d'adresse d'expéditeur, si vous ne signez pas, l'argent va rester au rebut, pendant un an. Après quoi, il reviendra à l'Etat ! Vous serez bien avancée ! »

Maud Jefferson soliloque à nouveau : « C'est vrai, c'est un peu bête. Autant garder cet argent pour l'instant, et attendre la suite. » Maud est une veuve modeste. Car il existe même des veuves américaines modestes, surtout en 1935. Son mari était ouvrier, elle a une toute petite pension tri-

mestrielle. Elle a soixante-six ans. En résumé elle
« tire le diable par la queue » comme beaucoup
d'Américaines.

Tout ceci pour préciser qu'elle a un certain
mérite à ranger ces nouveaux 100 dollars avec les
premiers, dans la boîte à gâteaux, sous l'œil déjà
blasé de son chat.

Et les mandats continuent. Le 31 mars, le
30 avril, et la suite. Chaque fin de mois voit appa-
raître le facteur et son mandat de 100 dollars.
Toujours sans l'adresse de l'expéditeur. Mais au
bout du 4ᵉ mois, Maud Jefferson s'est dit : « Ah ! et
puis zut. Il y a 400 dollars dans la boîte à gâteaux,
je vais les entamer un peu. Ça ne va pas durer, on
va me les réclamer, mais je les rembourserai sur
ma pension. Je n'en prends qu'un peu... »

Elle en prend donc un peu, comme on vole un
gâteau. Elle prend 100 dollars, en dépense 10 et
remet honteusement la monnaie dans la boîte,
sous l'œil écœuré du chat !

Et puis l'incroyable histoire continue, et les
mois défilent, et Maud Jefferson continue de recevoir 100 dollars tous les mois, sans l'adresse de
l'expéditeur.

Il y a des limites. La première est que la boîte à
gâteaux commence à déborder. La seconde est
que la vie est dure. Alors Maud Jefferson commence à faire des petits trous dans son tas de
dollars, ne serait-ce que pour pouvoir refermer le
couvercle. Après tout, se dit-elle, ZUT et RE-ZUT !
Elle en a assez de chercher à comprendre. Pourquoi chercher à comprendre, alors que l'évidence
est là, en billets.

Maud Jefferson commence donc insensiblement à tenir compte dans son petit budget de ces mystérieux 100 dollars mensuels. Au début, elle attendait que les dollars s'arrêtent, mais au bout de six mois, c'est humain, elle attend qu'ils continuent. Elle dépense donc l'argent, petit à petit pour améliorer son train de vie. Ces 100 dollars par mois, l'équivalent de 400 ou 500 francs actuels, mettent du beurre dans ses épinards. D'autant que les épinards d'une veuve d'ouvrier sont toujours un peu secs.

Et il en va ainsi pendant des années. Les Japonais attaquent, la guerre arrive, et Maud Jefferson continue de recevoir 100 dollars par mois de son mystérieux expéditeur anonyme! La guerre est finie, le chat est mort, un autre est venu et les mandats se suivent et se ressemblent. Pendant vingt-deux ans exactement, de 1935 à 1957, Maud Jefferson reçoit 100 dollars par mois. Il y a beau temps qu'elle ne se pose plus de question. Beau temps qu'elle ne les enferme plus dans la boîte à gâteaux.

Quand le 23 février 1957, on sonne à sa porte.

Un 23 n'est pas un jour de mandat. Maud trottine jusqu'à la porte, elle a maintenant quatre-vingt-huit ans, ouvre et voit deux messieurs en noir.

« Entrez, messieurs. Je dois refermer la porte à cause du chat. »

Les deux messieurs en noir expliquent, à cette très vieille dame, avec beaucoup de précautions qu'ils représentent un cabinet d'affaires de New York. En 1935, ce cabinet, dont ils ne s'occupaient

259

encore pas, a exécuté le testament d'un certain Thomas Milligan, lequel est mort en ayant fait fortune dans la chaussure.

Et l'un des messieurs demande :

« Ça ne vous dit rien, madame, les chaussures Milligan ? Si ! comme à tout le monde. Seulement voilà : comment vous dire. Thomas Milligan étant mort en 1934 a légué sa fortune à ses héritiers. Mais parmi les petits dons annexes, il a chargé ce cabinet d'affaires, en tant qu'exécuteur testamentaire, de verser 100 dollars par mois, jusqu'à sa mort, à une certaine Maud Jefferson, laquelle, paraît-il, avait eu des « bontés » pour lui quand il était adolescent. »

C'est au tour de l'autre homme en noir de demander, d'un air gêné :

« Vous n'avez jamais eu de « bontés » pour un certain Thomas Milligan, madame, n'est-ce pas ? »

Maud Jefferson a quatre-vingt-huit ans. Elle a passé l'âge de s'indigner, et répond paisiblement :

« Messieurs, je n'ai eu de « bontés » comme vous dites, que pour mon mari. Il était ouvrier soudeur, il est tombé d'un échafaudage il y a vingt-trois ans. En dehors de lui, je suis restée sérieuse. Parfois, d'ailleurs, je l'ai regretté. Mais je n'ai jamais connu votre Thomas Milligan. »

Les deux messieurs opinent gravement du bonnet.

« Nous le pensions bien, madame Jefferson. Voyez-vous il se trouve que le cabinet d'affaires vous a confondue, pendant vingt-deux ans, avec une certaine Maud Jefferson, qui habite Boston. Comme nous venons de reprendre le cabinet, nous avons tout vérifié. Et nous avons découvert l'erreur. Il se trouve donc que vous avez touché, indûment 264 fois la somme de 100 dollars mensuels, pendant vingt-deux ans. En conséquence de quoi, vous devez rembourser 26 400 dollars ! sans compter les intérêts... »

Maud Jefferson regarde le chat et lui dit :

« Tu entends, Balthazar ? Tu n'étais pas là au début, toi. C'est vrai, je ne t'ai jamais raconté. »

Le chat Balthazar regarde sa maîtresse, une immense incompréhension dans ses yeux d'or. Maud soupire et dit :

« Messieurs, il me reste huit dollars du mois dernier dans la boîte à gâteaux. C'est tout. Si vous les voulez, je vous les donne. Quant au reste, j'ai quatre-vingt-huit ans, je n'ai que ce petit appartement et ma pension trimestrielle. Vous n'avez qu'à me faire un procès, je serai morte avant. Je n'ai rien contre vous, mais tout bien considéré, voyez-vous, mon chat et moi, nous vous disons : ZUT ! »

Ayant avalé ce zut prononcé d'une voix douce mais définitive, les deux messieurs s'en vont en hochant la tête, sous l'œil redevenu indifférent du nouveau chat.

L'affaire fait immédiatement grand bruit dans les journaux américains. Car l'autre Maud Jefferson, la vraie, celle qui avait eu des « bontés » pour le milliardaire, a été retrouvée. Elle est toujours vivante. Elle a soixante-douze ans, et elle fait un « foin du diable » en apprenant d'un seul coup qu'elle aurait dû toucher 100 dollars par mois depuis vingt-deux ans ! Elle les réclame en bloc, immédiatement et avec les intérêts.

Alors s'engage une inextricable bataille juridique, chacun se retournant contre l'autre. Mais il se trouve qu'un jeune avocat, désireux de se faire de la publicité, va trouver les deux Maud Jefferson et les persuade de prendre le même avocat, c'est-à-dire lui. En leur disant :

« Dans cette affaire, vous n'êtes pas opposées ! Laissez-moi faire ! »

Elles le laissent faire en effet. Et voici le résultat : Premier acte : un tribunal donne raison à Maud Jefferson (celle du chat et de la boîte à gâteaux). Elle n'a pas à rembourser l'argent. Il ne s'agissait ni d'un prêt ni d'un paiement. Il s'agissait d'un cadeau. Nul ne peut lui en réclamer le remboursement. Qu'il ait été mérité ou pas, qu'elle ait eu des « bontés » ou non pour le milliardaire défunt, ne change rien à l'affaire.

Deuxième acte : le fisc américain accuse Maud Jefferson de ne pas avoir déclaré ce revenu de 100 dollars par mois pendant vingt-deux ans. Il lui réclame donc 30 p. 100 de la somme, plus une amende de 10 p. 100 augmentée des intérêts de l'amende, évalués à 10 p. 100 l'an. Mais un nouveau tribunal donne à nouveau raison à Maud Jefferson : elle n'avait pas à être imposée sur un cadeau, puisqu'il s'agit bien d'un cadeau selon le premier jugement, et non d'un revenu.

Dernier acte : un troisième tribunal déclare que Maud Jefferson (et son chat) ne doit rien à personne, car c'est le cabinet d'affaires qui s'est trompé. A lui donc d'assumer sa responsabilité

vis-à-vis de Maud Jefferson et de ses « bontés ».
En conséquence, ledit cabinet d'affaires est également condamné à payer à cette dernière la somme totalisée de 26 400 dollars, plus l'intérêt de 10 p. 100 calculé sur vingt-deux ans, soit exactement : 29 000 et 40 dollars. C'est ainsi qu'un milliardaire défunt fit deux surprises à deux vieilles dames solitaires :

L'une en reconnaissance de ses « bontés ».

L'autre qui avait seulement dit « après tout, zut ! »

N'est-ce pas (un tout petit peu) la même chose ?

34

LA LOTERIE DE MISS OPPORTUNE

M. John Tilberry est le plus embarrassé des hommes, car le voilà bigame. Ou pour être plus précis, le voilà fiancé deux fois. La première par convenance familiale, la seconde par la chance de la loterie. En relisant pour la dixième fois la lettre qu'il vient de recevoir, il se maudirait d'avoir eu l'idée absolument saugrenue d'acheter un billet de la loterie, dite de « Miss Opportune ». C'était il y a quelques semaines de cela. Et il faut dire que ladite loterie n'est pas une loterie comme les autres. Elle offrait un seul et unique lot : la main de « Miss Opportune ». L'annonce parue dans les journaux anglais avait fait à l'époque dans les premières années du siècle un bruit fantastique. Une femme y publiait une petite annonce dans laquelle elle proposait une loterie d'un genre inédit dont le gagnant obtiendrait sa main. Elle expliquait que son père avait éconduit tous ses prétendants, et qu'elle avait alors jeté son dévolu sur un jeune homme, mais las de l'attendre, ce dernier venait de se marier avec une autre. Déçue, et ne sachant comment choisir un compagnon désintéressé, elle faisait appel au sort pour désigner l'époux que le ciel lui destinait. L'annonce était signée du pseudonyme de : « Miss Opportune », et de la formule « à suivre » comme dans les feuilletons.

Les commentaires allèrent bon train. Au pays de Shakespeare, les femmes ont beau avoir accès au trône, les gentlemen n'en sont pas moins habitués à les voir adopter une attitude plus discrète. Et c'est précisément là-dessus que comptait sans doute la rusée.

Dans les jours suivants, le tirage des journaux augmenta de façon sensible, comme si la majorité des Anglais étaient célibataires, ou en passe de se marier. Mais il est vrai que jamais le Royaume-Uni n'avait connu une telle situation : une femme s'offrait en gros lot dans une loterie. Le fait en lui-même était déjà suffisamment étonnant mais le plus intriguant était surtout le petit mot : « A suivre. » Parce que, enfin, en relisant l'annonce, on ne savait rien de la dame. Son âge, sa qualité, sa situation. Gagner une femme, soit, mais dans quel état ?

Dans les jours qui suivirent la parution de l'annonce, l'Angleterre tout entière se rua sur la presse, cherchant dans les pages prévues à cet effet la suite promise, qui arriva effectivement quelques jours plus tard sous la signature de la même « Miss Opportune ». Celle-ci rappelait en résumé l'enjeu de la loterie et donnait sur elle-même de plus amples précisions : Elle disait avoir

vingt-deux ans, de très jolies formes avanta-
geuses, une physionomie piquante, une bonne
éducation et un tempérament profondément
affectif. (Sic.) L'annonce se terminait encore par
la fameuse mention : « A suivre. » Cette suite
parut deux jours après et fit cette fois l'effet
d'une bombe. Miss Opportune, vingt-deux ans,
piquante et affectueuse à souhait, offrait en plus
de ses charmes une dot de 10 000 livres. Pour
l'époque, c'était une véritable fortune. Dix mille
livres, et une femme en loterie ! Voilà qui paraissait le plus extravagant du monde, et le moins
anglais possible !

L'annonce du lendemain matin donnait les
détails de l'opération. Les billets devaient être
mis en vente dans un certain nombre de pub,
reconnaissables à leur panonceau spécial. Le
tirage devait avoir lieu le 12 avril, à Leicester, en
présence d'un huissier, maître Pitt, qui se charge-
rait de prévenir personnellement l'heureux élu.
Enfin, le prix du billet était précisé, il n'était que
de quelques pennies, donc accessible au plus
grand nombre.

Du coup, toute la Grande-Bretagne s'enflamma
pour la loterie de Miss Opportune, car l'affaire
cautionnée par maître Pitt, huissier fort connu et
apprécié de Leicester, paraissait des plus
sérieuses. Des envoyés de « Miss Opportune » par-
coururent le pays, déposant des billets à souche
numérotée sur lesquelles chaque acquéreur faisait noter son nom et son adresse. Un petit bristol discret apposé derrière une vitre indiquait les
lieux de vente : « Ici, Miss Opportune. »

Dans tout le royaume de sa gracieuse majesté le roi Edouard VII, ce fut le rush. Les jeunes gens sans fortune achetèrent dix, vingt billets dans l'espoir de posséder d'un seul coup l'amour et la fortune. Bon nombre de maris s'en procurèrent en cachette, dans l'espoir de changer de vie si la bonne fortune les désignait comme vainqueur de cette loterie du bonheur conjugal.

Le 2 avril, dix jours avant la date du tirage, une petite annonce précisa que, devant la confiance « aveugle » que lui faisaient bon nombre de ses concitoyens, Miss Opportune leur préparait une bonne surprise pour le lendemain. De fait, le 3 avril, paraissait en encadré la photo de celle qui se faisait désirer de tout un royaume, et c'était un ravissement. Le joli minois et le sourire de la dame firent un tel effet sur les cœurs britanniques que les quelques billets qui restaient furent enlevés en un rien de temps et il fallut réapprovisionner d'urgence. On cite même le cas d'un pub londonien qui fit patienter pendant cinq heures une file de soupirants dans l'attente de ces billets, devenus des billets doux par la grâce et le sourire de Miss Opportune.

C'est à la vue de cette même photo que le cœur de John Tilberry avait craqué. Perdant tout son flegme, il avait fait le tour de Brighton au pas de course et fini par trouver douze billets qu'il avait payés presque le double de leur valeur, tant ils étaient devenus rares. John était pourtant déjà fiancé à la charmante Mary Lowfordt, qui apportait dans sa corbeille de noces la fabrique de fromages de son père. Seulement voilà : John Tilberry avait horreur de l'odeur du fromage, c'était physique, cela remontait sans doute à sa plus tendre enfance, lorsque l'épicière de sa grand-mère le punissait en l'enfermant dans la réserve de Chester. Son problème était insoluble, alors comme des milliers de citoyens britanniques, John s'était acheté du rêve. Pour quelques livres il allait faire des projets d'avenir fantastiques. Il se voyait aux guides d'un fringant équipage dévaler la grande rue de Brighton, ayant à ses côtés la femme la plus désirée de toute l'Angleterre, saluant d'un geste condescendant tous ceux qui aujourd'hui le traitaient comme un misérable coureur de dot, environné de parfum de rose et de violette, mais surtout pas de fromage.

Et puis voilà, c'est arrivé, John Tilberry tient entre ses mains la lettre officielle lui annonçant l'heureuse nouvelle : il a gagné Miss Opportune. La jeune femme de vingt-deux ans, bien sous tous rapports avec sa dot de 10 000 livres, le tout lui appartient.

John tourne et retourne la lettre entre ses mains en proie à une étrange sensation. Lui qui échafaudait les rêves les plus insensés est tout à coup plongé dans la plus terrible perplexité. Il se sent coupable. De quoi ? Il est incapable de le dire, mais cette femme, qui lui tombe du ciel avec sa pluie de billets de banque, lui fait peur. Pour un peu il renverrait la lettre avec écrit en travers de l'enveloppe : « Inconnu à cette adresse. »

A force de réflexion, il se rend compte que tous les projets qu'il a faits, même les plus raisonnables, sont des projets qui ne concernent que lui.

La dame y fait figure de fantôme. Et pourtant il va falloir compter avec sa présence. Une femme jeune et jolie, possédant une dot aussi confortable et ayant des idées aussi révolutionnaires n'est pas n'importe quelle petite bourgeoise. Que va-t-elle penser de lui? Quel sera son comportement lorsqu'il lui fera visiter son petit deux-pièces, sur cour? Est-il assez beau? assez intelligent? Sera-t-il à la hauteur?... John Tilberry en est là de ses réflexions lorsqu'on sonne à la porte. C'est un cocher en livrée qui, après s'être enquis de son identité, lui remet une lettre en main propre, et annonce dignement :

« J'attends dans la rue la réponse de Monsieur. »

Nul besoin d'être Sherlock Holmes pour deviner à la qualité de la missive et au parfum qui s'en échappe, qui est l'auteur du billet.

Rougissant, John remercie le cocher, ouvre l'enveloppe et prend connaissance de la lettre écrite par son gros lot. Et il se retient de ne pas pousser un cri de joie. Il la relit même une seconde fois, pour être bien sûr de ne pas rêver.

Miss Opportune lui écrit que l'homme qu'elle avait choisi et qui s'était marié, vient de perdre son épouse, qu'il est désormais libre et veut l'épouser. Elle ajoute que, bien sûr, elle ne reprendra sa parole que si le gagnant l'exige, qu'elle l'épousera s'il le veut, mais que, quelle que soit sa décision, les 10 000 livres lui appartiennent.

En un clin d'œil, John Tilberry prend du papier, sa plus belle plume et répond à sa future ex-épouse. Il écrit qu'il regrettera toute sa vie de n'être pas l'époux d'une si charmante personne, que c'est la mort dans l'âme qu'il renonce à ce délicieux privilège, ne se sentant pas le droit d'aller contre les élans irréversibles de son cœur généreux. Et en post-scriptum demande négligemment, et en s'excusant, quand et où, il pourra retirer les 10 000 livres qui lui permettront de l'oublier.

Par retour John reçoit les indications demandées et les remerciements émus de Miss Opportune. Quelques jours plus tard, maître Pitt, huissier à Leicester, lui remet donc les 10 000 livres promises. Aussitôt, John quitte l'Angleterre et s'installe sur la Riviera.

Dieu la belle histoire que voilà.

Des années plus tard John Tilberry, qui a dilapidé généreusement son capital, se trouve par hasard en présence d'un employé de maître Pitt, huissier de Leicester. Et comme adroitement il aiguille la conversation sur « Miss Opportune », l'homme affecte un sourire entendu et dit d'un ton plein de mystère :

« Miss Opportune ? Parlons d'autre chose, voulez-vous... »

Il en a trop dit, ou pas assez. John Tilberry insiste juste ce qu'il faut pour que l'autre fasse les confidences qu'il brûle d'envie de faire. Et John entend cette chose incroyable.

Il n'y a jamais eu de Miss Opportune. La loterie a été pensée et organisée par un escroc génial dont le nom n'a pas été révélé. C'est lui qui, se faisant passer pour le père de la dame, a fait publier les annonces, distribuer les billets, récupérer l'argent et fait tirer le numéro gagnant par maître Pitt. La photo publiée était celle de sa maîtresse. La police saisie discrètement de l'affaire estima qu'il avait écoulé près de 100 000 billets. Le pourcentage des revendeurs déduit, l'affaire lui avait rapporté la coquette somme de 40 000 livres, dont il fallait bien sûr déduire les 10 000 livres données honnêtement au gagnant. Restait un bénéfice substantiel que l'habile faussaire dilapidait quelque part sur le continent, la conscience tranquille.

Mais l'escroquerie était quasiment honnête puisque le seul qui aurait pu réclamer quelque chose, c'était le gagnant. Or celui-ci ne porta pas plainte.

« On s'est toujours demandé pourquoi », conclut le collaborateur de maître Pitt, qui ignorait le nom du gagnant.

John resta silencieux. Lui seul savait jusqu'où le génial filou avait poussé le raffinement. Mais dans ces cas-là, on est presque fier d'avoir été la victime comblée d'un tel mystificateur.

Presque fier parce qu'un peu vexé quand même.

35

UN SURSAUT

C'est un cri. Un cri long, ininterrompu, modulé comme un chant sauvage. Un cri venu du plus profond de cette femme, couchée sur la table de travail. Un cri qui dure depuis une éternité. Ils sont là tous les deux, comme des silhouettes de cauchemar, elle, étendue, recouverte d'un drap blanc, ruisselante, bouche ouverte sur le cri, épuisée. Lui, debout, en blouse blanche, transpirant, les deux mains appliquées sur son ventre, acharné.

Elle accouche. Elle essaie d'accoucher depuis des heures. Il l'aide. Il tente de l'aider depuis des heures. La chaleur est infernale. Saigon l'été transforme n'importe quelle pièce en fournaise. Il lui parle, mais il n'entend pas ses propres paroles, le cri les couvre. D'ailleurs, il ne sait même pas ce qu'il dit. Des choses comme : là... du calme... doucement... respirez... encore... là... là... Comme si le médecin chantait lui aussi, à mi-voix, pendant que la patiente continue de hurler. Ils se connaissent. Les Américains de Saigon, en 1947, ne sont pas si nombreux. Il est le médecin de la petite colonie, et il sait depuis le début que ce n'est pas gagné. Danaë Folk veut cet enfant depuis des années. Elle y a mis tout l'acharnement dont une femme est capable dans ces cas-là. Elle a tout subi, tout essayé. A présent, elle a quarante-deux ans, elle vient de passer huit mois couchée, couvant avec obstination une petite chose inconnue, douloureuse qui a décidé de venir trop tôt, huit mois à peine. La mère est fragile, trop nerveuse. Et ce cri! Ce cri qui n'en finit pas! Où va-t-elle chercher ce souffle? Comment fait-elle pour ne pas s'évanouir de fatigue et de douleur. Trois fois déjà, elle a refusé la piqûre. Elle ne veut pas s'endormir, elle veut accoucher, seule. Il y a trop longtemps qu'elle attend cette minute et il faut qu'elle y arrive. Chaque fois que le médecin fait mine d'approcher de sa bouche un tampon d'éther, elle secoue la tête comme une furie, tire sur les liens qui maintiennent ses épaules avec une force incroyable. Elle crie pour rester lucide, autant que pour supporter la souffrance, il le comprend. Il a renvoyé l'infirmière pour être seul avec elle et l'aider le plus possible. Mais que faire d'autre que compter, une par une, les contractions, leur durée, leur intensité. Soudain le cri s'arrête. Et le silence est si brutal que le médecin sursaute. Penché sur le petit visage blême, il demande :

« Danaë, ça va?

Elle a cligné des paupières pour le rassurer. Sueur et larmes mélangées lui brouillent les yeux, elle ne voit qu'un visage flou, irréel et s'adresse à lui comme dans un rêve. Elle veut savoir combien de temps encore. Alors il ment par habitude. Il ment toujours aux femmes qui souffrent. Il dit :

« Quelques minutes. Courage, c'est bientôt fini... »

Le docteur Finley en a tant vu. Il ne compte plus les nuits passées à guetter l'apparition d'une petite tête frisée, rouge et furieuse. Une bonne centaine déjà, rien qu'à Saigon.

De gros bébés, ronds, blancs et américains, des tout petits aux cheveux noirs et luisants, au teint bistre, des noirs aussi, garçons et filles, il en a tant vu naître et mourir, petits corps inertes, déposés avec soin, loin des regards de la mère évanouie.

La nuit va tomber, la chaleur est lourde, l'humidité colle à la peau et Danaë aussi va s'évanouir, le docteur Finley est est sûr. Tout va mal. Un tonicardiaque, une main sur le front, foutaises que tout cela ! Ce fichu pressentiment qu'il a déjà connu, le taraude.

Pauvre femme, il ne saurait dire pourquoi, mais c'est fichu. Le gosse ne tiendra pas. Les douleurs ont commencé trop tôt.

Danaë ne crie plus depuis cinq minutes. Elle ne va pas plus mal. Elle guette. Surprise de l'arrêt de l'immense douleur. Elle regarde le plafond blanc, le ventilateur qui tourne avec un léger bruit inutile. Les muscles endoloris attendent. Mais ce répit ne peut pas durer. La houle va reprendre et renouveler le cri ! Les secondes, les minutes s'égrènent... Le docteur Finley se penche, ausculte, l'oreille plaquée, sur le ventre où la vie est là, qui attend, comme si l'enfant rassemblait ses forces dans son antre.

Danaë délire un peu, elle dit : « j'ai peur », elle dit : « je n'en peux plus », puis elle laisse tomber des phrases sans suite, insolites, elle dit qu'elle voit la mer, et des bateaux, et qu'elle entend le vent... puis elle dit que le soleil est blanc, que le soleil l'aveugle, elle rêve... Et tout recommence brutalement. Le cri, le corps raidi. Cette fois, ça y est. Anxieusement, le docteur Finley surveille l'apparition. De ses mains gantées, il attrape quelque chose, quelque chose qui n'est pas la tête. Pauvre Danaë, elle aura toutes les misères. Ce n'est pas étonnant qu'elle hurle comme une bête blessée. L'enfant se présente par les reins. Il faut faire vite, il risque d'étouffer. Avec des mouvements rapides et précis de légère rotation, le docteur Finley dégage le bassin de l'enfant, un bassin minuscule, fragile et mou, un bassin bizarre. Où sont les jambes ? Mais bon sang, où sont les jambes ? hurle Finley. Mais il a hurlé intérieurement, heureusement. Car il n'y a pas de jambes. Un frisson glacial grimpe le long des propres jambes du docteur Finley, envahit son dos, sa poitrine, il regarde avec effroi l'affreuse petite chose qui n'a pas encore quitté sa gangue. La tête et les épaules sont encore invisibles. Il n'y a que ce bassin, rond, horriblement rond, horriblement nu !

La jeune femme reprend son souffle. Le cri s'est arrêté. C'est une pause dans la douleur et dans l'effort. Elle regarde le docteur Finley, elle l'interroge du regard, un regard qui se brouille, qui cherche les yeux du médecin avec peine. Elle ne se rend pas compte du ton calme et trop rassurant qu'il emploie :

« Ne bougez pas, respirez calmement, c'est la dernière, courage, mon petit... » Mais Danaë n'a plus de forces, son corps se détend dangereusement, elle est au bord de l'évanouissement. Il faudrait la secouer, l'obliger à reprendre son effort, normalement, le docteur Finley devrait accélérer l'accouchement, il connaît bien ce moment-là, il devrait plonger ses bras pour sortir l'enfant d'un seul et même mouvement libérateur. Mais le docteur Finley ne bouge presque pas, et ses deux mains tâtonnent avec hésitation. Une petite voix sourde marmonne des choses abominables dans son crâne :

« Encore quelques secondes, une, deux minutes, et c'est fichu, poumons bloqués, trachée obstruée, il ne vivra pas. Ce petit monstre ne vivra pas. Il ne peut pas vivre comme ça, ce n'est pas de ma faute, ce ne sera pas de ma faute, ce sera accidentel, elle ne le verra pas. Je l'emporterai, tout sera fini. »

Alors, il ne bouge plus. Ses mains s'immobilisent. Le temps est long, la respiration du médecin et celle de la femme scandent le silence. Ils sont reliés par cet enfant, ce demi-enfant immobile. Les mains du médecin, l'enfant, le corps de la mère. Plus rien ne bouge.

Le docteur Finley ne se dit pas « je suis en train de tuer un enfant ». Il ne pense plus. Il maintient la partie visible du petit corps tronqué. Il la maintient, c'est tout. Avec calme, avec certitude. A présent, il est sûrement trop tard. La fatalité aura bien fait les choses. Le docteur Finley se redresse, du revers de sa manche, il éponge maladroitement son front ruisselant de sueur.

Et c'est ainsi qu'est née, contre vent et marée, le 8 septembre 1947, une petite fille sans jambes, prénommée Carole Folk, dans un sursaut d'énergie de sa mère.

Il y a bien longtemps que le docteur Finley a oublié, comme il a pu. Il a pris sa retraite dans une petite ville du Wisconsin, sa ville natale. Il fait maintenant de l'« Association des anciens de Saigon », et une fois par an, il assiste à la soirée traditionnelle. Banquet, concert, congratulations, souvenirs.

Cette année-là, le docteur Finley a bien failli ne pas assister au banquet traditionnel. Il se sent devenir vieux et morose. Il souffre de rhumatismes et l'Indochine n'est plus ce qu'elle était, même dans ses souvenirs. Cette femme qui l'aborde, il ne la reconnaît pas. Elle a une voix gaie :

« Mme Folk ! vous ne vous souvenez pas ? »

Non, le docteur ne se souvient pas. Ce visage ne lui dit rien. De petites rides tranquilles l'ont envahi. Il ne l'a connu que dans la douleur. Elle paraît joyeuse.

« Mais, si, voyons, dit la femme, Danaë Folk ! Mon mari était à la légation, vous m'avez aidée à accoucher, il y a dix-sept ans ! Je vous ai causé assez de soucis, des mois de couveuse et de soins, ma petite Carole, rappelez-vous ! »

Enfouie depuis des années, muette, la petite

voix sourde résonne à nouveau dans le crâne du docteur Finley... Le souvenir le plus effroyable de sa carrière...

Il se force à sourire en hochant la tête, et réfléchit à toute vitesse. Que dire? Comment demander des nouvelles? Se risquer au traditionnel « Votre petite va bien, elle doit être grande maintenant? » C'est impossible, ça ne passerait pas. Alors il écoute, il se tait et il écoute. Toujours nerveuse, Mme Folk, toujours pleine de vie, elle raconte avec volubilité. Certes, elle a eu du mal. Ils ont tout essayé son mari et elle, les prothèses ne sont pas au point et l'enfant a été longtemps fragile. « Venez voir, docteur Finley... venez entendre surtout... après tout, c'est vous qui l'avez mise au monde! »

Sur la scène préparée pour le concert traditionnel, au milieu de l'orchestre, le docteur Finley aperçoit alors une jeune fille en robe longue. Elle est assise devant un piano, immobile, les mains posées sur le clavier. Il ne la voit que de profil. Un profil grave, un petit menton, des cheveux drus, noirs et bouclés sur un front volontaire. Un nez droit. Carole Folk n'est pas une beauté, elle a une tête. C'est à peine si l'œil excercé du médecin décèle la courbure du dos, la position assise est presque impeccable.

Il entend la voix de la mère comme dans une caverne :

« Elle compose elle-même sa musique, son professeur est enthousiaste, il songe à une série de concerts. Je ne sais pas d'où lui vient tout ça! Personnellement je ne connais rien à la musique et mon mari non plus. Carole chante, joue et compose depuis l'âge de sept ans! C'est une enfant surdouée, elle ira loin! J'étais désespérée quand elle est née. Vous vous souvenez? »

Le même frisson glacial saisit le docteur Finley. Le même frisson qui prend aux jambes et crispe le dos... Il sourit sans savoir qu'il sourit, et il s'entend répondre d'une drôle de voix bête :

« Compliments, madame! »

36

TOUCHEZ PAS AU CAVIAR !

SERGUEÏ BAKINSKI se réveille, un matin de janvier 1936, et n'en croit pas ses yeux : la mer Caspienne est complètement gelée ! Or la Caspienne est, en principe, une mer tempérée, située à peu près à la même latitude que la France.

Pour Sergueï Bakinski et tout son village de pêcheurs, c'est une catastrophe. Plus moyen de pêcher, donc de manger. Et tous les villages voisins sont dans la même situation ! Les bateaux de pêche sont prisonniers de la glace, dans leurs petits ports. C'est un spectacle de pôle Nord. Immédiatement, les chefs de plusieurs villages se rassemblent autour de Sergueï Bakinski. Il représente une autorité dans le village. Il est le chef de la coopérative locale du caviar. Tous ces pêcheurs vivent de la pêche de l'esturgeon, à la bonne saison et de la préparation du caviar. L'hiver, les œufs d'esturgeon lavés sont mis en tonnelets, où ils restent pendant sept ou huit mois. Régulièrement, il faut changer la saumure, après quoi les pêcheurs livrent les tonneaux à l'Office d'exportation soviétique. Car le caviar est une fortune nationale.

Mais, évidemment, pas pour ces pêcheurs, qui n'en mangent jamais. Ils vivent dans des cabanes de bois, se contentent du maigre salaire alloué par le kolkhoze, et s'estiment bien contents quand ils mangent de la sardine. Donc, ce matin-là, les chefs de communauté des pêcheurs se rassemblent autour de Sergueï Bakinski et lui disent :

« Sergueï, la mer est gelée. Que va-t-on manger ? On ne peut plus pêcher. » L'allusion est claire, car il y a, dans le hangar du kolkhoze, douze petits tonneaux de 35 kilos chacun, quand même et qui attendent le printemps pour être livrés. Et Sergueï, en tant que chef, en a la garde et la responsabilité. Il répond immédiatement :

« Je ne sais pas ce que nous allons faire, mais pas question de toucher au caviar ! »

Il faut comprendre Sergueï. Ces 420 kilos de caviar appartiennent à l'Etat, et représentent une fortune, au prix de détail de la boîte de 100 grammes. En manger, pour les pêcheurs, serait un grave délit : mais les pêcheurs, bien que conscients de la valeur du trésor, ne sont pas d'accord.

« Facile à dire ! Tu es célibataire ! Mais nos familles, nos femmes, nos enfants ? Tu crois qu'on va nous envoyer des vivres ? Tu rêves ! Si la Caspienne est gelée, c'est que toute la Russie est changée en glaçon ! Il faut nous débrouiller nous-

282

mêmes. C'est un cas de force majeur : il faut manger le caviar ! »

Mais Sergueï, éperdument conscient de ses responsabilités vis-à-vis de l'Etat, répond :

« Nous allons continuer à pêcher, et puisque nos bateaux sont prisonniers, nous allons transporter nos villages au large, au bord de la banquise. Elle s'arrête bien quelque part, avant la côte de l'Iran ! Nous reconstruirons nos cabanes, et nous pêcherons au bord de la glace. »

La décision de Sergueï n'est pas si folle qu'elle en a l'air au premier abord. Il sait que cette partie nord de la Caspienne est de très faible profondeur, sur des kilomètres, et que le fond est en pente très douce. Il n'y a que quelques mètres d'eau et par ce froid exceptionnel, la couche de glace est très solide et durera sûrement plusieurs jours. Sinon plusieurs semaines. Sa solution d'émigrer au large, et à pied, est a priori la seule valable.

Une seule objection est faite : et le caviar ? Qu'en fait-on ? Sergueï répond qu'il n'est pas question de l'abandonner et ils l'emportent avec eux. Une semaine plus tard, l'extraordinaire émigration est terminée. La population de plusieurs villages de pêcheurs a démonté ses cabanes de bois et transporté le tout à pied à dix-huit kilomètres au large : là, enfin, s'arrête la banquise.

Ils sont à peu près deux mille hommes, femmes et enfants, qui émigrent ainsi sur la glace ! Avec bien entendu leurs 420 kilos de caviar en tonneaux, sévèrement surveillés par Sergueï Bakinski.

Pendant deux semaines, tant bien que mal les hommes pêchent, au bord de la glace, puisque leurs bateaux sont prisonniers dix-huit kilomètres en arrière. Et ils vivent comme ils le peuvent, dans leurs cabanes reconstruites, plutôt mal que bien.

Et puis, un matin de février, l'un des pêcheurs vient dire à Sergueï :

« Il y a deux choses ennuyeuses : la première c'est que la mer devient mauvaise. Il est impossible de pêcher depuis le bord de la glace, on tomberait à l'eau. »

Sergueï hoche la tête en signe d'approbation.

« La deuxième c'est que le soleil se lève à l'ouest, et ça, tu vois, ce n'est pas normal du tout !... »

Alors là Sergueï fait un bond : car il a compris. Comme il est bien évident que ce n'est pas le soleil qui a décidé, tout seul, de se lever à l'ouest, cela veut dire que pendant la nuit, tout ce qui les entoure a pivoté de 180 degrés : une seule explication est possible. La banquise s'est détachée de la côte et ils sont en train de dériver ! Des éclaireurs à pied reviennent bientôt en confirmant la nouvelle : deux mille personnes dérivent sur la mer Caspienne, sur un morceau de banquise d'environ 3 kilomètres de long, et un peu moins de large. Il faut que la glace soit épaisse, pour les supporter, mais cela ne durera pas ! Et désormais, la mer étant gelée, il est impossible de pêcher depuis le bord de cette île de glace devenue le plus énorme radeau de *la Méduse* qu'on ait jamais vu : deux mille personnes avec femmes, enfants et vieillards, le tout mourant de faim.

Cette fois, les principaux chefs des communautés entourent Sergueï Bakinski avec un regard sans équivoque, vers les douze tonneaux. Sergueï les regarde, puis regarde à son tour les tonneaux et dit sombrement :

« Tant pis. Entamez le caviar, mais que l'on serve d'abord les femmes et les enfants en bas âge ! »

Mais au moment où la foule des naufragés affamés va se précipiter vers cette nourriture de luxe, quelqu'un crie :

« Des avions ! »

Effectivement, les secours arrivent. Exactement comme si Sergueï Bakinski avait dit : « Commençons le caviar, ça les fera venir... »

Immédiatement, et sous ses ordres, des hommes balisent sur la glace une piste de fortune, et le pont aérien s'organise. Mais il faudra deux semaines avec les avions légers de l'époque, pour évacuer les deux mille affamés à la dérive au milieu de la mer Caspienne !

Peu à peu le sauvetage devient dangereux, car le morceau de banquise diminue comme une peau de chagrin. Le 6 février au soir, il ne reste plus, sur une plate-forme de glace d'un demi-kilomètre de long, que Sergueï Bakinski avec ses douze tonneaux de caviar. Tel un commandant de navire, il a refusé d'abandonner ce trésor d'Etat. On lui laisse de quoi manger jusqu'au lendemain, et une bouteille de vodka pour se réchauffer, en attendant mieux.

Le 7 février, le plafond est trop bas et les avions ne peuvent revenir. Cela dure une semaine...

Le 15 février, les avions peuvent enfin revenir, mais ne trouvent plus le naufragé. Sergueï a-t-il coulé, avec les 420 kilos de caviar ? Comment le savoir. La mer Caspienne est grande : 425 000 kilomètres carrés ! Alors que la Corse par exemple n'en fait que 9 000 !

Autant chercher un grain de caviar dans un tunnel.

Peu à peu on ralentit les recherches. Et pourtant Sergueï est vivant. Frigorifié mais vivant, avec toujours sur son radeau de glace à la dérive, et qui se morcelle un peu plus tous les jours, les 420 kilos de caviar. La nuit, il dort dans l'une des cabanes de bois abandonnées, et le jour, il mange du caviar. Car il ne peut plus faire autrement. Il a dû se résigner, la mort dans l'âme et pour survivre, à entamer un tonneau.

Et pendant trois semaines, jour après jour, il dérive dans la Caspienne en mangeant du caviar, des poignées de caviar matin et soir ! Au début, Sergueï l'a trouvé bon. Mais il a pensé que cela ne valait pas tout le « foin » que l'on en fait. Au bout de trois jours, il a trouvé que manger du caviar sans rien d'autre était même un peu de « l'étouffe-kolkhozien ». Au bout d'une semaine, il délirait : une poignée pour papa, allez MAAANGE ! D'autant qu'il ne pouvait boire pour le faire passer qu'une demi-gorgée de vodka par jour, il n'en avait qu'un litre, pour 420 kilos de ce damné caviar. Au bout de quatre semaines environ, les avions l'ont retrouvé, et il était temps. Un bateau, parti de Bakou, aborda son morceau de banquise au moment où il entrait dans les eaux territoriales de l'Iran. Au prix d'une difficile manœuvre en pleine mer, l'équipage récupéra les douze tonneaux de caviar de 35 kilos dont un gravement entamé, accompagné d'un homme à l'expression hagarde. Il avait réussi à manger à peu près 300 grammes de caviar par jour, beaucoup moins vers la fin. Soit 9 kilos en tout. Et il avait failli mourir, faute de boire, auprès des 409 kilos restants !

On n'a plus jamais entendu parler de Sergueï Bakinski. A-t-il été nommé héros de l'Union soviétique pour avoir sauvé 99 p. 100 d'un trésor national ? A-t-il été condamné pour l'avoir entamé ? Nul ne sait. Quoi qu'il en soit, nul n'a pu lui faire passer le goût du caviar, c'était fait.

37

CELUI QUI ÉTAIT NÉ DEUX FOIS

EN septembre 1939, dans une petite ville de Normandie, un groupe silencieux entoure le garde champêtre qui colle sur le panneau municipal l'affiche de la mobilisation générale.

Dans le groupe, un homme laisse échapper un juron.

« Alors Lucien, toi aussi t'es de la charrette ? »

L'interpellé détourne la tête. Il en est. La classe 27 est en plein dedans. Lucien Barmeul a trente-deux ans et doit, comme des milliers d'autres, rejoindre par les voies les plus rapides son centre mobilisateur.

« T'en fais pas, gars, on les aura ! »

Ceci est la formule consacrée, mais Lucien Barmeul ne répond pas. Pour lui la guerre c'est avant tout la fermeture de sa boutique de cordonnier qu'il a eu tellement de mal à acheter. Il lui en a fallu des journées de travail pour y arriver, et maintenant il faut mettre une pancarte : « fermé pour cause de mobilisation ».

Lucien fait sa valise, mêle quelques larmes à celles de son père et de sa sœur, serre des mains, agite son mouchoir, se mouche un bon coup et au milieu des chants et des rires s'en va faire sa guerre comme tout le monde. Ne sait quand reviendra. Parti sur l'air de *Malborough*, il arrive à la caserne sur celui de *La Madelon* ayant vidé quelques canettes de bière, généreusement distribuées par les dames de la Croix-Rouge.

« Allez, les petits gars, tous à Berlin. »

Ceci est la deuxième formule consacrée.

Dans la cour de la caserne, Lucien Barmeul s'agglutine à l'immense file des rappelés. Grain de sable dans cet océan de « bête à fusil » qui de civils vont passer soldats et troquer un nom propre contre un matricule. Après deux heures de piétinement, Barmeul Lucien arrive devant les tables encombrées de dossiers. derrière lesquelles s'agitent ces « messieurs de la paperasse ».

Une belle pagaille, pense le cordonnier. Comment peuvent-ils s'y retrouver dans tout cela, et vont-ils s'y retrouver ?

« Ton livret ? »

Barmeul Lucien tend le précieux document qui dormait dans un tiroir du buffet depuis dix ans.

« Ton nom ? »

Barmeul a un petit rire.

« C'est marqué là ! »

En voilà une question stupide ! Le scribouillard a sous les yeux le livret militaire où son nom s'étale en toutes lettres et bien lisiblement. Le préposé aux écritures lève un œil torve vers le

« petzouille » qui a l'audace de répliquer. Il fait la guerre derrière son bureau, lui, pas l'humour.

« Je te demande ton nom ! »

Le ton utilisé par le « recruteur » est si agressif que le cordonnier regrette d'avoir lancé sa boutade. Pour des bêtises pareilles on se retrouve dans un bataillon disciplinaire.

« Barmeul Lucien, Timothée, Georges, né le 12 janvier 1907, fils de... »

Tandis qu'il débite son identité complète, l'employé aux écritures se met à feuilleter son registre avec une certaine nervosité. On dirait tout à coup que ce que lui raconte Barmeul ne l'intéresse plus du tout.

Le rappelé en est au nom de sa mère lorsque le doigt du scribouillard s'arrête sur une ligne du registre.

« Tu dis bien, fils de Georgette Barmeul, née à Soligny ?

— Aucun doute là-dessus, c'est bien moi ! »

Le préposé lève lentement et méchamment les yeux vers l'intéressé.

« A d'autres ! »

Barmeul accuse le coup.

« Comment ça, à d'autres ? »

L'employé aux écritures pose le livret de côté et, pointant un doigt vers le cahier, annonce avec un petit rire dans la voix :

« Ce Barmeul-là, figure-toi que je l'ai déjà recensé ce matin. »

Et il ajoute :

« Mets-toi de côté, on verra tout ça tout à l'heure ! »

Dans son for intérieur, Lucien proteste silencieusement mais avec véhémence :

« Comment ça, tout à l'heure ! Non mais, qu'est-ce que c'est que cette histoire ? Chez les Barmeul on a la réputation de ne pas se laisser marcher sur les pieds ! »

Et à haute voix cette fois, il râle :

« Oh ! oh ! S'il vous plaît. Ça va pas, non ! Je suis bien Barmeul Lucien, c'est marqué là ! Si tu sais pas lire, faut mettre des lunettes, mon « chti » gars ! »

Le « chti » gars en question blêmit sous l'injure. On échange quelques noms d'oiseaux et c'est au moment où l'on va en arriver aux mains qu'arrive justement le sous-officier de garde. Mandé de s'expliquer, le scribouillard montre le livret de Barmeul, le sous-officier regarde le registre et on se rend à l'évidence. Un Barmeul Lucien, né le même jour, des mêmes parents, au même endroit, a été enrôlé le matin même.

Devant une telle impossibilité, Barmeul s'esclaffe et prend à témoin ceux qui attendent leur tour.

« Non, mais on rêve. Regarde-moi ça, c'est la pagaille... et c'est comme ça qu'on va gagner la guerre ! »

Appelé par un factionnaire, le capitaine arrive. On lui explique l'affaire.

Encouragé par les rires des rappelés, Barmeul en rajoute :

« Non, mais c'est pas vrai ! Qu'est-ce que je suis, moi, alors ? le pape ? »

L'officier le rappelle à l'ordre :

« Un peu de tenue, voulez-vous, on n'est pas au guignol ici!

— Au guignol! Justement on peut se poser la question. Un Barmeul Lucien né à cette date, de ces parents-là, ça ne peut être que moi. C'est encore une erreur des fonctionnaires. Tous des bons à rien. Pauvre France! Si on arrive à Berlin avec eux, on aura de la chance! »

Le public est ravi de l'intermède, le public rit de bon cœur, et Barmeul se tape sur les cuisses d'hilarité jusqu'au moment où il se retrouve entouré de soldats en armes. Il comprend alors que si son numéro amuse les civils, il indispose nettement les militaires. Il se croyait encore civil, mais que son nom figure une fois ou deux sur le registre, il est déjà militaire. La preuve :

« Allez, collez-moi ça au gnouf », a dit l'officier.

C'est ainsi que malgré ses protestations véhémentes, quelques instants plus tard, le cordonnier se retrouve en prison.

Et les choses vont se dérouler aussi curieusement qu'elles ont commencé par une sorte de logique absurde. Il faut dire, à la décharge de l'administration militaire, que le mauvais caractère de Barmeul Lucien ne simplifiera pas les choses, car il ne décolère pas. Il hurle dans son trou qu'« on » lui amène « ce Barmeul Lucien qui se prend pour lui ».

« Qu'« on » l'amène avec des godasses ce type, on verra bien lequel est le vrai cordonnier, non mais sans blague! »

Justement, « on » ne l'amène pas tout de suite, car « on » a d'autres chats à fouetter. Et quelques jours plus tard, lorsque l'administration s'avise de pointer les rappelés, il y a bien un Barmeul Lucien affecté dans le secteur de la ligne Maginot, et un autre, celui qui est là en prison, et que, provisoirement, on nourrit sous le nom de Barmeul Lucien n° 2. La tête de lard.

Celui qui hurle à qui veut l'entendre que les fonctionnaires sont tous des...

Les quelques supérieurs qui ont voulu clore le dossier sont ressortis de leurs entrevues avec le détenu complètement écœurés :

« Cet énergumène est dangereux. Avec ses propos antimilitaristes, il est de toute façon préférable de l'isoler. »

De son côté, et sans être antimilitariste pour autant, l'énergumène en question se trouve bien mieux au chaud dans sa cellule que dans le froid humide d'une casemate de la ligne Maginot.

L'autre Barmeul Lucien, vu ses qualités de cordonnier, a été versé le plus naturellement du monde à la distribution du courrier. Il est vrai qu'à l'intérieur des casemates on n'use pas tellement de chaussures, soyons logiques.

Et le temps passe. Pour Noël, Barmeul Lucien n° 2 reçoit un colis des mains de sa sœur venue le voir en compagnie de Barmeul père qui proteste contre la détention arbitraire de son fils. Le lieutenant qui les reçoit, à défaut du commandant, lève les bras en signe d'impuissance.

« Je sais bien ! On attend les conclusions de l'enquête. Qu'est-ce que vous voulez faire ? Demandez-lui déjà de se calmer, ça ira mieux pour son dossier, et pour tout le monde ! »

Le 25 février, le cordonnier est convoqué enfin devant une commission d'enquête. Laquelle lui déclare le plus sérieusement du monde qu'il est bien Barmeul Lucien et que l'autre s'appelle en réalité Flambard Victor. En se servant de papiers égarés, il a usurpé l'identité du cordonnier en 1935 pour se soustraire à des recherches à propos d'un meurtre. Arrivé à ce stade du récit, le capitaine marque un temps d'arrêt, échange un regard amusé avec ses collègues, puis enchaîne :

« Il a épousé en 1937 Suzanne Vindard. »

Comme cette « nouvelle » laisse le cordonnier de marbre, le capitaine insiste :

« Il l'a épousée légalement !

— Et alors ! C'était son droit, dit Barmeul.

— Non, justement ! Car il l'a épousée sous votre nom, c'est inscrit sur le registre de l'état civil. Donc aujourd'hui, et aux yeux de la loi, Suzanne Barmeul, née Vindard, se trouve être votre épouse légale et perçoit indûment, sous votre nom, des allocations depuis cinq mois. »

A ces mots, l'irascible cordonnier explose !

« Comment ! Mais c'est le délire ! Non seulement je fais cinq mois de cabane pour un criminel que l'armée n'est pas fichue de démasquer, mais en plus je serais responsable d'une femme que je n'ai pas épousée ? Eh... Oh ? Vous allez m'en faire avaler combien comme ça, des couleuvres ? »

Le capitaine a beau tenter de lui expliquer que, bien entendu, il est possible d'annuler ce mariage, et qu'une rectification sur le registre d'état civil est possible, Barmeul Lucien vide son sac. Malgré de successifs rappels à l'ordre, il traîne à nouveau les militaires dans la boue, les expédie moralement dans des lieux incompatibles avec la dignité nationale, et, au comble de la colère, envoie un encrier à la tête du capitaine. Voilà pourquoi, en juin 40, l'avance allemande surprend Barmeul Lucien dans la prison de Chalon et la raison pour laquelle il se retrouve sans avoir fait la guerre, prisonnier en Allemagne. C'est là qu'il reçoit une longue lettre de Suzanne Vindard (l'épouse de Flambard Victor, alias Barmeul). Ledit Flambard a été tué devant Agondange. Elle est veuve et lui demande pardon des dommages qu'a pu lui occasionner feu son faux mari. Elle n'était pas au courant de sa vie passée, et pour réparer, elle s'engage à envoyer au prisonnier un colis tous les quinze jours. Barmeul est coléreux mais bonne pâte, et c'est un tendre. Recevoir des colis ne se refuse pas non plus, alors quelques semaines après son arrivée au stalag, le cordonnier a de quoi améliorer l'ordinaire et régaler les copains. Une lettre accompagne parfois un colis, et le prisonnier y répond. On échange des photos, et Suzanne avoue qu'elle attend un bébé.

Barmeul, qui a raconté son incroyable histoire aux camarades, en est presque fier. Il parle de « sa petite femme », de son « fiston », et il est vrai qu'il n'a pas tout à fait tort. Car rien n'a encore été effacé sur le registre d'état civil. Et lorsque la petite fille vient au monde, elle est tout naturellement inscrite sous la paternité de Barmeul Lucien, qui se retrouve papa. Lorsque quatre ans plus tard le cordonnier revient en France, Mme Suzanne Barmeul attend donc son mari avec leur petite Françoise, quoi de plus normal.

Ils furent heureux, certes, mais les complications administratives ne manquèrent pas d'entretenir les colères du cordonnier, car il fallut d'abord ressusciter Barmeul Lucien, tué devant Agondange, pour ensuite annuler son faux mariage avec Suzanne Vindard. La remarier avec feu son véritable époux Flambard Victor, dont elle avait eu une fille et en faire une veuve authentique, pour enfin la marier avec Lucien Barmeul, qui lui, reconnaissait l'enfant. Par amour, et sans aucune logique. Il en fallut des papiers, des colères et de la patience.

Colères du cordonnier, patience des fonctionnaires bien sûr. A chacun son métier !

38

UN SAINT HOMME DE CHAT

Il n'est pas question de discuter ici de la nature des chats. Il y a des spécialistes pour cela, qui affirment que le chat est indépendant et s'attache surtout à la maison plutôt qu'à son maître.

D'autres spécialistes diront exactement le contraire, et si l'on interroge cent propriétaires de chats, chacun trouvera que son raminagrobis personnel est le plus intelligent, le plus fantasque, le plus curieux, bref, le plus beau félin du monde. Mais il est des gens qui détestent les chats. Et il y en a beaucoup plus qu'on ne le pense. Peut-être ont-ils été griffés ou mordus dans leur enfance. C'est le cas de beaucoup. Mais d'autres sont victimes de véritables allergies.

Edouard Crimpton, ingénieur agronome en Californie, est allergique aux chats. Il n'a jamais pu de sa vie caresser un chat. Une véritable répulsion s'empare de lui à la vue du moindre félin, même en bas âge. Lui parler de chat, c'est déjà lui donner des frissons. Un chat, pour lui, c'est pire qu'un serpent pour n'importe qui. C'est stupide, il le sait. Il a même essayé de comprendre, et il a été jusqu'à faire analyser chimiquement des poils de chat, pour déterminer quelle substance lui faisait ainsi dresser ses cheveux sur sa tête. Mais il n'a rien découvert de concret. Alors il est passé par un ami, spécialiste de psychanalyse, qui a tenté d'arracher à son subconscient des associations d'idées, aussi aléatoires que stupides. Ce fut peine perdue, fort heureusement. Edouard ne saura jamais si sa répulsion des chats est due ou non au fait que sa mère portait des étoles de fourrure, ou son père des chaussettes de laine...

Cela n'a pas empêché Edouard Crimpton de se marier, de réussir brillamment dans son métier où il est encore à l'heure actuelle une valeur sûre. Une fois marié, une fois installé dans une petite maison sous le soleil de Californie, Edouard Crimpton a gentiment demandé à sa femme de lui faire un fils. Et gentiment Elisabeth Crimpton s'est exécutée. Le fils est là. Dans un berceau d'osier, du genre moïse, posé à même le carrelage car il fait chaud. Sa mère fait de la couture comme tous les après-midi, son père est en tournée du côté des orangeraies à quelques kilomètres de là.

C'est un bonheur tranquille, californien et respectable, américain bon teint.

En rentrant le soir de sa tournée, Edouard Crimpton ne sait pas qu'un mauvais plaisant vient de lui jouer un méchant tour. Un très méchant tour. Et il ne peut pas imaginer non plus comment va tourner ce méchant tour. Il faut un concours de circonstances tellement exceptionnel qu'Edouard ne peut rien imaginer. Il est monté dans sa jeep. Il roule et il s'énerve. Par moments, il entend dans son moteur une sorte de grincement bizarre. Or, il a vérifié dix fois, et dix fois il n'a rien trouvé.

Arrivé devant son bungalow, Edouard vérifie une dernière fois le moteur de la jeep, ne voit toujours rien de suspect et s'apprête à franchir le perron de bois, lorsqu'il entend à nouveau le grincement bizarre... Et cette fois, comme le moteur ne tourne pas, le bruit est plus facilement repérable. Le bruit vient de l'arrière du véhicule, sous le siège. Il y a là une sorte de boîte à chaussures ficelée et percée de trous. Quelque chose remue à l'intérieur.

Avec précaution, et se doutant tout de même d'un mauvais coup de la part de ses collègues, Edouard prend la boîte, s'installe sur la véranda, l'ouvre avec précaution et pousse un cri de femme devant une souris. C'est un chat. Un petit chat noir fou furieux qui jaillit du carton comme un diable et court se réfugier on ne sait où. Les chats sont doués pour se réfugier on ne sait où.

Edouard, lui, est aussi fou furieux que le chat. Il a horreur de ce genre de blague. D'autant plus horreur qu'il ne s'y attendait pas. Et même pour un homme raisonnable comme lui, c'est un choc.

Le voilà racontant l'histoire à sa femme Elisabeth, et voilà Elisabeth chargée de récupérer à tout prix le petit chat et de l'enfermer quelque part. Surtout qu'il ne croise plus le chemin d'Edouard !

Edouard ne peut même pas supporter l'idée que l'animal vadrouille dans la maison, et qu'il risque de mettre la main ou le pied dessus par inadvertance. D'ailleurs c'est une question de principe. Il ne veut pas de chat dans cette maison. Mais Elisabeth a beau fouiller, appeler, elle ne trouve rien. L'animal affolé a dû se réfugier dans un coin inaccessible, ou alors il s'est sauvé dehors, et dehors c'est pratiquement le désert, car la maison est située à l'écart de la ville.

Mais Edouard n'est pas convaincu. Et Elisabeth se fâche. Ils n'avaient jamais eu l'occasion de parler tous deux de cette histoire de répulsion pour les chats, l'occasion ne s'étant pas présentée, mais elle est là, l'occasion, et Elisabeth trouve cela stupide. Elle ne comprend pas. Elle annonce même que si elle retrouve le chat ce sera pour lui donner à manger, et non pour le jeter dans un placard, comme un pestiféré.

Le soleil va se coucher. Point de chat, et Elisabeth, abandonnant ses recherches, va s'occuper de son fils, tandis qu'Edouard, maugréant, s'installe sous la véranda pour prendre le frais. Il est à peine remis de son émotion, qu'une autre se présente.

Elisabeth vient de hurler. C'est un véritable cri de terreur cette fois, un cri inhumain. Edouard bondit en direction de ce cri, qui vient de la chambre de l'enfant, mais se cogne à Elisabeth dans l'entrée. Une Elisabeth folle de terreur, qui n'ose pas bouger, mais tremble de la tête aux pieds, en lui montrant le berceau de l'enfant.

James Crimpton junior, âgé de six mois, dort

dans son moïse de bambou, simplement vêtu d'un lange et d'une petite chemise de batiste. Ses bras et ses jambes sont nus. Sa tête repose sur un oreiller blanc. Tout est blanc autour de James Crimpton Junior. Sauf deux choses. Deux choses aussi noires l'une que l'autre.

Sur le ventre du bébé, posé comme une broche insolite, venu d'on ne sait où, un scorpion géant de Californie. Noir, et gros comme une écrevisse. Il ne bouge pas. Sa terrible queue empoisonnée est gracieusement recourbée au-dessus de lui.

Il fait face à une autre chose noire : le chat, qu'Edouard voit vraiment pour la première fois. C'est un chat d'environ trois mois, gros comme deux poings réunis. Il est perché sur l'oreiller de l'enfant, juste au-dessus de sa tête, oreilles dressées, queue en trompette, regard fixé sur le scorpion. C'est l'horreur. Les deux malheureux parents ne savent plus s'ils vivent un cauchemar, ou si ce tableau est réel : l'enfant dort. Il ne bouge pas. Edouard et Elisabeth ne bougent pas non plus, malades d'angoisse, et cherchant désespérément une solution.

Comment faire disparaître le scorpion sans qu'il pique l'enfant ?

Comment le saisir, avec quoi ? Avec ce chat qui a l'air de vouloir s'amuser. Qui guette son adversaire en remuant la queue. S'il saute sur le scorpion, c'est un désastre. La bête va piquer, se défendre, l'enfant va se réveiller...

Elisabeth est au bord de la crise de nerfs, elle n'en peut plus. Edouard marmonne des mots

sans suite. Il répète comme si la solution était là :
« Du calme, du calme, du calme, du calme. »

En réalité, il a complètement perdu pied.

Et transpire comme il n'a jamais transpiré.
Puis Elisabeth veut tout à coup se jeter sur son
fils et il doit la retenir de force. Il ne faut pas
bouger, surtout ne pas bouger. Elisabeth supplie
son mari :

« Fais quelque chose Edouard... Je t'en prie... »

Alors Edouard rassemble péniblement ses
idées et cherche la solution : « Peut-être vau-
drait-il mieux attraper le chat dans un premier
temps pour éviter que le scorpion ne devienne
méchant, ou que l'enfant se réveille. Mais pourquoi ne s'en va-t-il pas, ce maudit chat ? »

Edouard l'étranglerait avec bonheur. L'animal
stupide est en train de jouer avec la vie de son
fils ! De son fils à lui, qui déteste les chats. C'est le
comble de l'absurde.

Puis Edouard se décide et avance. Il va tenter
de saisir le chat par la peau du cou, d'un seul
geste. Il fait un pas, deux, observant toujours le
scorpion, immobile, et le chat, immobile. Soudain, Edouard s'arrête, pétrifié, souffle retenu : le
chat vient d'arrondir son dos, il a baissé les oreilles, d'un air fâché, une de ses pattes s'est levée. Il
avance sur l'oreiller, il passe délicatement sur
l'épaule du bébé, et s'assoit sur son derrière en
plein sur la petite poitrine, au souffle paisible. Le
voilà maintenant qui s'aplatit, ses yeux verts
observant avec attention l'affreuse bête en face de
lui, dont le corps se balance légèrement comme

pour une attaque. Il semble que les deux bêtes s'affrontent l'espace de quelques secondes...

James Crimpton Junior dort toujours. La queue du chat lui chatouille la tempe, mais il dort. Edouard crierait de terreur s'il le pouvait. Derrière lui, il entend Elisabeth gémir :

« Fais quelque chose, fais quelque chose... »

Elle ne sait que répéter ces trois mots. Mais il n'a pas le temps de faire quelque chose, et peut-être cela vaut-il mieux. Car le chat se redresse sur ses pattes arrière, comme pour faire le beau, détend sa patte avant droite, comme un ressort, et tac ! D'une chiquenaude, envoie valser le scorpion à un mètre par-dessus le berceau. Sans bruit, comme ça, pour jouer. Elisabeth s'est précipitée sur son fils, qui n'a rien. Edouard s'est précipité sur le scorpion, qui a payé à coups de chaussure. Edouard l'aurait écrasé plutôt mille fois qu'une... Un million de millions de fois...

Puis il s'est calmé. Il s'est retourné, et il a vu le chat, en boule, tout noir sur le berceau blanc, qui s'endormait tranquillement du sommeil du juste.

Un saint homme de chat.

39

RENDEZ-VOUS A POIL !

Au mois de janvier, à Paris, un journaliste s'ennuie. C'est un très modeste journaliste, qui collabore au journal *L'Eclair*, lequel se proclame quotidien de Paris, politique, littéraire et « absolument indépendant ». Mais le journaliste, lui, est absolument inconnu, car il tient la rubrique des faits divers dans ce journal, et « les chiens écrasés » sont rarement une accession à la célébrité.

Paul Birault, pourtant, ne manque ni d'intelligence, ni de talent. Il n'a qu'un grave défaut : il a du mal à prendre les gens au sérieux. Ce qui l'empêche notamment d'intriguer pour se faire valoir ! Or, pour un journaliste, le meilleur domaine où il est peut-être (éventuellement) utile d'intriguer, c'est encore celui de la politique. Mais, s'il y a une catégorie d'hommes auxquels Paul Birault ne croit pas, ce sont les hommes politiques ! D'ailleurs en ce début de siècle, en France, personne ne croit plus guère, ni aux députés, ni aux sénateurs. Il y a eu ceux qui ont touché des chèques dans l'affaire de Panama, ceux qui en ont touché pour vendre des Légions d'honneur, bref : quand on parle du mandat de député, on dit : c'est « l'assiette au beurre ». Il vient alors à ce journaliste inconnu, qui rêve autant de s'amuser que de se faire connaître, une idée fabuleuse : celle de ridiculiser les élus. De montrer à quel point ces hommes sont des fantoches politiques ! Alors voici ce qu'il fait : il invente un héros. Non pas un héros militaire, car en janvier 1914, il en manque encore. Mais un héros civique : un héros de laïcité, un défenseur de la République en jaquette. Il commence par lui chercher un nom qui sonne bien et l'appelle Hégésippe Simon. Hégésippe Simon... c'est un nom reconnaissable que l'on voit très bien gravé sur le socle d'une statue... Hégésippe Simon, cela ressemble à ces noms dont on se dit « j'ai déjà entendu ça quelque part, c'est sûrement un nom connu ! »

Et comme Paul Birault possède à Paris, par héritage, une modeste imprimerie, il imprime le texte suivant, qu'il adresse à tous les députés sur une feuille à en-tête du « Comité du centenaire Hégésippe Simon » — rue Tardieu, Paris. La rue Tardieu est l'adresse de son imprimerie, mais il évite de le préciser. Au-dessous, en exergue, cette maxime admirable : « Les ténèbres s'évanouissent, lorsque le jour se lève ! » Cette évidence devant être considérée comme une phrase historique du soi-disant Hégésippe Simon et prononcée en faveur de la lutte contre l'obscurantisme. Cela vous a une autre allure que « vive l'instruction publique, laïque et obligatoire ».

Et enfin, l'essentiel du texte : « Monsieur le député. Grâce à la libéralité d'un généreux donateur, les disciples d'Hégésippe Simon sont enfin parvenus à réunir les fonds nécessaires à l'érection d'un monument qui sauvera de l'oubli la mémoire du Précurseur. Désireux de célébrer le centenaire de cet éducateur de la démocratie avec tout l'éclat d'une fête civique, nous vous prions, monsieur le député, de bien vouloir nous autoriser à vous inscrire parmi les membres d'honneur de notre comité. Au cas où vous auriez l'intention de prendre la parole au cours de la cérémonie, nous vous ferons tenir tous les documents vous permettant de préparer votre allocution. Dans l'attente, veuillez agréer, etc. Pour le comité, signé : « Paul Birault. »

Quelques jours se passent. Rien. Paul Birault se dit « ça ne peut pas marcher ! ils ne sont tout de même pas si bêtes ! » Et puis une première lettre arrive : « Monsieur. Je m'empresse de vous faire savoir que j'accepte avec grand plaisir le titre de membre d'honneur de votre comité. Signé : Paul Meunier, député de l'Aube. » Et puis une autre : « Monsieur. Si je suis à Paris au moment de l'inauguration du monument, je me ferai un plaisir d'y assister. Mais, n'y a-t-il pas, pour prendre la parole, d'autres plus qualifiés que moi, pour évoquer cette grande ombre ? Signé Dalbiez, député des Pyrénées-Orientales. »

Paul Birault se dit : « Tiens, celui-là est modeste... » Mais il en a déjà deux. Et puis, les unes après les autres, arrivent les réponses des députés de la Seine-et-Oise, de l'Indre-et-Loire, de la Creuse. Ce dernier est même ancien ministre! C'est trop beau! En tout neuf lettres d'acceptation! Avec des variantes : « Je suis heureux de m'associer à l'hommage rendu à cette gloire de la Démocratie. » Un autre a même le culot d'ajouter : « J'accepte, d'autant plus volontiers que j'ai bien connu, dans ma jeunesse, ce grand Français, paré de toutes les vertus républicaines.! »

Comme quoi jeunesse en culotte courte a la mémoire longue. Paul Birault jubile.

Et un autre écrit : « Je prendrai volontiers la parole *à l'issue du banquet!* » Paul Birault se dit : « Mais oui, mon brave, compte là-dessus, tu vas l'avoir ton banquet! » Et comme le courrier ralentit sa cadence, il envoie une lettre de rappel : « Monsieur le député, le comité me charge de vous rappeler le centenaire d'Hégésippe Simon, etc. » Et il ne manque pas d'ajouter : « Nous nous permettons de vous rappeler que beaucoup de vos éminents collègues nous ont déjà répondu », en citant les neuf premiers députés tombés dans le panneau : « MM. Félix Chautemps, Dalimier, René Besnard (ancien ministre), Binet, etc. »

Cette fois tout de même Paul Birault se dit : « Ils vont finir par se questionner entre eux! Ça ne peut pas durer, ils vont flairer le canular! » Mais pas du tout. Aucun député n'ose avouer à l'autre qu'il ignorait l'existence d'un précurseur de la démocratie! La ronde continue si bien que non seulement Paul Birault reçoit une avalanche d'attestations, mais certains députés, vexés d'avoir été oubliés, lui expédient des lettres guindées ! « Monsieur, je m'étonne que vous ne m'ayez pas sollicité pour votre comité d'honneur, etc. »

Cette fois, Paul Birault se frotte les mains. Car si les députés ont marché, pourquoi pas les sénateurs ? Mais les sénateurs sont plus méfiants : certains réclament au « Comité du centenaire » des précisions : à quelle date est né Hégésippe Simon ? Où est-il né exactement ? Et Paul Birault est bien obligé de donner un état civil à Hégésippe Simon. Pour la date de naissance, aucun problème : il suffit de la fixer au 31 mars 1814. Puisque le centenaire est en janvier 1914. Ce qui laisse deux mois pour bien l'organiser. Mais où peut-il être né, cet Hégésippe Simon ? Là, le problème est plus épineux. Il faudrait trouver un village qui existe vraiment. Au nom amusant ! Par exemple « Andouille » dans la Mayenne ? Mais, c'est trop évident. En cherchant bien, Paul Birault découvre l'idéal dans la Nièvre : un village au merveilleux nom de POIL ! Comme un poil ! Le journaliste hésite un peu. Poil, c'est trop beau... Mais justement, il faut que ce soit trop beau. Réponse du « comité » aux sénateurs, toujours sur papier à en-tête : « Monsieur le sénateur, en réponse à votre honorée du..., voici les précisions que vous nous demandez : Hégésippe Simon est né à Poil, dans la Nièvre, le 31 mars 1814. » Cette fois Paul Birault se dit : « C'est fini, ils vont comprendre le canular. » Mais peu importe, il a déjà des lettres, il a déjà moralement gagné de quoi rire jusqu'à la fin de sa carrière. Et c'est là que de nouvelles adhésions de sénateurs lui arrivent par retour du courrier ! Et non des moindres : Maurice Faure, vice-président du Sénat, Sarrien, ancien président du Conseil ! Sans compter les présidents de Conseils généraux, qui, eux, se bousculent littéralement au portillon du centenaire d'Hégésippe Simon.

Mais la lettre la plus magnifique est celle du sénateur du département de la Nièvre, là où se trouve le vrai village de Poil ! Il est tout fier, le brave sénateur, qu'Hégésippe Simon soit né dans sa circonscription. Il voudrait bien être du comité ! Hélas ! il est un peu âgé, alors de sa plus belle plume, il répond : « A mon vif regret, je prévois qu'il me sera difficile de me trouver à Poil, le 31 mars 1814 ! Signé : comte d'Aunay, sénateur de la Nièvre, ancien ambassadeur. »

Paul Birault range cette perle unique dans son dossier, heureux comme un collectionneur devant une pièce rare. Mais voici, tout de même enfin, qu'un sénateur se méfie : Franklin Bouillon cherche dans le grand dictionnaire, où il ne trouve pas d'Hégésippe Simon. Il en parle à un autre, Léon Bourgeois, qui en parle à l'un des premiers signataires : René Besnard, le député de l'Indre-et-Loire. Celui-ci répond : « Mais, c'est Paul Meunier qui m'en a parlé ! » Paul Meunier était le premier qui était tombé dans le panneau, le député de l'Aube. Et finalement, ces messieurs se rendent enfin compte que personne, député ou sénateur, ne peut dire qui était Hégésippe Simon ! Encore moins ce qu'il aurait fait pour être un précurseur de la démocratie !

Alors, le ministre du Commerce, alerté, ordonne une enquête. Pourquoi le ministre du Commerce, bien évidemment parce que ces messieurs les élus, abominablement vexés, veulent faire arrêter l'auteur de ce qu'ils estiment être une escroquerie! Un policier est envoyé au siège du comité. Il y trouve l'imprimerie de Paul Birault, et pas plus de comité que de beurre en branche. Scandale! Fureur! Et tempête... les députés et sénateurs veulent porter plainte!

Mais, il n'y a pas du tout d'escroquerie. Paul Birault n'a jamais réclamé d'argent! Le canular n'est pas, que l'on sache, un crime de lèse-député interdit par la loi. Et ces messieurs les élus, furieux et affolés à l'idée du ridicule qui les guette, se vengent comme ils peuvent. Ils font afficher à l'Assemblée nationale une note informant que le prétendu comité pour le centenaire d'Hégésippe Simon n'est représenté que par un sieur Birault, *se disant* journaliste, « l'impression générale étant qu'il s'agit d'un pauvre hère en quête de quelque argent! » Ce qui est proprement mesquin de leur part!

Apprenant cela, Paul Birault se dit : « Ah! c'est comme ça qu'ils le prennent? Eh bien je vais leur en faire voir, moi, des pauvres hères! »

Et à la première page de *L'Eclair*, dans les numéros des 22, 23, 24 et 26 janvier 1914, il raconte toute l'affaire du Comité du centenaire d'Hégésippe Simon, avec les photographies des députés, des sénateurs, les textes de leurs lettres et les « fac-similés » de leurs signatures!

Un immense éclat de rire parcourt la France

entière, pourtant frigorifiée en cette fin de janvier 1914. La France qui ne rira plus du tout six mois plus tard. Et il semble d'ailleurs que Paul Birault soit mort en 1918. Paix à son âme de héros de l'humour! Il reste qu'un sculpteur, nommé Berger, a eu le temps de créer la statue d'un Hégésippe Simon barbu, en haut-de-forme et jaquette, dont on peut voir la reproduction à la Bibliothèque nationale. Et il reste un petit village, dans la Nièvre, où les élus devraient penser à ériger cette statue. Avec même, pourquoi pas, un petit musée Hégésippe Simon, de quoi faire venir l'été quelques touristes à Poil. Puisque, de nos jours, c'est la mode, et que la France n'a pas ri depuis longtemps.

40

MIDI SONNAIT AU CLOCHER
D'UN LOINTAIN VILLAGE

Comme beaucoup d'autres enfants de son âge, Simon a été envoyé à la campagne, pour le mettre à l'abri des bombes, et pour manger à sa faim. L'ennemi ne pilonne pas les champs de pomme de terre, et un paysan malin se débrouille toujours avec les réquisitions. Donc Simon est à l'abri à la campagne, et cette campagne est une vraie campagne : un bout de rivière, des prés, une forêt proche et un hameau de onze maisons plus une église. Simon débarque dans cet environnement à la fin de l'été 40. Il a douze ans, il vient de Paris, et se retient bien fort pour ne pas pleurer.

La ferme où il habite désormais appartient à des cousins de sa mère qui n'ont pas d'enfants, et guère de délicatesse. Des braves gens qui considèrent qu'une fois nourri et logé, un individu n'a pas à se plaindre. Simon ne se plaint donc pas. Et les mois passent. Une visite de maman de temps en temps, et puis la nouvelle brutale. Plus de maman. Elle est morte d'une maladie bête. De son lointain camp de prisonnier, papa écrit à son fils des lettres courageuses. Il ne reste plus à Simon que ce lien lointain et fragile, une lettre d'un prisonnier de temps en temps.

1943, il a treize ans. 1944, il a quatorze ans, et depuis plusieurs mois, aucune nouvelle du père. On a beau rassurer le petit Simon, lui expliquer que le père a peut-être changé de camp, Simon se met dans la tête que son père est mort quelque part en Allemagne, et quand la nouvelle arrive, il s'y attendait. Alors, il décide de faire quelque chose, au lieu de pleurer. Il en a assez de pleurer. il en a par-dessus la tête.

Simon, un beau matin, bourre son cartable de provisions : du fromage, des œufs durs, du pain. Il enfile deux pantalons, deux chemises, deux pull-overs et deux paires de chaussettes, hésite à laisser un mot dans sa chambre, écrit une première fois : « Je pars au maquis, ne cherchez pas à me retrouver. » Puis met le papier dans sa poche. Mieux vaut ne pas laisser de trace, pense-t-il. Et le voilà parti, à l'aube, sur la pointe des pieds. En passant devant le poulailler, il lui vient à l'idée que par les temps qui courent, une volaille quelconque serait la bienvenue chez les maquisards qu'il espère rejoindre il ne sait où. Mais attraper une poule est un risque, car il n'y a pas plus bruyant qu'une poule qui ne veut pas se laisser attraper. Alors, Simon se rabat sur un lapin, qu'il enfourne vivant sous ses deux pull-overs.

Voilà donc Simon sur le chemin de la forêt,

traînant son cartable d'une main et coinçant de l'autre le lapin dans son giron. Il fait froid dans les contreforts du Morvan, en février. Et au bout de 2 kilomètres environ, sur la piste forestière, Simon est pris de doute. Il ne s'attendait pas, bien entendu, à trouver des pancartes de signalisation indiquant : ... Prochain maquis 500 mètres..., mais un gros reste d'enfance lui faisait croire qu'il suffirait d'aller un peu plus loin dans la forêt, pour rencontrer des gens vivant comme Ivanhoé ou Robin des Bois. Puisque c'est ainsi qu'il imagine ce fameux maquis, dont les paysans parlent à voix basse.

Il marche ainsi plus de cinq heures. Et au bout de cinq heures, il serait incapable de retrouver son chemin en arrière. Cette forêt s'étend sur près de 40 kilomètres. Il a quitté depuis longtemps les allées forestières, pour les petits chemins de broussaille. Il s'est reposé dans une chapelle en ruine, il est arrivé jusqu'à la lisière du bois et a vu de loin un village inconnu, alors il est reparti, s'est enfoncé à nouveau sous les arbres. Il ne sait pas qu'il est 10 heures du matin, seulement qu'il a l'estomac creux, et s'arrête pour manger, lorsqu'un bruit le fait sursauter. Quelque chose marche et c'est un drôle de bruit. Avant d'avoir situé ce bruit, humain ou animal, Simon se trouve nez à nez avec un homme lourdement chargé d'un havresac et qui a l'air aussi surpris que lui de le rencontrer. L'homme et l'enfant se regardent. L'homme dit :

« Qu'est-ce que tu fais là ? »

Et l'enfant répond :

« Je vais dans le maquis. »

Comme ça tout à trac. Sans méfiance ni préambule. Il est apparu à Simon que ce bonhomme, coiffé d'un béret, à l'air d'un braconnier, ne pouvait que l'aider.

L'homme a l'air étonné. Alors Simon montre son cartable avec ses provisions, tire son lapin par les oreilles pour le faire admirer et dit :

« C'est vrai, monsieur, j'ai pris de quoi manger, je veux aller dans le maquis. Ma mère est morte et mon père aussi. Il faut que je serve à quelque chose. »

Et comme l'homme ne dit toujours rien, Simon demande, inquiet :

« Vous croyez qu'ils ne voudront pas ? »

Alors l'homme s'assoit pour discuter. Il veut savoir si quelqu'un a dit à Simon où se trouvait le maquis.

« Non, répond Simon, puisque je le cherche ! »

Car on dit seulement au village qu'ils sont dans la forêt.

Simon a-t-il dit à quelqu'un ce qu'il allait faire ?

« Non », puisqu'il a gardé le papier dans sa poche, il le montre, tout froissé.

Alors l'homme dit :

« T'es un peu jeune, gars, mais j'ai pas le cœur à te renvoyer. Viens avec moi, on discutera de tout ça avec les autres. Peut-être qu'on te trouvera quelque chose à faire, mais je te préviens, on pourra pas te garder avec nous, c'est trop dangereux pour un gamin.

— Mais si, répond Simon, vous pouvez me garder. Je sais très bien tirer au fusil, mon père m'avait appris quand j'étais petit. »

Onze heures tintent à un clocher lointain. L'homme, qui s'appelle Louis, et le petit Simon s'en vont tous deux faire un kilomètre jusqu'à une clairière où Louis a caché une voiture. Sous le siège, une mitraillette. Simon s'assoit, tout fier, son lapin sur les genoux, et les voilà partis. Le quartier général, c'est une maison forestière en ruine, que Louis atteint par une piste si pleine de trous que Simon s'est cogné dix fois au pare-brise en 2 kilomètres. Louis rapporte du ravitaillement, Simon aussi avec son lapin.

Il s'attendait à un autre accueil, que la panique qu'il découvre. Une dizaine d'hommes leur crient de se dépêcher et de filer. Tout le monde s'en va dans la pagaille. Un éclaireur a prévenu le groupe qu'un détachement d'Allemands arrivait par le nord. Il y a deux jours, ils ont fait sauter une voie, et on les a repérés, ou dénoncés, peu importe, il faut faire vite. Louis a eu de la chance, et un peu plus il n'aurait trouvé que les Allemands car il est en retard! Simon regarde les hommes, sales et barbus, traînant des armes hétéroclites, se donner des consignes. Trois s'en vont par un chemin, quatre par un autre, ils se retrouveront chez « Gudule », disent-ils... Les autres s'engouffrent dans la vieille voiture, à trois, et l'un d'eux s'étonne enfin d'y trouver un gosse, un lapin et un cartable. Louis fait grincer ses vitesses, recule et fonce dans les ornières, en expliquant tant bien que mal la présence de Simon. L'un des hommes qui a l'air d'être le chef, dit alors à Simon :

« Ecoute-moi, toi, on va te lâcher sur la route,
et tu vas rentrer chez toi, compris ? »

Simon a la gorge serrée. Il n'a pas de chance.
Louis comprend bien ce qu'il ressent. Il lui tape
sur l'épaule en lui disant :

« S'il y a un pépin d'ici là, tu fais comme nous,
et surtout tu ne lâches pas cette mitraillette. Elle
est précieuse. »

Alors Simon se sent réconforté. Il tend une
main timide vers la crosse, pose un doigt dessus :
et jette un sourire courageux à Louis. La voiture
cahote une dizaine de kilomètres dans le bois,
avant d'arriver à la limite des arbres. Simon ne
sait pas du tout où il est. Il voit une haie, un petit
chemin, un champ et une route plus loin. Louis a
arrêté la voiture et jette un œil sur le chemin,
avant d'annoncer :

« On y va, je prends la route jusqu'au carrefour du
petit pont et on file par le champ des Maillant, jusqu'au vieux moulin. » Puis il s'adresse à Simon :

« Je te laisserai au carrefour, on se retrouvera
un de ces jours, gamin. »

La voiture bondit, s'engage sur la route et
Simon fait comme les autres. Il s'aplatit au fond
du véhicule. Au bout de 500 mètres à peine, il
entend Louis pousser un juron retentissant ! Coup
de frein brutal, dérapage, demi-tour et course
folle en sens inverse, car ils allaient droit sur un
convoi d'Allemands ! Louis fonce vers le bois à
nouveau, car il n'y a pas d'autre issue. Simon,
blanc de peur, voit une voiture foncer derrière
eux. Le chef hurle à Louis d'abandonner l'auto et
de filer à pied. Personne ne pense plus à Simon,

et Simon, lui, se sent tout à coup intégré au groupe. Il fera comme les autres, d'ailleurs, Louis l'a dit. Alors, comme les autres, il jaillit de la voiture et court entre les arbres. Il n'a pas oublié la mitraillette et la donne à Louis qui court derrière lui. Ils entendent les hurlements de leurs poursuivants. Simon court encore quand il entend les premières rafales. Il se retourne, ne voit plus Louis, s'accroche à un arbre, et tout va très vite. Il entend Louis crier de quelque part :

« Couche-toi, gamin ! »

Mais Simon n'a pas le temps d'obéir. Il voit Louis tomber à gauche de derrière un arbre, à dix pas devant lui, et la mitraillette rouler dans la boue et les feuilles. Il comprend que Louis est mort. Alors il bondit, attrape la mitraillette au vol, et s'aplatit près du corps. Il voudrait tirer, mais dans sa précipitation, il perd du temps à comprendre comment marche cette chose. Il entend tirer puis crier, en français. On galope dans le bois. Simon comprend que les Allemands ont perdu momentanément les autres mais que par contre, ils foncent vers lui. C'est donc à lui de protéger les autres. Et cette cochonnerie de mitraillette va marcher, ou il ne s'appelle plus Simon ! Simon se redresse, il est debout, il voit les uniformes verts devant lui. Quatre au moins, dont un à casquette. Et il tire, au jugé, s'adossant à un arbre, mais tire, tire, sans s'arrêter. Il n'entend plus rien que l'énorme crépitement qui résonne dans la forêt, qui le secoue, lui pique le nez et les yeux. Il tire jusqu'au bout du chargeur avant de s'effondrer. Il n'a pas vu ses camarades l'entourer. Il ne les a pas vu prendre Louis sur le dos et le ramener blessé à la voiture, en même temps que lui. Il ne pouvait pas. Une rafale l'avait fauché en pleine poitrine, et le petit lapin aussi était mort sous son pull-over. La seule perte du petit groupe « Gudule » ce jour de février 1944 s'appelait donc Simon Colas — quatorze ans. Il avait fait sa guerre en une matinée. Et midi sonnait au clocher d'un lointain village.

41

UN CERCUEIL DE COMPLAISANCE

Le camarade recruteur chargé de la main-d'œuvre pour la Sibérie, à Moscou en 1953, n'y comprend plus rien. C'est le quatrième moscovite qui se présente en trois mois pour aller travailler chez les Yakoutes, et volontairement. C'est le monde renversé !

Un volontaire pour la Sibérie, déjà, à Moscou en 1953, ça se remarque. De nos jours aussi, d'ailleurs. Mais un volontaire pour la Yakoutie ne peut être que fou. Ou alors il a ses raisons. Et pas n'importe quelles raisons.

Car la Yakoutie, il faut le savoir, c'est la Sibérie orientale, c'est-à-dire − 40 degrés l'hiver. Il fait beau l'été, mais cela ne dure qu'un mois, du 15 juillet au 15 août à peu près. Beau, c'est-à-dire qu'il ne fait jamais que 0 degré.

A part cela, la Yakoutie est une région tranquille, avec 0,2 habitant au kilomètre carré. Quatre volontaires moscovites en trois mois vont faire monter la démographie. Ils vont se marcher dessus en Yakoutie, c'est ce que pense le camarade recruteur au moment de tamponner le titre de transport de Vladimir Mikhaïlovitch.

Et Vladimir Mikhaïlovitch est emporté par le Transsibérien : Kouibichev, Novossibirsk, huit jours de mélèzes fantomatiques, de bouleaux frigorifiés, de lacs gelés, et à Yakoutsk, tout le monde descend. Tout le monde, c'est-à-dire Vladimir et un sac de courrier qui s'enfonce derrière lui dans la neige, avec un bruit mat.

Ce qu'ignore le camarade recruteur, c'est que le camarade Vladimir est venu pratiquer ici ce que l'on appelle, sous le manteau, et entre initiés, le suicide à la Yakoute, ainsi que le pratiquent beaucoup de maris soviétiques, surtout dans les années 50.

Vladimir se sent brimé dans son ménage par une épouse autoritaire et musclée, à qui on ne raconte pas d'histoire du genre : j'ai rencontré un vieux copain de cellule... Parce que pendant la guerre tandis que monsieur était prisonnier, elle a fabriqué des obus. En reconnaissance de quoi le régime stalinien lui a conféré, non seulement la gloire, mais aussi la puissance à défaut de féminité. La révolution ne peut pas tout donner.

Le résultat est que huit ans après la guerre, leur bonheur conjugal donne encore ceci :

« Vladimir... va fumer sur le palier ! »

Sur ce point Vladimir n'est pas le seul. Car on se retrouve entre maris fumeurs, sur les paliers des HLM de Moscou. On discute, on compare sa situation... Tant et si bien que le soir, en rentrant, Vladimir a fini par s'arrêter de lui-même à l'étage, pour fumer avec les autres, avant d'affronter sa harpie. Il faut dire que sa mégère est la moins apprivoisée de toutes. Elle s'appelle Vania. Mais ce prénom charmant désigne, hélas, une Géorgienne aux grands pieds, d'aspect monolithique et aux propos monotones.

Pas un seul jour elle ne manque de lui rappeler SA guerre! D'ailleurs au cas où Vladimir l'oublierait, il y a l'AFFICHE! L'affiche officielle de l'effort de guerre, pour laquelle sa femme a posé. Le peintre du régime a représenté Vania, le fichu hardiment noué sous le menton massif, le regard fixé sur la ligne bleue des Carpates, et le poing comme un marteau-pilon écrasant un « panzer » à croix gammée, comme elle aplatirait un blinis.

Et chaque soir, Vladimir Mikhaïlovitch s'endort face à l'icône vengeresse, dont l'original, bien entendu, lui tourne obstinément le dos. Il arrive à Vladimir de rêver que c'est lui que Vania écrase au lieu et place du panzer.

Vladimir voudrait bien divorcer. C'est très facile de divorcer, en U.R.S.S., d'autant qu'ils n'ont pas d'enfants. Mais il va falloir verser une pension à Vania! Elle l'a prévenu. Elle fera jouer le fait qu'il est ingénieur, alors qu'elle n'est qu'« adjudant de surveillance » dans le métro de Moscou. Et elle a sa mère à charge. Et, surtout, elle n'a rien à se reprocher théoriquement et dialectiquement parlant. D'autre part la pension est obligatoire... alors il n'y a pas d'issue, Vladimir devra payer cette pension TOUTE SA VIE! Car il ne faut pas croire qu'elle va se remarier, l'héroïne de l'effort de guerre! Non, non et non! Un soir elle le lui a bien dit en face!

« J'aurai un amant, un membre du Parti, pas une mauviette comme toi! Et toi, tu paieras la pension, toute ta vie! Tu m'entends, Vladimir, toute ta vie! »

Un soir, sur le palier, les nerfs à bout, Vladimir se confie à son voisin, un certain Léonide Bornitchouk :

« Léonide, je n'en peux plus! Cette vie dans un minuscule deux pièces, avec la belle-mère dedans, me tue avant l'âge. Il y a des soirs, je rêve de goulag! »

Pour Vladimir, c'est une façon de parler, bien sûr. Mais voilà que son voisin prend un air mystérieux, vérifie que les portes palières sont bien fermées, et se met à lui murmurer longuement à l'oreille. Il connaît une combine, pour se débarrasser de sa femme, grâce à un cousin qui est en Sibérie. Evidemment, c'est dur, c'est même pénible, mais radical! Il en connaît déjà au moins trois qui l'ont fait : c'est le « suicide » à la Yakoute.

Au début, Vladimir croit à une plaisanterie. Mais à mesure qu'il écoute son voisin, son œil s'agrandit d'espoir.

Une semaine plus tard, ayant bien réfléchi, suprême affront, il allume une cigarette sous le nez de Vania, dans la cuisine, bien entendu, et il prend la porte. Mais cette fois définitivement. Un mois plus tard, il est divorcé, et condamné à verser une pension. C'est la première partie de son suicide.

Deux semaines plus tard, il se présente au camarade recruteur du personnel pour les mines de charbon de Yakoutie, en Sibérie orientale. Le camarade s'étonne, car Vladimir est le quatrième en trois mois, mais on ne refuse pas un volontaire, et au bout d'un long voyage, enfin, Vladimir est à Yakoutsk.

Pendant plusieurs mois, le grand silence de la taïga se referme sur lui. A Moscou, Vania reçoit les mandats de sa pension... En retard, à cause des huit jours de train, mais régulièrement.

Un jour, avec le mandat, elle reçoit une photographie de Vladimir accompagnée d'un mot :

« Ma chère Vania, je ne t'en veux pas. Ici on ne peut pas fumer sur le palier. Il fait − 40, je ne sais pas si je pourrai supporter le climat pendant les deux ans de mon contrat. »

La photographie représente en effet un Vladimir amaigri, aux yeux creux, disparaissant sous la coiffe de fourrure. Vania range la photo, hausse les épaules et encaisse le mandat. Vladimir est une petite nature, elle l'a toujours pensé.

Trois mois passent encore, et les mandats parviennent. Et puis Vania reçoit une nouvelle photographie, et cette fois elle comprend qu'elle ne touchera jamais plus sa pension.

Le 17 janvier 1954, en plein hiver sibérien, dans un des logements collectifs de la mine de charbon de Yakoutsk, au bord du fleuve Léna, le camarade Vladimir Mikhaïlovitch est déclaré mort d'une congestion pulmonaire. Il est sorti par − 40, insuffisamment vêtu. Un vrai suicide. C'est ainsi, dit-on, que se suicident les Yakoutes, les indigènes de ce pays, qui vivent encore sous des tentes en poil de chameau. Lorsqu'ils en ont assez d'avoir froid, ils prennent froid exprès, et on n'en parle plus.

Le jour même, selon la coutume russe, le corps de Vladimir est exposé dans un cercueil ouvert au milieu d'une chambrée d'hommes. Selon la tradition russe, on a revêtu Vladimir de son plus beau complet, on lui a croisé les bras sur la poitrine, on a mis des fleurs autour du cercueil ouvert, posé sur deux tréteaux. Les camarades ont bien bu, car un mort cela s'arrose en Russie. Enfin le pope est venu bénir le cadavre, avec un goupillon trempé dans de la glace bénite réchauffée sur un poêle. Au moment de la bénédiction, un camarade est monté sur un banc, un appareil photo à la main. Il va fixer sur la pellicule le cercueil ouvert avec Vladimir dedans, figé dans la mort. Le flash illumine la scène, la cérémonie est terminée.

Et le mort se redresse en disant :

« Prends-en une de profil ! »

Car tout cela est une vaste combine. Une véritable filière internationale des maris divorcés ! Le truc est de se porter volontaire pour les mines de Yakoutie. L'engagement minimum est de deux ans. Une fois arrivé là-bas, de toute façon, on ne trouve que des célibataires ou des divorcés, c'est-à-dire des complices de fait.

Pendant les premiers mois, le mari envoie régulièrement sa pension, à Moscou, à l'ex-épouse, car il s'agit d'endormir sa méfiance. Puis il lui adresse une première photographie sur laquelle il a l'air gelé, ce qui est facile. Enfin, le mari organise gaiement ses propres obsèques, dans une chambrée de VRAIS camarades : c'est-à-dire de « camarades copains ».

Le mort offre à boire, généreusement, se fait photographier dans le cercueil avec tout le monde autour, y compris un pope d'occasion. Après quoi, les « camarades copains » adressent le document à l'épouse divorcée, qui fait son deuil de la pension.

Car elle n'a aucune raison de douter. Il est courant en U.R.S.S. de servir des zakoutski, de boire de la vodka, autour d'un mort et d'en faire la photographie, comme pour un mariage ! Cela ne choque personne.

Et jusqu'à présent, la filière a bien marché. Etant donné la distance, les bénéficiaires de pension n'insistent pas. Il suffit, au bout de deux ans de contrat, de ne pas reparaître à Moscou ; et d'aller se fondre quelque part, sous un meilleur climat, dans l'immense Union des Républiques Socialistes Soviétiques, en se faisant tout petit.

Deux ans de Sibérie pour échapper à l'écraseuse de panzer ? Vladimir n'a pas trouvé que c'était cher payé. Il se croit heureux.

Hélas ! Vania était vraiment pire que les autres, car elle écrit au directeur des mines de charbon pour demander si le défunt n'a pas laissé quelque argent, sur lequel elle compte éventuellement faire valoir ses droits. Si bien que Vladimir se retrouve ainsi que ses complices, condamnés au Yakoute à perpétuité. Selon le Français à qui l'on a raconté cette histoire (sous le manteau) à Moscou, il en serait sorti vers 1970. Mais à l'époque, en 54, le scandale fut tel en Russie que les *Izvestia* dans un article indigné fustigent la « maffia » de ce qu'elles ont nommé les « maris-gredins » ! En précisant :

« Le truc du mort vivant est utilisé par un certain nombre de ceux qui veulent honteusement échapper à leur devoir. »

Or, cette histoire datant du stalinisme, on ne peut s'empêcher de rester rêveur. Car enfin, aux obsèques de Staline, en 1953, qu'avons-nous vu, peuple du monde entier ? Sa photo.

Note de l'auteur :
Toute ressemblance avec un ou des Moscovites ayant existé ne serait bien entendu que pure coïncidence.

42

LA LETTRE DE L'AU-DELÀ

Les dernières cartouches viennent d'être distribuées. Chacun des trente-cinq soldats en met une de côté, pour « l'ultime saut ». Tous le savent, mieux vaut la mort que de tomber aux mains de « ceux » qui les encerclent. Avant de tuer les blessés ou les prisonniers, l'ennemi les mutile de façon odieuse. Chacun des hommes qui occupe la forteresse a vu de ses yeux l'atroce spectacle de camarades torturés ainsi, avant d'être égorgés.

Nous sommes en 1915, pendant la Grande Guerre, aux frontières de l'Egypte, et le capitaine Marchall qui commande cette poignée de soldats sait bien que la situation est désespérée. Ce n'est plus qu'une question d'heures. Dès que le jour sera levé, ce sera l'ultime attaque, le dernier combat. Il est impossible d'espérer du secours. Tous les messagers qui ont essayé de passer ont été tués, et leurs corps mutilés sont là, à quelques centaines de mètres, exposés face à leurs camarades adossés à une dune. Le capitaine Marchall a, lui aussi, mis une balle de côté. En la faisant sauter dans sa main il songe à l'étrange destinée qui va le faire mourir là où son arrière-grand-père mourut, voici plus d'un siècle, dans le désert du Sinaï. Peut-être pas dans cette vieille forteresse, mais quelque part par là. Il était capitaine comme lui et servait alors sous les ordres de Bonaparte, lors de la fameuse campagne d'Egypte. Sa mère possède encore l'épée d'honneur du capitaine Marchall mort à l'ennemi en 1798. Etrange destinée en effet que celle de cet homme qui dix-huit ans plus tard se retrouve comme son ancêtre dans les mêmes lieux face aux mêmes ennemis. Mais il reste environ un verre d'eau par homme et avec une vingtaine de cartouches par combattant, tout espoir n'est pas perdu. Avec le jour, l'assaut sera donné, et par centaines les Turcs vont se ruer vers le fortin.

Il faut les surprendre.

Le capitaine cherche une idée pour dissimuler ses hommes et tandis qu'il réfléchit au problème, son lieutenant survient, escortant un vieil Arabe enroulé dans son burnous.

« Cet homme prétend avoir une lettre pour vous, mon capitaine. »

Marchall lance un regard soupçonneux à l'inconnu. Une lettre ? qui pourrait bien lui adresser une lettre ? Ce vieillard n'a rien d'un émissaire ennemi. Généralement on les choisit plus jeunes et plus représentatifs.

« Tu as une lettre pour moi ? »

Le vieil homme s'approche de l'officier et le regarde droit dans les yeux.

« Tu es bien le capitaine Marchall ? »

Malgré l'acquiescement du militaire, l'homme au burnous repose sa question avec insistance.

« C'est bien toi, le capitaine Marchall ?

— Hé oui, c'est moi. Eh bien, que veux-tu ? »

Alors le vieil Arabe tombe à genoux et se prosterne devant Marchall qui ne comprend rien à toutes ces simagrées. L'homme lève vers le ciel un visage rayonnant de bonheur, articule des phrases incompréhensibles, mais qui représentent indiscutablement des remerciements adressés au Très Haut, car les mimiques sont révélatrices.

Puis l'Arabe se redresse et tend à l'officier un papier plié de curieuse façon. Sur le dessus est griffonné un nom, à peine lisible tant l'encre qui a servi à l'écrire est délavée : « Capitaine Marchall. » Il n'y a aucun doute, cette lettre lui est bien destinée. Tandis qu'il déplie le papier défraîchi, en se posant mille questions sur l'identité de ce correspondant mystérieux, le vieil homme le regarde avec une profonde reconnaissance, et dit :

« Mon père aurait été heureux de vous la remettre lui-même ! Allah m'a permis de le faire pour lui. »

Le capitaine Marchall tient à présent la lettre ouverte devant lui. L'écriture de son auteur est bâclée, presque illisible. Avec beaucoup d'efforts, l'officier arrive à déchiffrer les trois premiers mots : « Mon cher Marchall ».

C'est donc quelqu'un qui le connaît personnellement.

« Immédiatement après réception de cet ordre »...

La suite du texte est plus difficile à lire.

La lettre émane donc d'un supérieur.

« que je vous envoie par un jeune indigène... »

Le coup d'œil de l'officier au vieil Arabe reflète tout à coup la plus grande méfiance. Qui peut lui adresser cette missive ? Il n'y a aucun corps de troupe à 20 kilomètres à la ronde, et personne ne sait qu'il est assiégé de toutes parts depuis plus de trois jours, et quant au jeune messager, c'est un vieillard. Le regard du capitaine glisse au bas de la lettre, sur la signature qui s'étale, large, musclée, incisive comme l'éclair. Et là, Marchall croit être l'objet d'une aberration. A moins qu'il ne s'agisse d'un canular, car la lettre est signée : BONAPARTE. Marchall relit cinq fois la signature. Une fois avec une sorte d'hébétude, une seconde fois avec méfiance, une troisième avec intérêt, une quatrième avec surprise et une cinquième avec une émotion naissante. BONAPARTE ! A côté de ce nom, une année dont le quantième du mois est illisible : 1798 c'est l'année de la campagne d'Egypte. Marchall réfléchit.

« Qui t'a donné cette lettre ? » demande-t-il.

Sans perdre un instant sa sérénité, le vieil Arabe répond le plus naturellement du monde :

« C'est le général Bonaparte qui l'a donnée à mon père, et mon père en mourant m'a chargé de te la remettre en main propre. »

Pressé de questions, le vieil homme raconte l'histoire incroyable mais vraie, qui fait qu'en cette année 1915, il remet une lettre confiée à son père plus d'un siècle auparavant, au capitaine Marchall.

En 1798, Bonaparte, alors en pleine campagne d'Egypte, l'adresse à l'un de ses officiers, le capitaine Marchall. Il la confie à l'un des Arabes récemment ralliés à sa cause, le sheik Maluck, âgé de vingt-deux ans. Celui-ci arrive trop tard et ne trouve pas le destinataire. Frappé sans doute par le magnétisme qui émanait du futur empereur, il a peur de retourner vers lui pour lui dire qu'il n'a pas accompli sa mission. Alors, toute sa vie, il n'aura qu'un but, qu'une obsession, remettre sa lettre au capitaine Marchall.

A sa mort, en 1874, il a quatre-vingt-dix-huit ans, et fait jurer à son fils, qui en a quarante-huit, de remplir sa mission, et à intervalles réguliers des années durant, et sans chercher à comprendre, celui-ci viendra au fortin demander si le capitaine Marchall est là. Pendant quarante et un ans, Maluck, fils du sheik allié de Napoléon Bonaparte, viendra frapper à la porte pour se décharger de la mission que lui a confiée son père. Et quarante et un ans plus tard, par un hasard que seules les lois de la destinée peuvent inventer, ce vieillard de quatre-vingt-neuf ans remet en main propre, à l'arrière-petit-fils du capitaine Marchall, capitaine lui-même, la lettre adressée à son aïeul par Bonaparte.

La mission est accomplie après plus d'un siècle, la lettre est remise en main propre, un jour de 1915, dans le désert du Sinaï, à cet homme qui, au milieu de trente-cinq soldats, attend la mort avec courage.

Le capitaine Marchall déchiffre péniblement le message :

« Mon cher Marchall; immédiatement après réception de cet ordre, que je vous envoie par un jeune indigène, vous déterrerez les provisions et les munitions enterrées sous le fort. Après avoir pris ce dont vous aurez besoin, détruisez l'excédent et retirez-vous en direction de la frontière égyptienne. Des trois routes qui existent, ne prenez aucune des routes côtières. Marchez sur la route centrale en descendant droit à travers le désert. Conservez comme la prunelle de vos yeux la carte ci-jointe, qui indique l'emplacement des points d'eau. Signé : Napoléon Bonaparte. »

A haute voix, le capitaine murmure :

« C'est effarant ! »

Et devant un tel signe du destin, comment douter de sa bonne étoile ? Il fait donc creuser aussitôt et découvre effectivement des vivres et des munitions. Ce ne sont pas celles déposées par Bonaparte, mais par les Allemands et les Turcs, juste avant l'avance des alliés. Peu importe, ce sont des vivres et des munitions.

L'officier décide alors d'utiliser le plan joint à la lettre. Il peut être encore utilisable sur le terrain. Profitant que le jour n'est pas encore levé, les trente-six hommes vont emprunter un sentier à travers les rochers qui va les conduire sur l'ancienne route désignée par Bonaparte, comme étant celle de la liberté. Toujours grâce au plan, ils vont ensuite retrouver les points d'eau qui leur permettront de progresser dans le désert et de retrouver les troupes alliées.

Au moment de quitter le fort, le capitaine Marchall a un élan irrésistible. Il embrasse le vieil homme tout ému lui-même d'avoir pu, enfin, accomplir la mission dont son père l'avait chargé. C'est une bien étrange accolade.

« En me remettant la lettre, dit le vieillard, mon père me donna deux pièces d'or. « C'est le prix du service rendu », me dit-il, ne les dépense que si tu remplis la mission dont m'a chargé le grand pacificateur. Je vais les donner à mon petit-fils, il veut faire ses études à Paris. Je lui dirai d'aller te rendre visite. »

L'histoire ne dit pas si l'arrière-petit-fils du sheik Maluck a rendu visite à l'arrière-petit-fils du capitaine Marchall. Il est cependant étonnant de penser qu'aujourd'hui un homme puisse dire :

« C'est grâce à une lettre de Bonaparte que mon père a pu, en 1915, se replier sans dommage dans le désert. »

Car la piste était sûre, et les points d'eau toujours là.

Quoi que l'on pense de Napoléon Bonaparte, il faut bien reconnaître qu'il ne laissait jamais au hasard les détails de sa stratégie militaire.

43

LE SILENCE ESPAGNOL

Sur le village espagnol de la Rubia, dans la région
de Valladolid, à trois heures de l'après-midi,
règne un silence espagnol. C'est celui d'un village
écrasé par la chaleur, où même les oiseaux se
taisent. C'est surtout le silence des habitants, qui,
depuis quarante ans, ont appris à se taire, depuis
la fin de la guerre civile.

A quelques kilomètres de là, dans son bureau
sévère, un garde civil a chaud : son drôle de chapeau de cuir bouilli est posé devant lui sur la
table. Il a laissé sur son front, à force d'être porté
de la même façon depuis des années, un cercle
rouge qui fait comme une ride.

Le garde civil considère la jeune femme devant
lui, et se dit

« Elle est folle ! »

Elle est entrée dans le bureau, agitée, pour lui
dire ceci :

« Je m'appelle Julia Perez, j'habite le village de
la Rubia. Je viens vous dire que mon père, Eulo-

gio Perez, n'a pas disparu lors de la guerre civile comme on l'a prétendu. Il se cache depuis trente-neuf ans dans la chambre à coucher de ma mère, je viens le dénoncer. »

Mais elle a l'air tellement sincère que le garde civil boucle son ceinturon, remet son drôle de chapeau et la suit.

Ce qu'il va apprendre va le laisser pantois. Et Julia, cette fille de trente et un ans, qui vient dénoncer son père, va découvrir beaucoup plus qu'elle ne le croyait, car ceci est l'histoire du silence espagnol.

En 1936, Eulogio Perez est maire du village de la Rubia, et il est maire socialiste.

Dès les premiers jours de la guerre civile, il apprend que son père et son frère ont été fusillés.

Par une nuit de juillet 1936, il s'enfuit dans la campagne, et se cachant le jour, marchant la nuit, tournant en rond dans la campagne, va finalement se réfugier chez sa mère. Là, il apprend que sa femme est en prison, et sa mère le cache pendant deux ans.

En 1938, Josephina, la femme d'Eulogio, sort de prison, rentre à la maison et récupère leurs trois enfants dispersés chez les oncles et tantes. Eulogio ne peut pas résister. Au milieu de la nuit, il traverse la rue du village et va frapper à la porte de chez lui.

« C'est moi... Eulogio !... N'aie pas peur... Ouvre-moi... Dépêche-toi ! »

C'est ainsi que commence la vie cachée d'Eulogio, du moins ce qu'il croit être sa vie cachée.

Il ne sort plus de la chambre à coucher, car la maison est une petite ferme au bout du village.

Avant la guerre civile, Eulogio et sa femme y élevaient quelques vaches..., des chèvres, des lapins et des poules.

Mais depuis le début des combats, et après la disparition d'Eulogio, sa femme a dû tout abandonner.

Une femme seule avec trois enfants ne peut pas tenir une ferme, d'autant qu'elle n'y connaît rien, d'ailleurs tout a été réquisitionné. C'est pourquoi elle s'est mise à travailler dans une usine, à Valladolid.

Au début de la réclusion d'Eulogio, elle prend donc le car tous les matins et rentre le soir, faisant vivre avec son maigre salaire son mari et ses trois enfants. Les enfants ne doivent pas parler de leur père, la mère les a sermonnés :

« Pas un mot dans le village ! »

Ils ne doivent dire à personne que leur père est à la maison, ni aux copains, ni au curé et surtout pas à l'instituteur. S'ils disent un mot, un seul, a dit la mère, on viendra chercher leur père pour le fusiller.

Les enfants qui naissent dans la guerre, s'ils en réchappent, mûrissent très vite et les enfants d'Eulogio et de Josephina se taisent. Ils ont compris. C'est Eulogio qui, au bout de trois ans, n'en peut plus de cette inactivité, et dit à sa femme :

« Tu vas racheter une vache, quelques poules et une chèvre. Laisse ton travail à l'usine, nous allons recommencer à exploiter la ferme. »

Elle ne comprend pas. Comment faire alors

qu'il ne peut pas sortir de cette chambre à coucher ? Qu'il ne peut même pas s'approcher de la fenêtre, au cas où quelqu'un l'apercevrait, et qu'elle n'a jamais su s'occuper des bêtes ?

Eulogio a une idée. Il ne veut pas continuer à vivre aux crochets de sa femme, ce n'est pas digne d'un mari espagnol. Il a donc décidé de diriger la ferme depuis la chambre à coucher. Il dira à sa femme tout ce qu'elle devra faire !

Et aussi incroyable que cela puisse paraître, pendant des années, cette organisation fonctionne très bien.

Joséphina achète une vache, puis deux, et bientôt la ferme retrouve ses poules, ses lapins, ses chèvres, comme avant.

Tout cela demande du travail et du savoir-faire. Josephina travaille, aidée par l'aîné des garçons qui grandit. Mais c'est Eulogio qui a le savoir-faire.

Depuis la chambre à coucher, il « téléguide » sa femme et ses enfants. Il explique en détail ce qu'il faut faire et ne pas faire, quand la vache est prête à vêler.

Quand il faut discuter affaires, ou quand Josephina doit vendre le veau, ou le beurre, si elle est embarrassée, elle dit :

« Revenez demain ! »

Ou si la chose est urgente :

« Excusez-moi, je reviens... j'ai laissé une casserole sur le feu !... »

Elle se rend alors dans la chambre à coucher pour consulter Eulogio. Il réfléchit et donne sa réponse.

Personne dans le village ne se doute que l'ancien maire socialiste est bien vivant, dans la chambre de sa femme.

Personne apparemment. En tout cas, personne ne fait la moindre allusion à Josephina. Personne ne prend un air entendu ou mystérieux. Il est bien clair pour tout le monde, qu'Eulogio a disparu depuis 1936 !

Il y a un chien dans la ferme, qui aboie, pour prévenir Eulogio de ne pas s'approcher de la fenêtre. Les enfants qui grandissent continuent à garder le secret. Personne ne dit mot en 1944, quand Josephina disparaît plusieurs mois chez une cousine éloignée, laissant l'aîné des garçons s'occuper seul de la ferme. C'est normal, ils ont promis.

Ce qui n'est pas normal, c'est que personne ne tourne le dos à Josephina quand elle revient à la ferme avec un « nouveau-né » : une soi-disant petite-nièce qu'elle a adoptée.

C'est pourtant cousu de fil blanc et il est évident qu'elle est allée accoucher ailleurs, et que c'est son enfant qu'elle ramène.

Comme le mari de Josephina est officiellement disparu depuis 1936, c'est-à-dire depuis huit ans, cela veut dire, bien évidemment, qu'elle a un amant, et le village devrait trouver cela honteux.

Car on ne plaisante pas en Espagne avec la morale, surtout avec celle des femmes !

Pourtant personne ne dit rien. On continue dans le village à parler à Josephina, comme si de rien n'était. Même le curé la salue, et ainsi les années passent, trente-neuf ans exactement.

Trente-neuf années pendant lesquelles Eulogio

ne sort pas de la chambre à coucher, sauf la nuit, et avec prudence.

Les garçons ont grandi, ils se sont mariés, et il a bien fallu mettre leurs épouses au courant. Elles partagent à présent le secret, et se taisent, elles aussi.

Seule la dernière des enfants, Julia, née en 1944, la seule qui — forcément — ait été déclarée d'un père inconnu, ne se marie pas. Julia est d'ailleurs différente des garçons. C'est une fille peu communicative et aigrie prématurément. A trente et un ans, elle vit toujours à la ferme, et les discussions naissent toujours à son propos. Car Julia n'accepte pas que son père reste caché! Elle a pour cela une simple raison, pas très belle il faut l'avouer. Elle veut toucher la part de l'héritage de la ferme à laquelle elle a droit! La ferme vient de son grand-père et elle veut toucher sa part en argent liquide.

Tant qu'elle n'aura pas sa dot, elle ne trouvera pas à se marier, c'est ce qu'elle prétend!

Or la situation de l'héritage est bloquée tant que son père est porté disparu, et non pas décédé. Simplement disparu...

Julia fait donc sans arrêt des scènes à sa mère, pour qu'elle entame la procédure et fasse déclarer son père mort une fois pour toutes! Ainsi sa mère sera bien obligée de lui donner sa part d'héritage. Mais dans sa chambre à coucher, Eulogio ne veut pas être déclaré officiellement mort. Il ne veut pas renoncer à ses idées, et ce serait y renoncer que d'accepter de mourir sur le papier.

Tant qu'il reste disparu, on ne sait jamais, la

politique peut évoluer en Espagne, et il peut res- sortir un jour sans se faire arrêter, comme un résistant qu'il est, en fait.

C'est pourquoi, par un après-midi de juillet, Julia, furieuse, excédée, estimant que dans cette affaire on ne pense pas à elle, va dénoncer son père aux gardes civils. C'est laid. Car depuis trente-neuf ans, tout le monde dans la famille s'est tu, même les belles-filles.

Julia sait que son père a été républicain, qu'il a été maire socialiste en 1936, qu'il s'est battu, qu'on l'a recherché, et pour de l'argent, elle le dénonce !

Elle a d'ailleurs prévenu son père et sa mère, « honnêtement ». Elle leur a dit :

« J'y vais ! »

Mais quand elle revient au village, dans la voi- ture des gardes civils, Julia ne comprend pas ce qui se passe car tout le monde est dehors : hom- mes, femmes, enfants, tout le monde est sur le pas de sa porte, ou le long du trottoir. Même le curé est debout, les bras croisés, sur le parvis de l'église.

Autour de la ferme d'Eulogio, dans la cour, ils sont encore plus nombreux, et font la haie.

Ils regardent Julia précéder les gardes civils.

Ils regardent Julia passer la tête haute, le visage fermé, provocante. Et personne ne dit mot, personne ne l'insulte, personne n'a un geste méprisant. Ils la regardent toujours quand Eulo- gio, après trente-neuf ans de clandestinité, sort entre les deux gardes civils.

Tout le village le regarde partir en silence.

Alors, Julia, la dénonciatrice, comprend. Ce qu'elle est allée dire aux gardes civils, tout le village le savait depuis trente-neuf ans. Dans un village on ne peut cacher vraiment ce genre de chose.

Mais personne, absolument personne, n'avait parlé en dehors du village. Et personne n'avait fait la moindre allusion à la famille. Jamais. Tout le monde jouait le jeu de l'ignorance, c'était une question d'honneur. Quand le chien aboyait à la ferme, on faisait exprès d'entrer lentement dans la cour, le temps pour Eulogio de s'éloigner des rideaux.

On n'en parlait pas, même entre soi.

Et le plus extraordinaire est que le village savait qu'Eulogio et sa femme savaient qu'ON savait. Mais tout le monde faisait comme si personne ne savait. C'était le seul moyen pour que les gardes civils n'en entendent jamais parler et le silence espagnol avait fonctionné pendant trente-neuf ans. Et le silence espagnol entourait Julia de sa réprobation. Mais pour peu de temps.

Le général Franco entre dans le coma le 14 octobre 1975, il meurt le 20 novembre.

Il y a soudain quelque chose de changé au royaume espagnol, on le sentait venir depuis le début de l'été.

Eulogio Perez n'a même pas le temps d'être arrêté.

Il rentre chez lui, une heure après, et pour la première fois depuis trente-neuf ans, à la tombée du jour, il fait le « paseo » dans la rue du village.

Il se promène au bras de sa femme et salue tout le monde.

On lui rend son salut comme si de rien n'était.

Julia devra attendre qu'il meure pour toucher sa part d'héritage. Elle n'a pas remis les pieds au village de Rubia.

Personne, absolument personne, à son sujet, ne fait la moindre allusion, car le silence espagnol est retombé sur elle!

TABLE

IMPRIMÉ EN FRANCE PAR BRODARD ET TAUPIN
Usine de La Flèche (Sarthe).
LIBRAIRIE GÉNÉRALE FRANÇAISE - 6, rue Pierre-Sarrazin - 75006 Paris.
ISBN : 2 - 253 - 03082 - 1